MOTOR MOUTH

Janet Evanovich

MOTOR MOUTH

the house of books

Oorspronkelijke titel
Motor Mouth
Uitgave
HarperCollins*Publishers*, New York
Copyright © 2006 by Evanovich, Inc.
Copyright voor het Nederlandse taalgebied © 2008 by The House of Books,
Vianen/Antwerpen

Vertaling
J.J. de Wit
Omslagontwerp
marliesvisser.nl
Omslagillustratie
Getty Images/Photodisc/Shakirov
Foto auteur
Deborah Feingold
Opmaak binnenwerk
ZetSpiegel, Best

ISBN 978 90 443 2222 4
D/2008/8899/141
NUR 302

I

Soms moet een mens beslissen tussen eerlijk winnen en de boel belazeren voor een goede zaak. En soms, in de hitte van de strijd, ben ik wel eens over de streep gegaan. Dus ik ken de verleiding. Maar één ding... probeer niet mij te belazeren. Ik vat het persoonlijk op.

En ik wist vrij zeker dat ik iemand in het oog had gekregen die op een oneerlijke manier mijn belangen schaadde. Hij droeg een rode overall. Hij reed in een opvallende wagen met in grote cijfers 69 op de zijkant. En hij ging te hard. Ik had hem in mijn kijker terwijl hij strak door de bocht linksom reed.

Ik stond op het platte dak van de eretribune op het Homestead-circuit in Miami, met uitzicht over het met struikgewas begroeide landschap van Florida. Boven de baan aan mijn voeten trilde de lucht van de hitte en was beladen met de stank van verbrande rubber, benzinedamp en de euforie van een Nascar-race. Ik stond met tweeënveertig man op het dak. Ik was de enige daar op het dak met een roze kanten string aan. Dat dacht ik tenminste omdat ik de enige aanwezige vrouw was, maar ja, wat zegt dat helemaal? Ik droeg een strakke zwarte spijkerbroek en een hemd van Stiller Racing. Het was een wit hemd met korte mouwen en een bies in goud met zwart, met voorop het logo van Stiller Racing geborduurd. Op de rug was een stalgeintje geborduurd: Breedbek. Ik ben Sam Hookers wedstrijdwaarnemer. Ik ben de geblondeerde lipglossgebruikster die in Hookers oor fluistert terwijl hij zich week in week uit in het zweet werkt in een brandwerende overall in zwart met goud.

Deze week stuurde Hooker zijn zwarte door Metro gesponsorde wagen rond en rond over de vierentwintighonderd meter van het Homestead-circuit. Het was de laatste race van het seizoen en ik keek uit naar de afwisseling die in het verschiet lag. Ik houd van mijn werk, maar er komt een ogenblik dat een vrouw in een sexy jurkje een cosmo gebracht wil krijgen in een restaurant waar ze geen hamburgers serveren. Ik heb niets tegen hamburgers, maar soms wil ik iets anders.

Hookers stem klonk luid en duidelijk in mijn oortje. 'Aarde voor Breedbek. Zeg eens wat.'

'Wat ik nu denk, kan ik beter voor me houden.'

'Heb je gedachten over naaktlopen?'

'Nee, over betaald zetten.'

'Hoor eens, het was een uitglijder, echt waar. Ik was dronken en ik kan me er niets meer van herinneren. Ik weet echt niet hoe ik bij die verkoopster in bed ben beland. Schatje, je weet toch dat ik van jou houd.'

Hooker is in Texas begonnen op crossbanen. Hij heeft races gereden in open karts en vrachtwagens en alles daar tussenin. Hij is van mijn leeftijd, maar hij oogt als een student. Door de zon gebleekt blond haar en een mooi lichaam, gespierd maar niet té, een halve kop langer dan ik. Het verschil tussen Hooker en een student is te zien aan zijn ogen. Hij heeft rimpeltjes bij zijn ooghoeken die zijn leeftijd en onverzettelijkheid uit-

6

drukken. En zijn ogen hebben een diepte die is ontstaan door een hard leven waarin hij iets heeft bereikt.

Zelf heb ik op de middelbare school aan races meegedaan. Regionaal amateurswerk, meer niet. Eerst reed ik de wagens in puin, dan lapte ik ze weer op in de garage van mijn vader in Baltimore. Eigenlijk was ik veel beter in reviseren dan in racen, dus gaf ik het racen eraan en ging techniek studeren. Hooker stelt niets voor als monteur, maar hij kan echt rijden. Ik werk als waarnemer en lid van het onderzoeksteam voor hem, en na zesendertig races om de Cup ben ik diep onder de indruk van zijn constante agressiviteit en coureurstalent.

Er zijn mensen die twijfelen aan Hookers balans tussen zijn verstand en zijn testosteron. Ik heb nooit een röntgenfoto van zijn hoofd gezien, dus naar zijn hersenen moet ik een gooi doen, maar ik heb de rest van zijn lichaam gezien en volgens mij is de verhouding een op twee.

Toen ik bij Stiller ging werken, was er al iets moois ontstaan tussen Hooker en mij. En ik was zo stom te denken dat het serieus was. Vier maanden terug heeft hij mijn ongelijk aangetoond met een slippertje dat breed is uitgemeten in de boulevardpers. Mijn gevoelens voor Hooker zijn daardoor een beetje bekoeld. Het enige wat ik sindsdien nog serieus opvat is mijn werk. Stiller Racing had nog wél mijn volle inzet.

'Je hebt tweehonderdvierenveertig rondjes gedraaid,' zei ik. 'Je moet nog drieëntwintig rondjes. De rode negenenzestig-wagen ligt op vier wagenlengtes voor je.'

De 69, gesponsord door Lube-A-Lot, was eigendom van Huevo Motor Sports, een Mexicaans consortium met kapitaal genoeg om in de racerij te steken. Huevo bouwde goede wagens, maar soms was de 69 gewoon te goed en ik was ervan overtuigd geraakt dat de 69 de boel belazerde door het gebruik van verboden technologie.

'Vier wagenlengten,' zei Hooker. 'Dat is te veel. Doe iets!'

'Ik kan je vertellen waar je kunt inhalen, en wanneer je naar de pits kunt, en of er risico op de baan is. Maar ik sta boven op het dak en jij zit op de baan en ik heb mijn magische voo-doopoeder in de bus laten liggen, zodat ik niet direct iets kan doen.'

En op dat ogenblik kwam de klap. De monsterbotsing waarvoor eigenaars benauwd zijn en die het hart van de fans sneller doet kloppen. De Stiller van coureur Nick Shrin raakte uit zijn baan, de wagen erachter maakte contact en drukte Shrin tegen de muur. Zes andere wagens vlogen er bovenop en veranderden van het ene ogenblik op het andere in verwrongen en gescheurd schroot. Gelukkig zaten ze allemaal achter Hooker.

Wanneer de race werd hervat en iedereen klaarstond voor de doorstart, zou het gat worden dichtgereden tussen de rode Lube-A-Lot 69 en Hookers Metro.

'Hou je in,' zei ik tegen Hooker. 'Je hebt net geboft.'

'Wat is er dan?'

'Shrin week af en raakte de muur en daarna is iedereen op hem gevlogen, behalve jullie en de safety car.'

De vlag werd uitgestoken en het veld werd tot stilstand gebracht zodat de wrakken konden worden opgeruimd. Stiller Racing heeft drie wagens die voor de Cup rijden. In een daarvan rijdt Hooker. In een andere rijdt Larry Karna. En Nick Shrin rijdt in de geel met rode wagen die door YumYum Cake wordt gesponsord. Nick is een goede coureur en een goed mens en ik maakte me ernstige zorgen over hem. Coureurs gebruiken het raam als in- en uitgang en Shrin was nog niet uit zijn wagen geklommen. Ik had mijn kijker op hem gericht, maar ik kon hem niet goed zien. Hij zat nog in zijn gordels, met zijn helm op en de zonneklep omlaag. Helpers verdrongen elkaar om zijn wagen. Er waren veel meer wagens verongelukt, maar Shrin was de enige coureur die nog niet uit zijn wagen was gekomen.

'Wat gebeurt er?' wilde Hooker weten.

'Shrin zit er nog in.'

Shrins waarnemer stond naast me. Hij heet Jefferson Davis Warner, maar iedereen noemt hem Schrok. Hij is even in de dertig, met flaporen, opstaand bruin haar en een neus die na een kroeggevecht scheef is blijven staan. Hij is slungelig en broodmager, en zijn handen en voeten zijn te groot voor zijn lichaam... een soort kruising tussen een kroonkraanvogel en een Duitse dog. Hij eet onafgebroken zonder een grammetje aan te komen. Ik heb gehoord dat hij de bijnaam Schrok heeft gekregen omdat hij altijd de eerste was in de schoolkantine. Ironisch, maar zeker passend nu hij voor YumYum Cake werkt. Hij heeft een goed hart en hij is een goede waarnemer. En zoals veel mensen bij Nascar valt hij buiten het circuit niet op door intelligentie. Hij kan uitstekend schatten met welke snelheid iemand de pits ingaat, maar in de echte wereld kan hij geen zwendelaar onderscheiden van een koeienvla. Schrok gelooft alles wat hij ziet. Op dit ogenblik zag hij krijtwit en hij omklemde de balustrade of zijn leven ervan afhing.

'Wat heeft hij?' vroeg ik aan Schrok. 'Praat hij wel tegen je?'

'Nee. Ik heb de crash gehoord toen hij tegen de muur ging, en sindsdien is het stil. Hij zegt niets.'

Alle waarnemers keken door hun kijker naar de YumYum-wagen. De gesprekken op het dak vonden op gedempte toon plaats. Niemand verroerde zich. Bij een zwaargewonde coureur zetten ze een scherm neer om hem aan het gezicht te onttrekken. Ik drukte mijn tanden in mijn onderlip en mijn maag trok samen terwijl ik vurig hoopte dat ik geen scherm te zien zou krijgen.

Aan weerskanten van de auto waren dienstverleners bezig. De ambulanceman aan de bestuurderskant kwam naar achteren en trok Shrin mee. Shrin werd op een brancard vastgegespt. Ik kon nog steeds niet veel zien. Te veel mensen op de plaats van de crash. Nascar meldde zich op de eigen radiogolflengte om te laten weten dat Shrin bij kennis was en naar het ziekenhuis ging voor onderzoek. De circuitspeaker herhaalde die mededeling. Er kwam een hoorbare zucht van de tribune. Waarnemers maakten gebruik van de pauze om te snacken, te roken of gauw even naar de wc te gaan.

Schrok stond nog altijd voor de balustrade, die hij vastklemde alsof hij anders zou omvallen.

'Hij is bij kennis,' zei ik tegen Schrok. 'Ze brengen hem voor de zekerheid naar het ziekenhuis. Zo te zien ben je klaar voor vandaag.'

Schrok knikte, maar liet de balustrade niet los.

'Je ziet er niet best uit,' zei ik. 'Zoek liever de schaduw op.'

'Het komt niet door de zon,' zei Schrok. 'Het komt door mijn leven. Mijn leven is een puinhoop.'

'Het wordt wel weer beter.'

'Vast niet,' zei Schrok. 'Ik breng er niets van terecht. Ik kan niets goed doen. Zelfs mijn vrouw is bij me weg. Bij haar kon ik ook geen goed doen. Een halfjaar geleden is ze met de kinderen en de hond het huis uit gegaan. Ze zei dat ik niets wist van de kleine stuurman. De kleine stuurman wordt niet graag midden in de nacht wakker gemaakt. En de kleine stuurman moet langer dan een halve minuut de tijd krijgen om op stoom te komen. Er kwam geen eind aan de lijst van dingen over de kleine stuurman. Dit moet je wel doen. Dat moet je juist nooit doen. Meestal kon ik de kleine stuurman geeneens vinden. Het was verdomme ook allemaal zo verwarrend. Ik bedoel: ik heb echt wel gezocht naar de kleine stuurman, maar het lukte me gewoon niet. Als je het mij vraagt, is de kleine stuurman een misselijk stuk chagrijn. Ik wil terug naar de tijd dat het voldoende was dat de man het vuilnis buiten zette. Waarom is die tijd ooit veranderd? Toen was alles overzichtelijker. En nu verpest ik het op mijn werk. Mijn coureur is gecrasht.'

'Dat kon jij toch niet helpen!'

'Dat was wel mijn schuld. Ik ben gewoon een sukkel, een sukkel. Ik dacht dat ik het aardig deed, maar het is niets geworden. Weer de kleine stuurman.'

'Misschien moet je met Hooker gaan praten. Die weet alles van de kleine stuurman.'

Schrok richtte zijn kijker op het binnenterrein en schrok hoorbaar. 'En alsof het allemaal nog niet erg genoeg is, staan die ellendelingen met Ray Huevo te praten. Wat zit daar nou weer achter?'

Het binnenterrein van een Nascar-circuit is een kleine stad waarin alles om racen draait. De trucks waarmee de racewagens worden vervoerd staan tegenover de garages geparkeerd en dienen als mobiele commandocentra. Achter de trucks staan de luxe touringcars. Als er genoeg ruimte is, wordt er een veldje afgezet waarop uitverkoren fans mogen kamperen. Ik keek rond, maar ik wist niet wat ik zocht.

'Ik weet niet hoe Huevo eruitziet,' zei ik tegen Schrok. 'Waar staat hij?'

'Voor de negenenzestig-truck staan drie mannen te praten. Ray Huevo is de man met korte mouwen. Ik heb hem pas een paar maal gezien. Hij bezoekt de races maar een enkele keer.

Meestal blijft hij in Mexico. Zijn broer Oscar is de baas van Huevo Motor Sports en die zie je dan ook vaker op het circuit. Ray is het onderdeurtje, zeg maar het zwarte schaap van de familie. En die kleine kale die met Ray Huevo praat is de man die Clay heeft overreden.'

Clay Moogey was een techneut die voor Stiller werkte. Drie dagen terug kwam hij uit een bar, stapte van de stoep om over te steken en werd overreden.

'Weet je dat zeker?'

'Wat er met Clay is gebeurd was geen ongeluk. Ik heb het voor mijn ogen zien gebeuren,' zei Schrok. 'Ik was erbij. Ik zag Clay de weg op lopen en die kerel kwam uit het niets recht op hem af rijden.'

'Heb je dat ook tegen de politie gezegd?'

'Dat kon ik niet doen. Ik heb al genoeg problemen. En ik weet echt niet hoe die kerel heet. Ik zeg het alleen nu tegen jou omdat... Jezus, weet ik veel waarom. Ik zeg van alles tegen je. God nog aan toe, zelfs over de kleine stuurman. Om je rot te schamen.'

In de verte stond Ray Huevo met zijn handen op zijn heupen, naar voren gebogen om beter te kunnen luisteren in het lawaai van het circuit. Opeens richtte hij zich op, draaide naar ons toe en staarde ons strak aan. Hij wees met zijn vinger en Schrok slaakte een gil en deinsde achteruit.

'Hij is zo ver weg,' zei ik tegen Schrok, 'je weet niet wie hij bedoelde.'

Schroks stem klonk een octaaf hoger dan normaal. 'Hij wees naar mij! Ik weet zeker dat hij mij bedoelde. Ik heb het zelf gezien.'

Ray Huevo draaide zich op zijn hakken om en beende weg. De twee mannen in pak liepen een meter of wat achter hem aan. Ze verdwenen achter een andere truck en ik werd tot de orde geroepen door Hookers stem in mijn oor.

'Er is zeker iets mis met mijn radio,' zei hij. 'Ik hoor niets meer.'

'Dat is omdat ik niets zeg,' zei ik.

'Hoeveel geven we aan je uit?'

'Lang niet genoeg. Ik heb trouwens maar één advies. Haal de negenenzestig in.'

'Ja, dat lijkt me wel een goed idee. Tjee, waarom heb ik dat niet zelf bedacht?'

Als de 69 vooraan bleef, zouden we over het hele seizoen gerekend tweede worden. En in mijn opvatting was dat niks. Dickie Bonnano, beter bekend als Dick de Banaan, Dikkie Pikkemans of gewoon De Lul, reed namelijk in de 69. Bonnano was een arrogante zak. Als coureur was hij middelmatig. Zijn vriendin was evenmin populair. Ze stak een halve meter boven Bonnano uit, had een voorliefde voor leer, maakte haar ogen op als Catwoman en had zichzelf net op D-cuptieten getrakteerd die niet dansten of bungelden of te negeren vielen. De jongens in de garage noemden haar Delores Domina. Dus wanneer Bonnano niet Dick de Banaan, Dikkie Pikkemans of De Lul werd genoemd, heette hij De Masochist.

Hooker stond een paar punten op Bonnano voor, maar als Bonnano deze race won, werd hij kampioen. En als God niet tussenbeide kwam door Bonnano's motor op te blazen, zou Bonnano winnen.

Er deden nog tweeëndertig wagens mee. Ze reden in positie rond achter de safetycar, met zestig kilometer per uur over het circuit, in afwachting van het teken dat de baan vrij was en de race kon worden voortgezet. Na het vierde rondje reed de safetycar de pits in en de groene vlag ging omhoog.

'De safetycar is eraf,' zei ik tegen Hooker. 'Groen, groen.'

De wagens reden me brullend voorbij, allemaal vol gas. Bonnano nam de voorste positie weer in en vergrootte zijn snelheid in elke bocht met decimeters. Hooker zweeg over de radio.

'Rustig blijven,' zei ik tegen Hooker. 'Slim rijden. Er zit niemand vlak achter je en maar één man voor je.'

'Het is een nachtmerrie,' zei Hooker. 'Een nachtmerrie, goddorie.'

'Tweede is niet kwaad. Er valt veel te zeggen voor tweede.'

'Nou, dat moet ik horen.'

'Als je de Cup niet wint, hoef je niet het podium op, of voor aap staan bij het erediner. Dan moeten De Lul en Delores het podium op.'

'Daar mag jij ook blij mee zijn,' zei Hooker. 'Anders had je met mij het podium op gemoeten.'

'Ben je belazerd.'

'Dan was jij mijn vriendin.'

'Reken er niet op.'

'Kijk je contract er maar op na. Daar staat in dat je in geval van nood met de coureur op stap moet.'

'Kan die verkoopster dat niet doen?'

'Ik versta je niet,' schreeuwde hij. 'De verbinding is slecht.'

Ik had Hooker nog in de kijker en zag hem een wagenlengte achter Bonnano onder de geruite vlag door scheuren.

'Joehoe, moet je mij zien,' zong Hooker. 'Ik ben tweede. Ik ben als tweede binnen.'

'Leuk hoor,' zei ik. 'Hou je een beetje in en ga niet iemand slaan zodra je bent uitgestapt.'

De radioverbinding viel weg en ik wilde al naar beneden, toen ik zag dat Schrok nog bij de balustrade stond.

'Mag ik met je meelopen?' vroeg Schrok. 'Ik wil niet in mijn eentje naar beneden.'

We namen de lift naar de begane grond en wrongen ons tussen de toeschouwers door die van de tribune kwamen. Normaal zou ik de baan oversteken, maar Schrok zag pips, dus bezorgde ik ons een lift in een golfwagentje dat naar het binnenterrein reed. Ik propte Schrok erin als derde man op een tweemansachterbank en lette op of hij niet flauwviel en uit het wagentje tuimelde.

Het circuit heeft golfwagentjes, de teams hebben golfwagentjes, de sponsoren hebben golfwagentjes en de coureurs hebben golfwagentjes. Soms zijn de golfwagentjes de standaard witte rijdende tuinbanken, soms zijn ze opgevoerd en driftig beschilderd. Hookers golfwagentje is net zo uitgevoerd als zijn bus en rijdt ook naar elke race mee in zijn bus. Toen ik, in het begin van het seizoen, nog innig was met Hooker, kon ik zijn golfwagentje gebruiken. Na het incident met de verkoopster had ik hem de sleutels teruggegeven. Achteraf had ik ze waarschijnlijk beter kunnen houden. Dat je niet meer met iemand slaapt hoeft toch niet te betekenen dat je zijn golfwagentje niet meer kunt gebruiken?

We namen de tunnel onder de baan door en kwamen uit op het binnenterrein. In plaats van het lage gegrom van de stockcars klonk nu het *zwiepzwiepzwiep* van overvliegende helikopters die mensen terugbrachten naar Miami. Op de dag van een race komen de helikopters al vroeg aan, om de paar minuten de volgende, om beroemdheden, captains of industry, familieleden van Nascar-coureurs en soms sponsoren op het binnenterrein af te zetten, en 's avonds wordt de operatie uitgevoerd in omgekeerde volgorde.

'Waar ga je nu naar toe?' vroeg Schrok. 'Naar Hookers truck?'

'Nee, ik wil bij de inspectie van de negenenzestig zijn.'

15

'Denk je dat er iets verdachts is aan de negenenzestig?'

'Ja. Jij dan niet?'

'Jawel,' zei Schrok. 'En het is niet de eerste keer dat ik dat denk. En als ik dan die twee kerels met Ray Huevo zie praten, vrees ik het ergste. Ik kan je niet meer vertellen omdat ik toch al moeilijk zit, zoals ik je al zei. Het probleem is dat die negenenzestig al vaker inspectie heeft gehad en dat er niks is gevonden.'

De gang van zaken was dat de Banaan een ererondje zou rijden voor de fans en dan naar Victory Lane zou rijden om foto's te laten maken. Na de fotosessie zou Nascar de wagen opeisen voor inspectie, met de vijf andere beste wagens en een paar willekeurig gekozen wagens. Als de 69 terugkwam naar de garage, was hij al op de weegbrug geweest en gemeten. In de garage werd de brandstof afgetapt en werden de ontsteking, het motorblok en de versnellingsbak gedemonteerd, cilinders nagemeten en schokbrekers gecontroleerd.

Als je ziet hoe een wagen uit elkaar wordt gehaald en getest, lijkt het onwaarschijnlijk dat iemand zou proberen de boel te flessen. En nog onwaarschijnlijker dat het iemand zou lukken. En toch probeert vrijwel iedereen het vroeg of laat.

Een ervaren ploeg monteurs doet ongeveer anderhalf uur over de hele procedure. Het karkas van de onttakelde auto wordt in de truck gehesen, met de reservewagen, en teruggebracht naar de vestiging in North Carolina waar de wagen wordt herbouwd voor een volgende race.

Schrok week niet van mijn zijde terwijl ik van een afstandje toekeek hoe de 69 uit elkaar werd gehaald.

'Ik heb nog nooit een hele inspectie gevolgd,' zei Schrok. 'De crew wil altijd zo snel mogelijk weg. Ik heb dit nog nooit kunnen doen.'

Ik keek naar de rij trucks. De YumYum-truck stond al met draaiende motor klaar om weg te rijden. Van het team van Schrok zag ik niemand meer.

'Zo te zien ben je alleen op de wereld,' zei ik tegen Schrok.

'Ja, ik had me allang bij de truck moeten melden, maar ik heb dingen aan mijn hoofd die ik moet doen. Niet dat ik daar zin in heb. Ik hoopte het eigenlijk hier te kunnen regelen, maar ik geloof niet dat het ervan gaat komen. Ik moet eigenlijk weg.' Schrok sloeg even zijn armen om me heen. 'Bedankt voor wat je voor me hebt gedaan.'

'Pas goed op jezelf.'

'Ik doe mijn best,' zei Schrok en liep weg naar het parkeerterrein voor de media.

Een kwartier later, toen duidelijk was dat de 69 niets verbodens zou opleveren, liep ik naar het coureursterrein.

Ik vond Hookers bus, deed de deur open en riep Hooker toe: 'Ben je toonbaar?'

'Kwestie van opvatting,' zei Hooker.

Hooker was onder de douche geweest en had zich verkleed in een spijkerbroek en een afgedragen T-shirt; hij keek naar een tekenfilmprogramma met Berg, de sint-bernardshond die hij sinds kort had. Berg liet een opgewonden blaf horen toen hij me zag, sprong van de bank en trof me met twee zware voorpoten midden op de borst. Ik ging plat op mijn rug met Berg over me heen, die me liefdevol aflebberde.

Hooker hees Berg van me af en keek op me neer. 'Durfde ik dat maar.'

'Alsjeblieft niet. Ik ben niet in de stemming.'

Hooker trok me overeind, ik liep meteen door naar de koelkast en pakte een Bud. Ik koelde er mijn voorhoofd mee en nam toen een flinke slok. Elke coureurskoelkast staat vol met

Bud omdat de bierfee elke ochtend vroeg voor de deur van de bus staat. Ik logeerde een kilometer of tien verderop met de crew in een goedkoop motel waar de bierfee niet kwam.

'Hoe zag het eruit?' vroeg Hooker.

'Ik heb niets verbodens aan de negenenzestig kunnen ontdekken.'

'Maar?'

'Ik vertrouw het niet. Je rijdt stukken beter dan de Banaan en je had een geweldige wagen, en toch liep hij in elke bocht op je uit.'

'Wat wil je daarmee zeggen?'

'ADSR.'

In gewone auto's zit een elektronische antidoorslipregeling; een computer signaleert of een aangedreven wiel doorslipt en stuurt meer vermogen naar het bewuste wiel. Bij een racewagen komt ADSR neer op snelheidsbeheersing. Een coureur leert aan te voelen dat zijn wielen doorslippen en geeft dan minder gas om het vermogen beter te kunnen beheersen, waardoor de wielen worden geremd en het slippen wordt opgeheven. De computergestuurde elektronische antidoorslipregeling verdubbelt de controle op de brandstoftoevoer, maar dan veel efficiënter en effectiever. Nascar vindt dat niet sportief en dus staat in het reglement dat het verboden is. Maar als je besluit dat risico te nemen, kan een gemiddelde coureur eenvijfde van een seconde per ronde sneller rijden. En dat kan genoeg zijn om de race te winnen.

Berg lag midden op de vloer, met zijn kop bij Hookers ene gymp. Berg is wit met een zwart masker, slappe zwarte oren en een bruine vlek op zijn rug in de vorm van een zadel. Hij weegt ruim zestig kilo en lijkt op een kleine koe. Het is een schatje, al zal hij op een tentoonstelling geen prijs krijgen. Misschien omdat hij nogal kwijlt. Kwijlen kan hij echt heel goed.

Met een slaperig geopend sint-bernardsoog bekeek hij me met lichte verbazing.

Hooker keek me precies zo aan. 'ADSR valt op,' zei hij. 'Je hebt een krachtbron nodig, snoertjes, een schakelaar.'

'Ik kan ADSR in jouw auto installeren die niemand kan vinden.'

Nu had ik Hookers aandacht. Hooker zou onmiddellijk verboden technologie in zijn wagen gebruiken als hij dacht dat hij dat ongestraft kon doen. En de mogelijkheid om de brandstoftoevoer efficiënter te maken is verleidelijk voor elke coureur.

'Waarom heb ik dat dan nog niet?' vroeg Hooker.

'Ten eerste vind ik je niet aardig genoeg om het risico te nemen.'

'Wat onaardig nou, schatje.'

'Bovendien zijn er te veel mensen met de wagen bezig wanneer hij in elkaar wordt gezet. Je zou uitsluitend met ingewijden moeten werken. En dat lukt je niet onopgemerkt. Dan de krachtbron...'

Hooker trok zijn ene wenkbrauw op.

'Ik heb zoiets nog nooit in een wagen gemonteerd, maar ik denk aan een lithium knoopbatterij, zoals in een horloge, als krachtbron en het wegwerken van de snoertjes in het chassis. Misschien in de rolbeugel. Nascar heeft geen argwaan tegen de rolbeugel. Het zou nog beter zijn om infraroodtechnologie te gebruiken en de chip direct op de motor aan te brengen. Gecamoufleerd als oneffenheidje hoeft zo'n chip niet op te vallen.'

'Hoe klein?'

'Kleiner dan een contactlens. En in dat geval hoef je niet met ingewijden te werken. Dan heb je maar één bereidwillige constructeur nodig.'

'En de schakelaar?'

'Afstandsbediening op zakformaat die je zo kunt meenemen in een brandwerende overall.'

Hooker dronk zijn blikje bier leeg, kneep het fijn en mikte het in de gootsteen. 'Barney, meid, je bent behoorlijk uitgeslapen. Dat waardeer ik in een monteur.'

'Heb je gehoord hoe het met Shrin is?'

'Ja, hij maakt het redelijk. Hij heeft een flinke tik gehad en daar moest hij even van bijkomen. Hij was een beetje van de kook toen ze hem eruit haalden, maar inmiddels is hij weer net zo stom als altijd.'

Ik hoorde dat de trucks werden gestart. De wagens waren ingeladen en de trucks gingen terug naar de garages in North Carolina. Drieënveertig trucks. Elke truck vervoerde voor ruim een miljoen dollar aan wagens en apparatuur. Twee racewagens achter elkaar boven in elke truck. Onder in de truck vind je een zitje, een wc, een primitief keukentje en een werkplek met een computer, kasten voor de uniformen van de crew en alle reserveonderdelen en het gereedschap dat nodig is om de wagens in conditie te houden. Grote gereedschapskisten op wielen vullen de meeste ruimte tussen de achterklep en het zijportier.

Alleen de chauffeurs verplaatsen zich in de trucks. Crewleden en coureurs reizen per privévliegtuig. Stiller had een Embraer voor het vervoer van het team. Hooker en Berg reisden in Hookers Citation Excel. En ik liftte meestal mee met Hooker. De meeste coureurs gingen per helikopter van het vliegveld naar het circuit, maar Berg hield niet van helikopters en dus moesten we over de weg. Vond ik prima. Ik had het ook niet op helikopters.

We namen Berg aan de riem om hem uit te laten. De meeste bussen stonden er nog, leeg en wel. Morgenochtend zouden de buschauffeurs instappen en van het binnenterrein naar de weg rijden. Berg sjokte naar het garageterrein. Er stond nog maar één truck voor zijn garage. De 69. De truckbestuurder en een paar mensen van het 69-team stonden bij elkaar voor de cabine.

'Problemen?' vroeg Hooker.

'Brandstofpomp. We moeten wachten op een onderdeel.'

We liepen terug naar de bus, smeerden boterhammen en zetten de tv aan. We konden de file net zo goed hier uitzitten. Over een halfuur zou het minder druk zijn op de weg en dan konden we naar het vliegveld.

Mijn telefoon ging en het verbaasde me niet te horen wie het was. Schrok. Waarschijnlijk had hij zijn vliegtuig gemist en wilde met ons mee.

'Je moet me helpen,' zei Schrok.

Hij fluisterde en was lastig te verstaan, maar de wanhoop in zijn stem was onmiskenbaar.

'Tuurlijk,' zei ik. 'Wil je met ons mee?'

'Nee. En ik kan niet praten. Ik ben bang dat iemand me hoort. Ik zit opgesloten in de truck van het 69-team. Ik wilde me verstoppen, maar nu zit ik hier vast en ik kan er niet uit. Ik kan zelfs het vloerluik niet openkrijgen. Je moet me helpen.'

'Dat meen je niet.'

'Je moet me ongemerkt zien te bevrijden. De chauffeurs mogen het niet zien. Ik heb al genoeg problemen. En Ray Huevo is erbij betrokken, dus je moet heel voorzichtig zijn.'

'Waarbij betrokken?'

'Dat kan ik je niet vertellen, maar het is bloedserieus. O jezus! Ze rijden weg. Lieve god, dit overleef ik niet. Ik ben boven bij de wagens en de truck rijdt al. Jij en Hooker zijn de enigen die ik om hulp kan vragen. Jou kan ik vertrouwen. Je moet me helpen hier weg te komen.'

'Goed. Geen paniek. We verzinnen wel wat.' Ik maakte een einde aan het gesprek en keek naar Hooker.

'Schrok zit vast op het bovendek van de 69-truck en hij wil dat wij hem komen redden.'

'Schatje, je hebt te veel bier op.'

'Ik meen het! Hij is verzeild geraakt in iets serieus. Het heeft te maken met Ray Huevo en twee mannen in penosepakken. Hij zei dat hij zich in de truck wilde verstoppen en er toen niet meer uit kon.'

'En hij heeft niet tegen de zijkant van de truck gebonkt en een keel opgezet omdat...'

'Hij is bang.'

We hoorden allebei de truck die dof grommend langs de bus naar de toegang tot de openbare weg reed.

'We moeten hem eruithalen,' hield ik Hooker voor. 'Ik weet niet wat erachter zit, maar het klonk echt alsof hij in paniek was. En op het dak zei hij iets bizars tegen me. Volgens hem was Clay opzettelijk uit de baan gedrukt.'

'Volgens mij heeft Schrok te veel herhalingen van de Soprano's gezien.'

'Dat heb ik me ook afgevraagd, maar het maakt niet uit omdat Schrok nu ingesloten is in de truck van de Banaan.'

'Een vriend in nood kan altijd op me rekenen,' zei Hooker. Hij schoof van de bank, liep naar het bureautje aan de andere kant van het verblijf en pakte een vuurwapen uit een la.

'Ik ben een gehaaide, gestaalde, gewapende Texaan,' zei hij. 'En ik ga mijn goede vriend Schrok redden.'

'O jee.'

'Maak je geen zorgen, ik weet wat ik doe.'

'Dat heb ik vaker gehoord.'

'Als je dat condoomongelukje bedoelt, dat kwam niet door

mij. Het ding was te nauw, het was een glibberig onding. En bovendien deugde het niet. Er zat een gat in.'

'Dat heb je er zelf met je duim in gemaakt.'

Hooker keek me grijnzend aan. 'Ik had haast.'

'Dat weet ik nog.'

'Maar ik weet dus meestal wel wat ik doe.'

'Dat heb ik ook eerder gehoord. Hoe wou je dit aanpakken?'

'Het lijkt me het simpelst om achter de truck aan te rijden en te wachten tot de chauffeurs gaan pauzeren. We hebben maar vijf minuten nodig om de truck met de afstandsbediening open te maken zodat Schrok eruit kan.'

'Jammer dat we geen bivakmutsen of zo hebben. Voor het geval dat.'

'Bivakmutsen heb ik niet, maar we kunnen mijn Calvins over ons hoofd trekken en kijkgaatjes in het zitvlak knippen.'

'Ja,' zei ik. 'Dat lijkt me erg leuk.'

Ik trok een T-shirt aan en we deden het licht uit in de bus, stopten Berg in de laadruimte van Hookers gehuurde SUV en reden achter de Lube-A-Lot-truck met nummer 69 aan.

2

Het verkeer stond niet vast, maar het scheelde weinig. Achter ons baadde het circuit in het licht en voor ons uit stond een rij rode remlichten tot Miami aan toe. De truck bevond zich ergens uit het zicht voor ons uit, maar ook in de file. Er waren twee chauffeurs en waarschijnlijk zouden ze de hele nacht doorrijden. Met een beetje geluk zouden ze ergens stoppen om wat te eten en de benen te strekken, en dan konden wij onze reddingsoperatie uitvoeren.

De drukte nam iets af naarmate meer wagens afslagen namen. Het was niet precies te zien wat er voor ons uit zat, maar er leek een aantal trucks voor ons te rijden waarvan de dakverlichting zichtbaar was boven de stroom van SUV's en gewone auto's uit.

Een uur later waren we genoeg opgeschoten om te kunnen zien dat een van de trucks inderdaad de 69 was. We zaten er een paar auto's achter, maar we konden hem zien.

Ik belde Schrok op zijn mobieltje.

'We zitten een paar auto's achter je,' liet ik hem weten. 'We willen je eruit halen wanneer ze pauzeren. Gaat het wel?'

'Ja. Het is krap, maar het gaat.'

Ik maakte een einde aan het gesprek.

'Ken je de chauffeurs?' vroeg ik aan Hooker.

Hij schudde zijn hoofd. 'Van gezicht. De mensen van Huevo zijn nogal eenkennig. Niets nodig van niemand, dat werk.'

Vijftien kilometer voor Miami sloeg de truck af. Mijn hart tapdanste in mijn borst en ik hield tijdelijk op met ademhalen. Het verstandige deel van mijn brein had gehoopt dat Schrok zou bellen om te laten weten dat hij een luik in het dak had kunnen openen en onze hulp niet meer nodig had. Het onverstandige, geschifte deel van mijn brein flirtte met een fantasie over een James-Bondachtig avontuur en een ontsnapping die probleemloos verliep. En het laffe gedeelte van mijn brein draafde over zwarte wegen van doodsangst.

De truck stopte bij het einde van de afrit en ging linksaf. Een paar honderd meter verder ging hij het parkeerterrein op van een truckerrestaurant. Er stonden al drie andere trucks. Hooker draaide een rondje over het terrein en bleef wachten bij de uitgang. De twee chauffeurs van de truck stapten uit en liepen naar het restaurant.

Het parkeerterrein voor vrachtwagens werd verlicht door een enkele halogeenbooglamp. De 69-truck voerde licht en de motor draaide stationair. Vaste prik. Het was een begrijpelijke aanname dat niemand zo krankzinnig zou zijn dat hij een truck zou jatten. Dus kon alles aanblijven. Hooker deed zijn verlichting uit, kroop naar de 69 en parkeerde. Alle trucks hebben bagageruimtes aan de zijkant waarin dozen frisdrank, gereedschap, barbecues en dergelijke worden opgeborgen. In de bagageruimte aan de linkerkant ligt meestal de afstandsbediening waarmee de bagageklep kan worden opengedaan. Ik rende naar de truck en probeerde de bagageruimte open te maken, maar die zat op slot. Hooker probeerde de bagageruimte aan de andere kant open te krijgen. Ook op slot. We voelden aan de zijdeur. Ook op slot.

'We moeten het slot van de bagageruimte forceren,' zei ik tegen Hooker. 'Anders lukt het niet.'

Hooker doorzocht de huurwagen op een krik of schroevendraaier. Ik keek in de cabine van de truck. We vonden geen van beiden iets.

Ik keek op mijn horloge. We waren een kwartier bezig. 'Zonder de afstandsbediening krijgen we de bagageklep niet open,' zei ik. 'En als het nu niet lukt, moet hij nog een hele tijd boven blijven. Ik weet niet hoe het verder moet. Heb jij nog ideeën?'

Hooker zoog peinzend zijn wangen hol en zuchtte toen. 'Ja. We kunnen de truck stelen.'

'Nee, serieus.'

'Ik meen het. Ik kan niets anders bedenken. We rijden een eind met de truck, parkeren achter de Wal-Mart of zoiets, kopen een blikopener, halen Schrok eruit, en gaan ervandoor. Sommige trucks hebben GPS. Als Huevo in deze truck GPS heeft, kunnen ze hem onmiddellijk terugvinden. Anders kunnen we ergens bij een openbare telefoon opbellen om te laten weten waar de truck staat.'

'Deze truck heeft GPS. Ik heb de antenne gezien toen ik keek naar een manier om erin te komen. Het zou niet echt stelen zijn. Lenen, eigenlijk.'

'Zoiets.'

Ik kauwde op mijn onderlip. Bij de gedachte aan het 'lenen' van de truck kreeg ik buikpijn.

'We moeten opschieten,' zei Hooker. 'Wat gaan we doen? Pakken we door?'

Ik toetste het nummer van Schrok in op mijn mobieltje. 'Gaat het nog?'

'Het is hier erg benauwd. Halen jullie me er gauw uit? Ik voel me ellendig.'

'We krijgen hem niet open. We gaan een eindje met je rijden om gereedschap te kopen. Hou vol.'

Hooker hees zich in de cabine en schoof achter het stuur.

'Wacht eens even,' zei ik. 'Waarom mag jij de truck besturen?'

'Ik ben coureur. Ik rijd altijd. Dat is mijn werk. Heb jij trouwens wel eens in een negenasser gereden?'

'Ja. En jij?' vroeg ik.

'Ja hoor,' zei Hooker.

'Liegbeest.'

'Dat kun je niet weten.'

'Wel waar. Je trekt altijd een scheve mond als je liegt.'

'Kom op zeg. Ik ben een door testosteron gedreven coureur. Ik moet aan het roer.'

'Het is een truck. Met een stuur.'

'Roer, stuur: het komt op hetzelfde neer. Moet je kijken wat een groot ding. Het is jongensspeelgoed.'

'Je weet toch wel hoe de hydraulische remmen werken?' vroeg ik.

'Ja. Remmen.'

'En je weet hoe de koplampen aan moeten? Je hebt nu alleen de buitenverlichting aan.'

'O ja. De koplampen.'

'Deze truck heeft ongeveer vijfhonderdvijftig pk en achttien versnellingen.'

'Ja.'

'Hij is zestien meter lang, waar je rekening mee moet houden bij de draaicirkel...'

'Ik heb het in de vingers, zei Hooker. 'Rijd jij in de andere wagen achter me aan.'

27

Berg zat rechtop en keek uit het raam naar me toen ik terugliep naar de SUV. Hij hijgde zwaar en had zijn voorhoofd gefronst.

'Maak je geen zorgen,' zei ik tegen hem. 'Hij redt het wel. Hij weet wat hij doet.'

Berg keek me aan alsof ik daarmee een zeven op zijn gelulmeter had gescoord. Op mijn eigen meter kwam ik nog wat hoger uit. Ik deed mijn gordel om, startte en wachtte tot Hooker zou wegrijden. Ik greep het stuur stevig vast en fluisterde: 'Langzaam.' Toen de truck geleidelijk in beweging kwam, werden mijn knokkels wit en mijn ademhaling stokte.

Hooker reed voorzichtig het parkeerterrein af, langs het restaurant, nog altijd zonder de koplampen aan te doen. Hij schoof de uitrit op en ik reed achter hem aan. Nu konden we niet meer terug. Over enkele ogenblikken zou hij in een gestolen truck over de snelweg rijden. Nu moesten we de gevolgen eerlijk onder ogen zien. Als we werden gepakt, werden we uit het Nascar-circuit gegooid en in Florida in de cel gesmeten.

Mijn hart bonsde zo heftig dat mijn gezichtsvermogen werd belemmerd. Zelfs Berg was instinctief alert en hij hijgde niet meer. Ik keek naar hem in het spiegeltje en we keken elkaar in de ogen. Het zal wel mijn verhitte fantasie zijn geweest, maar ik zweer dat hij net zo doodsbang keek als ik me voelde.

Hooker boog af naar links en zijn achterbanden schoven over een trottoirband en pletten een dwergpalm van ruim een meter en een heel bloembed. Ik keek in paniek om me heen, maar ik zag niemand uit het restaurant komen.

'Dat heb ik niet gezien,' zei ik tegen Berg. 'Jij toch ook niet?'

Hooker trok de truck uit het bloembed naar de afrit en reed in zuidelijke richting de snelweg op. Hij ontstak zijn lichten en voerde zijn snelheid op tot kruissnelheid. Na een paar minuten viel me op dat de truck werd ingehaald door automobilisten die hem eens goed wilden bekijken. Zo'n truck is een rijdende reclame voor de wagen en de sponsor. Het zijn kunstwerken. De 69 was in de kleuren van de Banaan gespoten, met een meer dan levensgrote afbeelding van de Banaan en zijn wagen.

Ik belde Hooker op zijn mobieltje. 'We hebben een probleem,' zei ik. 'Iedereen heeft belangstelling voor de truck. Sommige mensen maken er foto's van. Je had je onderbroek over je hoofd moeten doen.'

'Je voelt je niet echt de bink met je onderbroek over je hoofd,' zei Hooker. 'Ik ga er bij de volgende afrit af. Ik heb een bord gezien dat daar een benzinestation is. Ik ga me in het donker verstoppen terwijl jij naar de pomp gaat om iets nuttigs te pikken.'

Hooker reed in bedaagd tempo de afrit op en sloeg rechtsaf. Een paar honderd meter verder passeerde hij een kleine supermarkt die dicht was. Zijn richtingaanwijzer ging aan en hij verdween achter het gebouw. Ik keerde om terug te rijden naar het benzinestation en het winkeltje.

Tien minuten later reed ik terug en zag Hooker in het licht van mijn koplampen. Zijn koplampen en buitenverlichting waren uit. De truck draaide stationair. Hooker stond tegen de truck geleund.

Ik parkeerde en rende naar hem toe met de kleine schroevendraaier die ik in het winkeltje had gekocht. Ik scheurde de verpakking open en gaf Hooker de schroevendraaier.

'Iets beters was niet te krijgen. De garage was dicht.'

Hooker ramde de schroevendraaier tussen de klep en de buitenwand van de truck en zette er zijn volle gewicht op. Het metaal verboog en het slot sprong open. We doorzochten de bagageruimte. Geen afstandsbediening.

'Probeer de zijdeur te forceren,' zei ik. 'We kunnen niet bij het luik naar de bovenverdieping omdat de gang vol staat met gereedschapswagens, maar misschien kan ik in de zitruimte de sleutel van het andere bagageluik vinden. Of misschien hebben ze daar de afstandsbediening liggen.'

Hooker forceerde de zijdeur en ik klom naar binnen en maakte licht. Ik bonkte tegen het plafond en riep naar Schrok: 'Alles goed met je?'

'Ja,' riep Schrok terug. Zijn stem werd gedempt door de bodem onder hem. 'Wat gebeurt er?'

'We kunnen de afstandsbediening van de laadklep niet vinden.'

Ik zocht in alle laden en kasten. Geen afstandsbediening. Geen sleutel. Geen nuttig breekijzer. Geen elektrisch gereedschap om mee door metaal te gaan.

Hooker verscheen in de deuropening. 'Bij mijn tweede poging om de andere bagageruimte open te krijgen is de schroevendraaier geknapt. Heb je hier iets gevonden?'

'Nee.'

Hooker keek op zijn horloge. 'De chauffeurs staan waarschijnlijk al de politie te bellen.'

'Ze bellen de politie echt niet,' riep Schrok naar ons. 'Er zit iets in dat een miljard dollar waard is en dat mag niemand vinden.'

Hooker keek naar het plafond. 'Dat is goddorie toch een geintje?'

'Was het maar waar,' zei Schrok. 'Ik heb ze bij de truck horen praten. Ze wilden naar Mexico. Jullie moeten me eruit halen. Als ze me hier vinden, maken ze me af.'

'We hebben meer tijd nodig en een heel wat betere schroevendraaier,' zei Hooker.

'Geen paniek,' zei ik. 'We hebben beter gereedschap nodig

en een betere schuilplaats voor dit ding,' zei ik. 'Wie kennen we?'

'We moeten iemand hebben die we kunnen vertrouwen,' zei Hooker. 'Iemand hier in de buurt. Iemand met een garage of een hangar of een lege opslagruimte. Het zou handig zijn om een poosje onzichtbaar te zijn als we Schrok eruit halen.'

'Felicia Ibarra,' zei ik. 'We kunnen dat leegstaande pakhuis achter haar fruitkraam gebruiken.'

Felicia Ibarra is een stevige kleine geïmmigreerde Cubaanse van in de zestig. Ze is verrassend kapitaalkrachtig, ze is de eigenares van een heel huizenblok van redelijke kwaliteit in Little Havana. En ze weet van aanpakken: ze heeft eens een man neergeschoten om me te helpen.

Hooker keek me even strak in de ogen. 'We mogen dan een goede reden hebben, maar welke draai je er ook aan geeft, dit is diefstal van een duur vervoermiddel. Als ik op de weg in de truck word betrapt, is mijn carrière voorbij.'

'Als je wordt betrapt, ben ik er geweest,' schreeuwde Schrok naar beneden.

Hooker had zijn handen op zijn heupen. 'Dat is een heel bemoedigende vaststelling.'

'Laat mij dan rijden,' zei ik. 'Ik kan beter van autodiefstal worden beschuldigd dan jij. Maar dan moet je me wel beloven dat je me in de bak komt opzoeken.'

'Ja, misschien moet dat een overweging zijn. Kijk eens of je de GPS buiten werking kunt stellen. Ik ga de versiering van de zijkant afscheuren om minder op te vallen.'

Ik kon net bij een rol aluminiumfolie in het keukenkastje. Ik scheurde een paar stukken van de rol, ging naar buiten en klom op de cabine. De antenne zat op de gebruikelijke plaats tussen de uitlaten in. Ik wikkelde aluminiumfolie om de antenne en sprong op de grond. Het is vrij gemakkelijk om een GPS-systeem uit te schakelen.

Tien minuten later hadden we genoeg versiering verwijderd om verder te kunnen rijden.

Ik reed achter Hooker aan naar de snelweg. De truck was nu overwegend wit en trok niet veel aandacht meer. We namen de 95 in zuidelijke richting naar Flagler en reden zo Little Havana binnen. We passeerden de fruitkraam van de Ibarra's en namen de eerste zijstraat links om voor het pakhuis uit te komen.

Ik had Felicia opgebeld en ze had gezegd dat we de opslagruimte mochten gebruiken; ze zou een van de garagedeuren openlaten. Hooker manoeuvreerde de truck voor de toegang en reed het donkere pakhuis in, gevolgd door mij in de SUV. Ik holde terug naar de toegangsdeur om hem dicht te doen. Zodra de deur dicht was, drukte ik op de knop voor het licht en de tl-balken gingen flakkerend aan.

Felicia en haar man hadden onroerend goed bij hun fruitkraam gekocht toen het nog goedkoop was. Sommige panden waren verhuurd aan andere bedrijfjes en sommige stonden leeg. Dit pakhuis werd soms gebruikt voor de opslag van seizoensfruit. Het was opgetrokken uit gasbetonblokken en had drie laadperrons en genoeg plaats voor zes negenassers of de halve wereldvoorraad sinaasappels. Het plafond was hoog genoeg voor de truck. De verlichting was voldoende. De inrichting was niet echt sfeervol, maar we waren hier niet voor de sfeer.

Hooker zette de motor af, liet zich op de grond zakken en draafde naar een stapel lege sinaasappelkisten tegen de achtermuur. Een paar breekijzers en een hamer lagen op de vloer bij de kratten. Hij greep een breekijzer en een paar seconden later had hij de tweede bagageruimte open. De afstandsbediening lag erin, met een aantal snoeren. Ik stak een snoer in een stopcontact om niet afhankelijk te zijn van het aggregaat. Daarna stak ik het snoer met de afstandsbediening in het bijbehorende stopcontact. Ik drukte op de knop om de laadklep omhoog te laten gaan en Schrok werkte zich langs de voorste wagen en kroop erop. Hij bleef languit liggen, met zijn hand op zijn hart.

'Godverdomme, ik dacht dat ik er geweest was,' zei hij. 'Zo waar als ik het zeg.'

Ik liet ons zakken en toen de klep op de betonvloer rustte, hees Hooker Schrok overeind.

'We moeten praten,' zei Hooker. 'Ik wil weten wat er aan de hand is.'

Schrok schudde zijn hoofd. 'Dat wil je niet weten. Het is niet best.'

'Ik heb voor jou net een truck gestolen. Ik wil meer weten.'

Schrok zuchtte diep. 'Ik zit in de tang. Een paar weken geleden kwam er iemand naar me toe die zei dat hij aan een nieuwe antidoorslipregeling werkte en dat de technologie moest worden getest. Hij zei dat het supergeheim was en dat ze iemand nodig hadden die het stil kon houden. Ze zouden contant betalen en ik had het geld hard nodig. Ik heb twee schatten van kinderen en een vrouw die me financieel de duimschroeven aandraait en torenhoge advocaatkosten. Ik hoefde alleen maar een knopje in te drukken op een afstandsbediening wanneer de wagen de bocht inzette. Vorige week was het jouw wagen en deze week die van Shrin. Vorige week kwam jij er met een gescheurde bumper vanaf, maar deze week... Ik had hem bijna naar de andere wereld geholpen. Ik zweer je dat ik nooit had gedacht dat het tot zo'n zware crash zou leiden.'

Ik keek strak naar Hooker en zag dat hij rood aanliep, en ik meende ook te zien dat er stoomwolkjes uit zijn oren kwamen. 'Je gaat hem toch niet slaan?' vroeg ik.

'Ik denk er wel over.'

'Eigenlijk hebben we daar geen tijd voor.'

'Eén goeie mep,' zei Hooker.

'Ik had niet door hoe het werkte,' zei Schrok. 'Ik dacht dat we er voordeel van zouden hebben. Iedereen wil toch een anti-doorslipregeling in zijn wagen? Ik dacht dat het toeval was dat Hooker die schuiver maakte. Toen Shrins wagen vandaag crashte, wist ik dat er meer aan de hand moest zijn. Zodra ik op de knop drukte, gingen allebei de wagens uit hun baan.'

'En Clay? Waarom dacht je dat Clay er iets mee te maken had en met opzet werd aangereden?'

'Ze hadden iemand bij het team die iets aan de motor heeft gedaan. Ik weet niet wie het was. Dat wou ik ook helemaal niet weten. De avond dat ik zag dat Clay werd aangereden, zei ik bij mezelf dat Clay degene moest zijn die aan de motor had gezeten. Ik weet niet waarom hij is aangereden. Misschien wilde hij meer geld. Of misschien hadden ze hem niet meer nodig, zodat ze hem uit de running wilden hebben. Maar ik wed dat Clay degene was die ze bij dat team hadden.'

'En je hebt niets tegen de politie gezegd.'

'Ik wilde ons niet allemaal in een gigantisch schandaal storten,' zei Schrok. 'Ik dacht nog steeds dat ik iets goeds deed voor het team. Ik dacht dat er in Shrins wagen iets was gemonteerd dat ons op voordeel zou zetten. Nu begrijpen jullie waarom ik in de tang zit. Het is niet dat ik het niet netjes wilde doen. Ik kwam er alleen niet achter wat de beste aanpak zou zijn. En ik wist niet eens hoe die lui heetten. Die lange en die kleine komen altijd naar mij toe. Opeens zijn ze er. Ik noem ze het Paard en de Kale.'

'In hun gezicht?'

34

'Ben je gek. Ik zou niet durven. In hun gezicht noem ik ze godverdomme echt wel meneer.'

'Je hebt het toch over de twee mannen die je me op het dak hebt aangewezen? De mannen die bij Huevo stonden.'

'Ja.'

'Waarom het Paard?'

'Ik kwam ze een keer in de heren tegen en ik, nou ja, keek naar hem, weet je wel. En die kleine, dat is duidelijk. Die is zo kaal als een biljartbal.

Goed, na de race moest ik dus het Paard en de Kale de afstandsbediening teruggeven en zij zouden me betalen, maar ik zat in over wat er met Clay was gebeurd. En ik wist niet of de antidoorslipregeling niet goed had gewerkt, of dat ze expres onze wagens hadden laten crashen. Het leek me veiliger om onder de mensen te blijven, bij de garages of zo. Ik hoopte dat ze me zouden vinden en de afstandsbediening zouden overnemen, dan was ik eraf en dan zou er niets gebeuren.

Ik bleef zo lang als ik kon bij jullie in de garage, maar ze kwamen niet, en ik was bang dat ik het vliegtuig zou missen, dus wilde ik terug naar de bus. Op de parkeerplaats waren ze er opeens, en de Kale had me onder schot, en ik schrok geweldig. Ik rende terug naar de garage, zonder op of om te kijken. De trucks waren al aan het wegrijden en er waren niet veel mensen meer. De negenenzestig stond nog open en er was niemand in de buurt, dus klom ik erin om me te verstoppen achter de reservewagen. Dat leek me op dat ogenblik het beste. Het valt niet mee om verstandig na te denken als je vlucht voor iemand die op je wil schieten.'

'En Ray Huevo zit erachter, zeg je.'

'Ze stonden naast de truck en ik zat binnen opgesloten, en ik kon precies verstaan wat ze zeiden.'

'Wie waren het dan?'

'Zo te horen het Paard en de Kale en iemand anders. De derde man was kwaad omdat ze mij niet te pakken hadden gekregen. Hij zei dat het Paard en de Kale moesten zorgen dat de rotzooi werd opgeruimd. Toen zei hij dat er een miljard dollar aan narigheid was die van Huevo absoluut in Mexico moest worden afgeleverd.

Het Paard zei dat alles geregeld was. Hij zei dat de narigheid in de truck zat en dat de chauffeurs opdracht hadden ermee naar Mexico te rijden.'

Ik was technicus en waarnemer voor een raceteam. Ik had een ogenblikje overwogen of ik de James Bond zou uithangen, maar dat had maar heel even geduurd en nu moest ik er niets meer van hebben... wat het ook mocht zijn.

'Volgens mij moeten we de truck overdragen aan de politie,' zei ik. 'Dan kan die het mysterie oplossen.'

'Moet de politie niet een goede reden hebben om in de truck te zoeken?' vroeg Schrok. 'Denk je dat mijn verhaal sterk genoeg is voor een onderzoek?'

Hooker en ik keken elkaar aan en haalden onze schouders op. We wisten het niet.

'Ik kijk altijd naar *CSI: MIAMI*,' zei Hooker, 'maar dit hebben ze nog niet behandeld.'

'Ze zitten achter me aan om me te vermoorden,' zei Schrok. 'Straks hebben mijn kinderen geen vader meer. Dan zijn ze overgeleverd aan mijn inhalige ex-vrouw. En die trouwt dan met een klootzak die alles weet van die ellendige kleine stuurman en die heeft ook vast bakken met geld zodat hij met het hele stel naar Disney World kan. En dan word ik door mijn kinderen vergeten.'

Hooker keek me aan omdat hij het niet kon volgen. 'Kleine stuurman?'

'Dat leg ik je nog wel eens uit.'

'Ik heb veel nagedacht toen ik opgesloten zat,' zei Schrok. 'We kunnen de truck doorzoeken en dat miljard aan narigheid zien te vinden. Dan kunnen we naar de politie met ons bewijsmateriaal zodat de boeven in de bak worden gestopt. Dan kunnen ze me meteen niet meer vermoorden. Ik heb ook een alternatief plan bedacht, maar daar zie ik minder in. Dan moet ik mijn kinderen ontvoeren en meenemen naar Australië.'

'Ik heb het nog niet helemaal door,' zei Hooker. 'Het lijkt me geen zekerheid dat we de boeven in de bak kunnen krijgen. En ik kan me nauwelijks iets technologisch voorstellen dat een miljard waard zou zijn.'

'Ik denk dat het iets in de wagen is,' zei Schrok. 'Ik denk dat ze het zo hadden afgestemd dat mijn team van de baan zou raken en Dickies wagen zou winnen. Volgens mij zoekt Nascar op de verkeerde plek.'

'Waarom willen ze met de truck naar Mexico?' vroeg ik.

'Huevo's researchafdeling is in Mexico,' zei Hooker. 'Hij heeft een garage in Concord, maar alle research gebeurt in Mexico. Ze hebben er een apart terrein voor op een paar kilometer van de hoofdvestiging van Huevo. Als er op de negenenzestig een heel sensationeel foefje is gemonteerd, moet de wagen misschien terug naar de researchafdeling. Oscar Huevo is de topman van Huevo Industries en de grote motor achter het raceteam. Zijn broertje Ray leidt de researchafdeling.'

'En Ray was vandaag op het circuit,' zei Schrok. 'Barney en ik hebben gezien dat hij met het Paard en de Kale stond te praten.'

Ik moet toegeven dat mijn belangstelling met sprongen toenam. Schrok suggereerde dat er voor een miljard aan illegale technologie zat in een wagen waar ik bij kon. Als betrokkene bij de racerij maakte het me woedend dat er met technologische hulpmiddelen ongelukken konden zijn veroorzaakt. Maar als techniekjunk voelde ik mijn handen jeuken.

Hooker keek even naar mij. 'Je kijkt net als Berg als hij een onbewaakte dikke biefstuk op het aanrecht ziet liggen.'

'Maar je ziet mij niet hijgen en kwijlen.'

'Nog niet,' zei Hooker. 'Maar ik weet dat je ertoe in staat bent.'

'Hier in het pakhuis zijn we eigenlijk wel veilig,' zei ik tegen Hooker. 'Misschien moesten we de negenenzestig maar eens goed bekijken.'

Hooker grijnsde. 'Ik wist dat je de verleiding niet zou kunnen weerstaan.'

Ik klom in de truck. Hooker, Schrok en ik trokken twee grote gereedschapskisten op wielen van het middenpad naar de laadklep en rolden ze het pakhuis in.

We gingen allemaal om de laadklep staan, ik drukte op de knop om ons op het niveau van de bovenverdieping te brengen, we duwden de racewagen op de klep, zetten blokken neer om hem op zijn plaats te houden en lieten ons weer zakken. We duwden de wagen van de klep naar de vloer en ik trok wegwerphandschoenen aan en klapte de gereedschapskisten open om aan het werk te gaan. We demonteerden de motorkap.

We hadden Berg losgelaten om hem wat beweging te gunnen en hij rende rondjes, op zoek naar een spelletje. Hooker pakte een handdoek uit de gereedschapskist, gooide hem naar Berg en Berg ving hem op, waarna hij hem aan flarden knauwde.

'Gewoon pup gebleven,' zei Hooker.

'Hou hem in de gaten, anders begint hij nog aan een moersleutel of een velgmoer. Ik ga een overall lenen uit de Huevotruck.'

De eerste kast die ik openmaakte was leeg. Ik deed een tweede kast open en daar viel een lijk in huishoudfolie uit. Het lijk was in elkaar gevouwen, met de knieën tegen de borst. Het was spiernaakt. Het was een man. Er zaten een heleboel lagen folie omheen. Met uitzondering van het gruwelijk vertrokken gezicht en de open, niets ziende ogen leek het in folie verpakte lijk nog het meest op tachtig kilo kipdelen in groothandelsverpakking.

Ik deinsde achteruit en klapte tegen de kast aan de andere kant van het gangetje. Er trok een golf van onpasselijkheid door me heen en even werd de ruimte donker. Naar mijn gevoel schreeuwde ik het uit, maar ik geloof dat er in werkelijkheid geen geluid uit mijn openstaande mond kwam.

Hooker kwam kijken. 'Een spin gezien?' Hij richtte zijn blik op de in folie verpakte lichaamsdelen op de vloer. 'Verdomme, wat is dat nou?'

Ik was buiten adem en te verlamd om me te kunnen bewegen. 'Volgens mij is het een d-d-dooie. Ik deed de kast open en hij viel eruit.'

'Dat zal wel.'

'Je moet even komen kijken, want ik denk echt dat hier een dooie ligt en ik wil hier weg, maar mijn voeten willen niet.'

Hooker kwam naar me toe en we staarden allebei naar het lijk. De ogen stonden open in een starre blik van verbazing en hij had een groot kogelgat midden in zijn voorhoofd. Hij was een jaar of vijftig, stevig gebouwd, met kort geknipt bruin haar. Hij was naakt en bloederig en grotesk. Hij was eerder een karikatuur dan een mens, en na de eerste schokgolf leek hij dan ook meer op een filmrekwisiet.

'Shit,' zei Hooker. 'Dit is echt een dooie. Ik heb de schurft aan dooien. Zeker als ze een kogelgat in hun voorhoofd hebben en in een truck liggen die ik net heb gestolen.'

Ik keek even naar Hooker en zag hem zweten. 'Je gaat toch niet flauwvallen of braken of zo?'

'Coureurs vallen niet flauw. Wij zijn stoere mannen. Maar braken, dat scheelt niet veel. Stoere mannen mogen wel braken.'

'Misschien moet je even gaan zitten.'

'Dat lijkt me een goed idee, maar het lijkt wel of ik me niet kan bewegen. En is er nog meer slecht nieuws. Weet je wie dit is?'

'Nee. Jij wel?'

'Door de folie wordt zijn gezicht vervormd, maar volgens mij is dit Oscar Huevo.'

Ik sloeg mijn handen voor mijn oren. 'Dat heb ik niet gehoord.'

Schrok kwam ook binnen. 'Jezus Christus,' zei Schrok. 'Dat is Oscar Huevo. Jezus Christus.'

'Iemand moet me eruit duwen,' zei ik. 'Ik moet overgeven.'

Hooker gaf me een duw en we gingen allemaal zo snel mogelijk de truck uit om frisse lucht te happen in het pakhuis. Schrok stond te trillen op zijn benen. Ik hoorde hem klappertanden.

'W-w-wat een ellende,' zei hij.

Hooker en ik knikten alleen. Het was ellende.

'Wie zou Oscar Huevo willen vermoorden?' vroeg ik aan Hooker.

'Tienduizenden mensen, waarschijnlijk. Hij was briljant in zaken, maar ik heb gehoord dat hij een bikkelharde concurrent was. Hij had veel vijanden,' zei Hooker.

'We moeten de politie bellen.'

'Schatje, we staan bij een truck die we hebben gestolen en opengebroken. En de dooie die erin ligt is de eigenaar van de wagen die me het kampioenschap heeft afgetroggeld. En alsof dat nog niet erg genoeg is, houden twee mensen van Stiller zich met heel onsmakelijke dingen bezig.'

'Denk je dat Oscar Huevo het pakje was dat een miljard waard is en naar Mexico moest?'

'Dat lijkt me heel goed mogelijk.'

We bleven een poosje stil om de volle omvang van de toestand tot ons te laten doordringen.

'Ik-ik-ik k-k-kan hier helemaal niet tegen,' zei Schrok. 'M-m-misschien kunnen we Oscar gewoon weer in die kast doen.'

3

Buiten het pakhuis werd een portier dichtgeslagen en Hooker, Schrok en ik verstijfden. Een ogenblik later ging het slot van de zijdeur open en Felicia Ibarra en haar vriendin Rosa Florez kwamen binnen. Rosa werkt in een van de sigarenfabrieken in 15th Street. Ze is in de veertig. Ze is een halve kop kleiner dan ik en een kilo of acht zwaarder. En al ben ik wel tevreden over mijn figuur, in vergelijking met Rosa ben ik een jongetje.

Berg blafte verheugd en overbrugde in galop de onderlinge afstand. Hij kwam slippend tot stilstand voor Felicia en zette zijn beide voorpoten tegen haar borst. Ze ging door de knieën, met Berg over zich heen.

Hooker floot, haalde een hondenkoekje uit zijn zak en gooide het in een hoek. Berg keek onmiddellijk om, met opengesperde ogen, en liet Felicia liggen alsof ze de krant van gisteren was. Er moest een koekje worden opgespoord.

'Hij vindt je aardig,' zei Hooker tegen Felicia en hielp haar overeind.

'Bof ik even,' zei Felicia. 'Het is toch wel een hond?'

Rosa omhelsde Hooker en mij. 'We komen even gedag zeggen. We zien jullie nooit meer.' Ze keek over Hookers schouder heen en haar ogen werden groot. 'O mijn god, dat is toch een Nascar-truck? Het ding waarmee de wagens worden vervoerd. Hoe werkt dat? Hoe komt de wagen in de truck?'

'De wagen gaat bovenin,' zei ik. 'Op de hydraulische laadklep. Die tilt de wagen op en dan wordt hij op zijn plaats geduwd.'

'En wie is dit?' vroeg ze, kijkend naar Schrok.

'Dit is Schrok. Hij werkt ook voor het Stiller-team.'

'Dames,' zei Schrok en knikte de dames toe.

'Bent u coureur?' wilde Rosa weten.

'Nee, mevrouw,' zei Schrok. 'Ik ben waarnemer, net als Barney. En doordeweeks sleutel ik.'

Felicia liep langs me heen naar de truck. 'En wat is er beneden? Ik heb altijd al eens zo'n ding van binnen willen zien. Gewoon even kijken.'

'Nee!' zeiden Hooker en ik tegelijk en versperden haar de doorgang.

Rosa probeerde om Hooker heen te kijken. 'Is er in deze truck ook zo'n geval met leren banken die alle coureurs voor seks gebruiken?'

'Die gebruiken we niet allemáál voor seks,' zei Hooker.

'Zit er nu iemand in?' vroeg Rosa. 'Een beroemdheid?'

'Nee,' zei Hooker. 'Er zit niemand in.'

'Je hebt een scheve mond,' zei Rosa. 'Je mond trekt altijd een beetje scheef als je liegt. Wie zit erin? Toch niet een filmster? Ik geef het niet op voor ik het weet.'

Er klonk een luide blaf en een bons in de truck. Berg was door de zijdeur naar binnen gewipt en probeerde Oscar Huevo tot een spelletje te bewegen. Hij had Huevo omgegooid en sprong grommend bovenop hem. Huevo verroerde zich niet en zei niets, dus zette Berg zijn tanden in Huevo's schouder.

'Godallemachtig!' zei Hooker.

Hij wierp Berg een koekje toe dat Berg uit de lucht hapte. Het volgende koekje kwam dichterbij neer en Berg moest over Huevo springen om erbij te kunnen.

Ik holde naar de SUV en deed het achterportier open. 'Zorg dat hij erin springt,' riep ik Hooker toe. 'Gooi er wat koekjes in.'

Hooker floot en mikte de koekjes en Berg galoppeerde naar de SUV en zeilde erin. Ik smeet het achterportier dicht en leunde met mijn hand op mijn hart tegen de auto.

'Wat is dat?' wilde Felicia weten en ze keek in de truck. 'Het lijkt wel een grote verpakking kipdelen. Wat moeten jullie met stukken kip? Gaan jullie barbecuen?' Ze duwde Hooker weg en klom in de truck. 'Het ruikt hier vies,' zei ze en bukte zich om beter te kunnen kijken. 'Volgens mij is die kip bedorven.' Opeens richtte ze zich op en sloeg een kruis. 'Dit is geen kip.'

Hooker zuchtte. 'Het is een dooie.'

'Moeder Maria,' zei Rosa. 'Wat doen jullie met een dooie?'

Ik gaf Rosa en Felicia een kort overzicht van de voorgaande zes uur. Felicia sloeg minstens tien keer een kruis en Rosa luisterde met open mond en uitpuilende ogen.

'Dat moet ik zien,' zei Rosa na afloop. 'Ik moet de dooie zien.'

We gingen allemaal de truck in om naar Huevo te kijken.

'Hij ziet er niet echt uit,' zei Rosa. 'Hij lijkt op zo'n wassen beeld. Alsof hij voor een griezelfilm is gemaakt.'

Vooral nu hij grote bijtwonden in zijn schouder had.

'Wat gaan jullie met hem doen?' wilde Rosa weten.

Hooker en ik keken elkaar aan, met dezelfde gedachte. We hadden nu een dode man met gaten erin die exact overeen-

44

kwamen met Bergs gebit. We konden Huevo niet zomaar te-
rugstoppen in de kast zoals Schrok had voorgesteld. Vroeg of
laat zouden mensen beseffen dat er maar één hond met zulke
grote tanden in het circuit meedraaide... en daarvoor zou
Hooker verantwoording moeten afleggen. Ik kon trouwens
Huevo niet zomaar terugduwen in de kast. Het leek een gebrek
aan respect om hem op die manier weg te werken.

'Volgens mij kan hij de vissen voeren,' zei Rosa.

Felicia sloeg weer een kruis. 'Je mag hopen dat God daar
niet naar heeft geluisterd. Stel dat die man katholiek is? Het
zou onze schuld zijn als er niet bij zijn lijk wordt gebeden. Dat
zou onze ziel belasten.'

Rosa keek mij aan. 'Daar moet ik mee uitkijken.'

'Ja,' zei Hooker. 'Ik sta in een gestolen truck te kijken naar
een Mexicaan met een gat in zijn kop. Ik wil God niet nog
kwaaier maken.'

'We moeten hem teruggeven aan zijn familie,' zei Felicia.
'Dat is wat God zou willen.'

'Zijn familie is in Mexico,' zei ik. 'Wat zou Gods tweede
keus zijn?'

'Hij moet hier toch iemand hebben,' zei Felicia. 'Hij reist
vast niet alleen. Waar logeert hij?'

We haalden allemaal onze schouders op. We konden moeilijk in zijn binnenzak naar papieren zoeken.

'Niet in een bus,' zei Hooker. 'Waarschijnlijk in een van de
grote hotels aan Brickell Avenue.'

'We moeten hem ergens naartoe brengen waar hij gevonden
zal worden,' zei ik. 'Als we hem in de truck laten liggen, kan
hij naar Mexico worden overgebracht en weggemoffeld worden zonder dat zijn familie ooit te weten komt wat er met hem
is gebeurd. We kunnen niet weten wat de moordenaar van

45

plan is. We kunnen hem in de truck laten liggen en zorgen dat hij door de politie wordt gevonden, maar dan wordt het schandaal voor Nascar nog groter. En de kans dat Hooker en Berg in het onderzoek verwikkeld raken is aanzienlijk. Hooker zou zelfs verdachte kunnen worden. Dus volgens mij moeten we neutraal terrein zien te vinden. We moeten Huevo achterlaten op een plek die niets met Nascar te maken heeft, ergens waar hij wordt gevonden en herkend.'

'Het bedrijfsjacht van de firma Huevo ligt in South Beach,' zei Schrok. 'We kunnen hem naar het jacht brengen.'

'Dat lijkt me wel wat,' zei Felicia. 'We nemen hem mee uit rijden. Dat vindt hij vast leuk.'

'Hij is dóód,' zei Hooker. 'Hij vindt niets leuk. En het is een heel slecht idee. Als we dat doen, worden we betrapt en gearresteerd en verdwijnen we voor de rest van ons leven in de gevangenis. We krijgen hem nooit ongezien aan boord.'

'Maar misschien wel in de buurt van het jacht,' zei Felicia. 'God ziet wel wat in het jachtidee.'

'Hoezo, heb je een lijntje met Hem?' wilde Rosa weten.

'Ik heb zo'n gevoel.'

'O jee. Is het een gewoon gevoel? Of zo'n gevoel als je bij Miguel Cruz had?'

'Misschien wel zoals bij Miguel Cruz.'

Rosa keek me aan. 'Dat is een serieus gevoel. Felicia had het gevoel dat het mis zou gaan met Miguel Cruz, en een uur later viel hij in een put in Route One, met auto en al, en brak zijn rug. En een andere keer zei Felicia tegen Theresa Bell dat ze een kaarsje moest opsteken. En Theresa deed dat niet en toen kreeg ze netelroos.'

Hooker keek gekweld. Als coureur gelooft hij niet in voorgevoelens, alleen in de aanblik van een achterbumper.

'Mijn voorstel,' zei Hooker. 'We moeten toch door met ons leven, dus wil ik Oscar Huevo in de SUV zetten en naar South Beach brengen. In de jachthaven kunnen we een mooie laatste rustplaats voor hem uitzoeken. Daarna kunnen we overnachten in een hotel en de volgende ochtend de rest afhandelen, als we een beetje van de schrik bekomen zijn.'

Ik knikte instemmend. Ik hoopte dat ik zou kunnen slapen en bij het wakker worden zou merken dat het allemaal niet was gebeurd.

'We moeten hem naar de auto slepen,' zei Felicia. Ze keek naar Huevo in zijn huishoudfolie. 'Zo, meneer, we gaan u nu verplaatsen. U bent thuis voor u het weet.' Ze keek naar Schrok. 'Jij en Hooker moeten het achterste van de dooie meneer pakken, of zo.'

Schrok sloeg zijn hand voor zijn mond en holde naar de wc.

'Schrok heeft een zwakke maag,' zei Felicia. 'Hij zou het nooit redden in de fruitgroothandel.'

'Als we hem gaan slepen, scheurt het plastic,' zei Rosa. 'Volgens mij moeten we hem dragen. Als ik het ene uiteinde pak, kan Hooker het andere uiteinde nemen.'

Ik pakte weggooihandschoenen uit de gereedschapskist en gaf die aan Hooker en Rosa. Ze gingen voor en achter Huevo staan. Hooker schoof zijn handen onder Huevo, werd krijtwit en begon weer te zweten.

'Ik kan het,' zei Hooker. 'Geen enkel probleem. Ik ben toch groot en stoer? Ik ga toch niet misselijk worden omdat ik een dooie versleep? Ik krijg er toch geen uitslag van?'

'Precies,' zei ik in een poging hem moreel te steunen. Ik was allang blij dat ik niet met mijn handen onder Huevo's blote kont hoefde.

Hooker en Rosa droegen Huevo de truck uit en legden hem

neer op de betonvloer. We deden allemaal een paar stappen achteruit en wuifden onszelf koelte toe.

'We moeten de dooie meneer beter inpakken als we met hem gaan rijden,' zei Rosa. 'De dooie meneer ruikt niet lekker.'

Ik holde naar de truck en kwam terug met dozen huishoud-folie, een rol isolatieband en een spuitbus luchtverfrisser die ik uit de wc had gesnaaid. We bespoten Huevo met Tropenbries, wikkelden hem in plastic en plakten het plastic vast met isolatieband.

'Hij ziet er goed uit,' zei Felicia. 'Je ziet haast niet meer waar er aan hem is geknaagd. Hij lijkt wel een groot cadeau.'

'Ja, maar de stank komt er nog wel doorheen,' zei Rosa. 'We zullen hem op het bagagerek op het dak moeten vastbinden.'

Ik ging in de truck zoeken en kwam terug met drie luchtver-frissers in de vorm van een dennenboompje, bedoeld om in de auto op te hangen. Ik scheurde de cellofaanverpakking open en plakte de boompjes op Huevo.

'Zo is het beter,' zei Rosa. 'Nu ruikt hij naar een dennen-boom. Alsof je in het bos bent.'

'Zo moet het maar,' zei Hooker. 'En nu naar de auto.'

Hooker en Rosa tilden Huevo op en liepen met hem naar de SUV. Een groot behaard gezicht verscheen voor de achterruit en een neus werd tegen het glas gedrukt.

'Woef!' zei Berg en keek strak naar Huevo.

'Die hond van je is geschift,' zei Rosa tegen Hooker. 'Je kunt de dode meneer niet bij Cujo laten. De dode meneer moet op de voorbank.'

Ik schoof de voorbank zo ver mogelijk naar achteren, Hoo-ker wrong Huevo naar binnen en sloeg het portier dicht. Huevo leek al zijn aandacht op de weg te hebben: zijn gebogen knieën drukten tegen het dashboard, zijn voeten lagen naast hem op de zitting en zijn armen hingen onder een vreemde hoek naar beneden. Waarschijnlijk was het beter je niet af te vragen hoe dat zo gekomen was.

Felicia en Rosa schoven op de achterbank en Berg besnuffelde hen vanuit de bagageruimte achterin. Schrok kwam terug van zijn wc-bezoek en installeerde zich bij Berg.

Hooker staarde naar Felicia en Rosa. 'Jullie hoeven niet mee naar South Beach. Het is al laat. Waarschijnlijk willen jullie naar huis. Barney en Schrok en ik kunnen het samen wel af.'

'Al goed,' zei Rosa. 'Wij willen je helpen.'

Hooker schoof zijn arm om mijn schouders en fluisterde in mijn oor: 'We hebben een probleem, hartje. Ik had Huevo tegen een afvalcontainer willen neerzetten. Het is geen goed idee om hem naar de jachthaven te brengen.'

'Ik hoor je wel,' zei Felicia. 'Je mag die arme dooie meneer toch niet bij een container achterlaten. Foei.'

Hooker liet zijn ogen rollen en pakte het stuur, en ik wrong me naast Rosa. Hooker reed naar het noorden, door First Street, en sloeg af naar het oosten. Hij manoeuvreerde door het centrum van Miami naar de MacArthur Causeway en volgde die naar South Beach. Het was middernacht geweest en het was niet druk op de weg. Hooker reed Alton in en draaide het parkeerterrein van Monty's Restaurant op. De jachthaven Miami Beach en Huevo's jacht bevonden zich achter een rij bomen. En de hele jachthaven baadde in het licht.

'Ik had niet gedacht dat er zoveel verlichting zou zijn,' zei Felicia.

'Misschien kunnen we een auto pikken en die door een valet service laten parkeren,' zei Rosa.

'Wat is daar opzij, achter die bomen?' wilde Felicia weten. 'Dat lijkt me een toegangsweg.'

'Die is voor de leveranciers van Monty,' zei Hooker.

'Volgens mij willen wij iets afleveren,' zei Felicia.

Hooker draaide zich naar haar om. 'Weet je wel zeker dat God dat goed vindt?'

'Ik krijg niets door,' zei Felicia. 'Dus ik denk het wel.'

Hooker dimde zijn koplampen en reed de weg naar de leveranciersingang in. We sjorden Huevo van de voorbank en zetten hem neer op het betonstoepje voor de deur.

'Hoe weten ze nou wat ze met hem moeten doen?' vroeg Felicia. 'Misschien dat niemand de dooie meneer herkent.'

Ik pakte mijn tas en kwam terug met een dikke zwarte viltstift. In grote letters schreef ik OSCAR HUEVO op Huevo's hoofd. We stapten allemaal weer in de SUV, Hooker startte en Berg begon te blaffen. Hij speelde voor waakhond, terwijl hij strak naar Huevo keek.

'Wat heeft dat beest?' vroeg Rosa. 'Wil hij soms niet dat we zijn kluif achterlaten?'

En toen zagen we hem allemaal. De hond. Het was een fors beest van onbestemd ras dat Huevo besloop. Huevo was onweerstaanbaar voor honden.

'Zo kan het niet,' zei Felicia. 'God vindt het niet goed dat de dooie meneer door de honden wordt opgegeten.'

We stapten allemaal uit, tilden Huevo op en zetten hem weer op de voorbank, naast Huevo.

'Wat nu?' vroeg Hooker. 'Heeft God een reserveplan?'

'Terug naar het parkeerterrein,' zei ik. 'We zullen Huevo op een auto moeten leggen. Daar kan de hond niet bij hem.'

'En katten?' vroeg Felicia. 'Stel dat de dooie meneer door katten wordt gevonden?'

Ik keek Felicia dreigend aan. 'Daar moet God zich dan maar in schikken.'

'Ja,' zei Rosa. 'Als het zo enorm belangrijk is voor God, moet Hij de katten maar uit de buurt houden.'

We kwamen weer uit op het parkeerterrein en maakten een langzame ronde. Hooker stopte aan het einde van de tweede rij geparkeerde auto's. Hij keek naar een van de auto's met een brede grijns op zijn gezicht. 'Deze,' zei hij.

Ik keek over Hookers schouder. Het was de wagen die de Banaan van Huevo had gekregen: een splinternieuwe rode glimmende SUV, een Avalanche LTZ. Het kenteken was DICK69. Waarschijnlijk als grapje bedoeld.

'Wat moet de wagen van de Banaan hier?' vroeg ik.

'Huevo heeft hem waarschijnlijk voor een paar dagen op de boot gevraagd,' zei Hooker.

We haalden Huevo uit onze SUV en zetten hem tegen de achterkant van de SUV van de Banaan. Met opgetrokken knieen en het gezicht naar de weg zag hij eruit alsof hij wilde meerijden.

'Er is iets geks met de dooie meneer,' zei Rosa. 'Als je hem zo ziet, zou ik zweren dat hij een stijve pielemuis heeft.'

'Respect,' zei Felicia. 'Daar hoor je niet naar te kijken.'

'Ik kan er niets aan doen. Als je hem zo ziet, heeft hij een paal.'

'Misschien komt het omdat hij dood is,' zei Felicia. 'Lijken worden stijf.'

Hooker en Schrok kwam samen even kijken.

'In het zadel gestorven,' zei Hooker. 'Ik hoop dat ik niet blind word nu ik dit heb gezien.'

Felicia sloeg tweemaal een kruis.

Een halfuur later waren we terug in Little Havana. We zetten Rosa af, Hooker sloeg rechtsaf bij de eerstvolgende kruising en stopte voor Felicia's huis. Het was een gestucte woning met een beneden- en bovenverdieping, in een blok van zulke huisjes. In het donker was de kleur niet goed te zien, maar het leek perzik. Geen tuin. Brede stoep. Drukke straat.

'Waar gaan jullie nu naartoe?' vroeg Felicia aan Hooker. 'Naar je etage of je boot?'

'Allebei verkocht. Te weinig tijd in Miami om ervan te genieten. We gaan wel naar een hotel aan Brickell.'

'Dat hoeft echt niet. Jullie kunnen toch zeker bij mij logeren. Ik heb een logeerkamer. En morgenochtend wil iedereen graag kennismaken. Mijn kleinzoon is er. Hij is echt een fan. Rijd maar om, dan kun je in de steeg parkeren.'

Even later lag Schrok in het stapelbed boven Felicia's kleinzoon en stonden wij in een slaapkamer die charmant was, maar ongeveer zo groot als een tweepersoons bad. Er stond een stoel in en een twijfelaar... voor twee volwassenen en een sint-bernard. De gordijnen voor het enige raam waren mintgroen, net als het dekbed. Boven het hoofdeinde hing een crucifix aan de muur. We hadden de deur dichtgedaan en we fluisteren om niet gehoord te worden in de rest van het huis.

'Dit wordt niets!' zei ik tegen Hooker.

Hooker schopte zijn schoenen uit en bevoelde het bed. 'Het komt best in orde.'

Berg keek om zich heen in het kamertje en installeerde zich zuchtend op de vloer. Hij had allang in bed moeten liggen.

'Het bevalt me wel,' zei Hooker. 'Gezellig.'

'Dat is niet wat je eraan bevalt,' zei ik. 'Wat jou bevalt is dat het bed een twijfelaar is, zodat ik boven op jou moet slapen.'

'Ja,' zei Hooker. 'Het leven is goed.'

Ik maakte de veters van mijn gympen los. 'Als je je handen niet thuishoudt, blijft er niets van je over.'

'Tjonge, nou word ik bang. Heb ik me ooit aan je opgedrongen?'

'Je handen zijn soms wat brutaal.'

'Tjee,' zei Hooker. 'Ik mag ook nooit wat.' Hij trok zijn spijkerbroek uit en toen die halverwege zijn benen hing, protesteerde ik. Op gedempte toon.

'Wat doe je nou?'

'Ik kleed me uit.'

'Dat gebeurt niet!'

Hooker had alleen nog zijn T-shirt en zijn Calvin Klein aan. 'Schatje, ik heb een lange dag achter de rug. Ik heb een race verloren, een truck gestolen en Oscar Huevo dood neergezet bij een Avalanche. Nu ga ik naar bed. En ik denk niet dat je je ergens zorgen over hoeft te maken. Ik heb voor vandaag wel genoeg opwinding achter de rug.'

Hij had gelijk. Wat haalde ik me in mijn hoofd? Ik ontdeed me van mijn spijkerbroek en deed geraffineerd mijn beha uit zonder mijn T-shirt uit te doen. Ik stapte voorzichtig over Berg heen, kroop naast Hooker in bed en zocht naar een prettige houding. Hij lag aan zijn kant tegen de muur en ik lag lepeltje-lepeltje tegen hem aan, met mijn rug tegen zijn voorkant, in zijn armen, met zijn hand over mijn borst.

'Verdomme, Hooker,' zei ik. 'Je hebt je hand op mijn borst.'

'Ik hou je alleen vast zodat je niet uit bed valt.'

'Ik vergis me toch zeker wel in wat ik tegen mijn rug voel?'

'Blijk ik toch wat energie over te hebben voor wat opwinding.'

'Nee.'

'Weet je het zeker? Heb je het aan de kleine stuurman gevraagd?'

'Ik wil zelfs niet dat je dénkt aan de kleine stuurman. De kleine stuurman heeft geen zin. En als je je niet kunt beheersen, moet je bij de hond op de vloer slapen.'

Toen ik mijn ogen opendeed, viel er zonlicht door de aardige mintgroene gordijnen. Ik lag half op Hooker, die zijn arm om me heen had. En al geef ik het niet graag toe, dat was een prettig gevoel. Hij sliep nog. Hij had zijn ogen dicht en zijn blonde wimpers staken af tegen zijn gebruinde, stoppelige gezicht. Zijn mond was zacht en zijn lichaam was warm en prettig om tegenaan te liggen. Je zou bijna vergeten dat hij zo'n lamlul was.

Barney, Barney, Barney! Beheers je, riep de verstandige Barney. Die kerel is met een verkoopster naar bed gegaan.

Ja, maar we waren toch niet getrouwd of zo, of zelfs maar verloofd. We woonden geeneens samen, antwoordde Barney de slet.

Jullie trokken samen op. Jullie gingen met elkaar naar bed... heel vaak!

Ik zuchtte diep en maakte me los van Hooker. Ik schoof onder het dekbed uit, ging staan, stapte over Berg en in mijn spijkerbroek.

Hooker deed zijn ogen een eindje open. 'Hé,' zei hij. 'Waar ga je naartoe?'

'Tijd om op te staan en aan de slag te gaan.'

'Zo voelt het helemaal niet. Het voelt naar tijd om te slapen.' Hij keek om zich heen in de kamer. 'Waar zijn we?'

'Thuis bij Felicia.'

Hooker ging op zijn rug liggen en sloeg zijn handen voor zijn gezicht. 'God nog aan toe, hebben we echt een truck gestolen?'

'Zeker.'

'Ik hoopte dat het een droom was.' Hij richtte zich op een elleboog op. 'En Oscar Huevo?'

'Dood.' Ik hield mijn schoenen en beha in mijn hand. 'Ik ga

naar de badkamer en dan naar beneden. Ik ruik koffie. Ik zie je zo in de keuken.'

Tien minuten later zat ik tegenover Hooker aan Felicia's keukentafel. Ik had een beker koffie voor mijn neus en een stapel wentelteefjes en worst op mijn bord. Felicia en haar dochter stonden aan het fornuis te koken voor een eindeloos lijkende stoet kleinkinderen en andere familieleden.

'Dit is zuster Marie Elena,' zei Felicia, om een gekromde oude dame in het zwart voor te stellen. 'Ze is uit de kerk op de hoek gekomen omdat ze hoorde dat Hooker op bezoek was. Ze is echt een fan. En de man achter haar is Luis, een broer van mijn man.'

Hooker drukte handen en gaf handtekeningen en probeerde tussendoor te eten. Een jongetje kroop bij Hooker op schoot en pikte een van zijn worstjes.

'Wie ben jij?' vroeg Hooker.

'Billy.'

'Mijn kleinzoon,' zei Felicia en legde nog vier worstjes op Hookers bord. 'Lily's jongste. Lily is het middelste kind van mijn zus. Ze wonen zolang bij mij tot ze een huis hebben gevonden. Ze komen uit Orlando. Lily's man is overgeplaatst.'

Iedereen praatte door elkaar, Berg blafte naar Felicia's kat en de tv op het aanrecht stond te tetteren.

'Ik moet weg,' riep ik Hooker toe. 'Ik moet naar de wagen. Ik heb erover nagedacht en ik moet kijken. Voor het geval dat.'

Hooker stond op. 'Ik ga met je mee.'

'Als Schrok opstaat, zeg dan dat hij binnen moet blijven,' zei ik tegen Felicia. 'Zeg dat we straks hier terugkomen.'

'We eten om zes uur,' zei Felicia. 'Ik ga echt Cubaans voor jullie koken. En mijn vriendin Marjorie en haar man komen ook. Ze willen jullie ontmoeten. Allemaal fans.'

'Mooi,' zei Hooker.

'Maar daarna moeten we weg,' zei ik tegen Felicia. 'We moeten terug naar North Carolina.'

'Ik heb geen haast met North Carolina,' zei Hooker en grijnsde me toe. 'Misschien kunnen we nog een nachtje blijven.'

'Misschien moet jij je ziektekostenverzekering opkrikken,' zei ik tegen Hooker.

4

Het was vroeg in de ochtend en de hemel boven Miami was stralend azuurblauw. Geen wolkje te zien en de zon voelde al warm. Het was de eerste dag van de werkweek in een wijk met hardwerkende mensen. Groepjes Cubaanse immigranten en eerstegeneratie-Amerikanen stonden bij bushaltes te wachten. Een eindje verderop, in South Beach, was weinig verkeer; de dure, glanzende auto's van de rijken stonden in garages met airco af te koelen na een nacht uit. In Little Havana zag je stoffige vrachtwagens rijden en gezinsauto's waarmee kinderen naar school of opvang bij familie werden gebracht en volwassenen naar hun werk overal in de stad reden.

Hooker reed langs het pakhuis en ging de hoek om. Hij reed een rondje om het blok waarbij we uitkeken naar auto's met politiemensen erin, handlangers van Huevo of fanatieke fans. We zagen geen geparkeerde auto's met mensen erin en er was weinig verkeer in dit achterstraatje, dus parkeerde Hooker en lieten we Berg uitstappen. Felicia had ons een sleutel van de zijdeur gegeven. We gingen naar binnen, knipten het licht aan en deden de deur achter ons op slot.

Alles was precies zoals we het hadden achtergelaten. Ik

vond een overall, trok handschoenen aan en ging aan het werk met de wagen.

'Wat kan ik doen?' vroeg Hooker.

'Je kunt in de truck kijken of er nog meer dooien in liggen.'

Hook inspecteerde de truck en ruimde mijn rommel op terwijl ik methodisch de wagen onderzocht.

'Al iets interessants gevonden?' vroeg hij.

'Nee. Maar dat wil niet zeggen dat het er niet is. Het betekent alleen dat ik het nog niet heb gevonden.'

Hooker keek in de auto. 'Ik moet zeggen dat Huevo er alles aan doet. Ze grijpen elke kans aan om de wagen beter te maken. Zelfs de knop van de versnellingshendel.'

'Ja, die knop neem ik mee. Hij is van aluminium en superlicht. Ze hebben zelfs een speciaal ontwerp gekozen waardoor hij nog een kwart ons lichter is geworden. Dat zouden we voor jouw wagens kunnen aanpassen. Het concept jatten, maar anders uitvoeren.'

De zijdeur ging open en Felicia en Rosa kwam binnen. 'De tv gaat er maar over door,' zei Rosa. 'Het is een ontzettend hot item.' Ze keek naar Berg, uitgestrekt op een deken die we in de truck hadden gevonden. 'Wat heeft dat beest? Waarom probeert hij niet ons omver te lopen?'

'Hij heeft een buik vol wentelteefjes en worstjes. Hij doet een tuk voor de spijsvertering.'

'Dat zal ik onthouden,' zei Rosa.

'We hebben de dooie meneer in beeld gezien,' zei Felicia. 'Bij het nieuws. Ze hebben tv in de sigarenfabriek en Rosa zag het en belde me op om te zeggen dat ik de tv moest aanzetten in de fruitkraam. Eerst hadden ze beelden van de dooie meneer die met zo'n auto werd opgehaald... hoe noem je dat?'

'De dooienkar,' zei Rosa.

Felicia dreigde Rosa met haar vinger. 'Ik wil je niet in mijn buurt hebben als je geen respect hebt voor de overledenen. Ik wil niet dat God zich vergist wanneer hij zijn banbliksem naar beneden stuurt.'

'Je maakt je veel te druk,' zei Rosa tegen Felicia. 'God heeft echt geen tijd voor kleinigheden. Hoe groot is de kans dat Hij me heeft gehoord? Het is nog vroeg in de ochtend. Waarschijnlijk zit hij nog aan het ontbijt met mevrouw God.'

Felicia sloeg twee keer een kruis.

'Op de tv hadden ze een deken over hem heen gelegd,' zei Felicia. 'Je kon hem niet echt zien. Maar toen werd de man van het restaurant geïnterviewd die de dooie meneer had gevonden en nu wordt-ie mooi... die man zei dat dit het werk was van een monster dat dood mensenvlees eet. Hij zei dat de dooie meneer was ingepakt als een mummie, maar dat hij door de folie heen kon zien dat hij in zijn hoofd was geschoten en dat iemand een hap uit de schouder van de dooie meneer had genomen. En het was iemand met enorm grote tanden.'

'En toen was er een persconferentie en de voorlichter van de politie zei dat iets of iemand wel degelijk een hap van de overledene had genomen. En dat hij helemaal was ingepakt kon wel een onderdeel zijn van een duivels ritueel,' zei Rosa.

'Niet duivels, dat zeiden ze niet,' zei Felicia. 'Een ritueel, zeiden ze alleen.'

'Duivels, dat hoefden ze niet te zeggen,' zei Rosa. 'Wat zou het anders voor ritueel kunnen zijn? Denk je dat ze hem op de slagersschool hebben gebruikt om op te oefenen met inpakken? Natúúrlijk is het een duivels ritueel.'

'Daarna lieten ze beelden van hem zien van toen hij nog niet was ingepakt,' zei Felicia. 'Beelden van hem en zijn vrouw. En beelden van hem met een coureur.'

'En de truck?' vroeg Hooker. 'Heeft iemand iets gezegd over de verdwijning van de negenenzestig-truck?'

'Nee,' zei Rosa. 'Daar zei niemand iets over. En ik heb een theorie. Heb je ooit de vriendin gezien die bij de dooie meneer hoort? Ik wed dat die een hap van de dooie meneer heeft genomen.'

'Berg heeft een hap van de dooie meneer genomen,' zei Felicia. 'Dat hebben we zelf gezien.'

'O ja,' zei Rosa. 'Vergeten.'

'We moeten weer aan het werk,' zei Felicia en liep naar de deur. 'Maar we wilden het toch wel laten weten.'

'We moeten praten,' zei Hooker tegen mij. 'Laten we maar even ergens een hapje gaan eten. Bij Felicia thuis heb ik de kans niet gekregen. En na het eten wil ik een paar dingen kopen. Jij hebt je tas bij je, maar ik heb alleen de kleren die ik nu draag. Ik had gedacht vandaag weer thuis te zijn.'

Ik trok mijn handschoenen uit en wurmde me uit de overall. Hooker lijnde Berg aan, we sloten af en stapten in de SUV. Een paar straten verderop waren wat koffiehuizen en restaurantjes aan de Calle Ocho. Hooker koos een restaurant dat ontbijt aanbood en een parkeerplaats in de schaduw. We zetten de ramen op een kier voor Berg en zeiden dat hij braaf moest zijn, dan namen we een muffin voor hem mee.

Het was een middelgroot restaurant met zitjes langs de muur en tafeltjes in het midden. Geen ontbijtbuffet. Veel gesigneerde foto's aan de muur van mensen die ik niet herkende. De meeste zitjes waren bezet, de tafeltjes waren leeg. Hooker en ik schoven aan in een van de twee lege zitjes en Hooker bestudeerde het menu.

'Denk je dat het feit dat Oscar is doodgeschoten terwijl hij naakt was en een erectie had wijst op een boze echtgenoot?' vroeg ik.

'Dat kan. Wat ik niet begrijp is de verpakking in folie, het verstoppen in de truck en het vervoer naar Mexico. Was het niet eenvoudiger en gemakkelijker geweest om hem in de oceaan te dumpen? Of het vervoer over te laten aan een uitvaartbezorger? Waarom zou iemand hem over de grens willen smokkelen?'

Een vrouw bracht koffie en keek onderzoekend naar Hooker. Zelfs als je Hooker niet herkende, was hij de aandacht waard. Hooker bestelde eieren, worst, een kleine stapel pannenkoekjes, extra stroop, patat, een met blauwe bessen gevulde muffin voor Berg, en sinaasappelsap. Ik hield het op koffie. Ik dacht niet dat ik er goed uit zou zien in een gedetineerdenoverall. Ik kon me beter niet ook nog rond eten.

Hooker had zijn mobieltje in zijn hand. 'Ik heb een vriend die voor Huevo werkt. Die zou nu in de garage moeten zijn. Ik wil weten wat de jongens weten.'

Vijf minuten later maakte Hooker een einde aan het gesprek en zijn bestelling werd gebracht. Ze gaf hem extra stroop, een gratis tweede muffin, meer sap en ze schonk nog eens koffie voor hem in.

'Ik wil graag nog koffie,' zei ik.

'Goed,' zei ze. 'Even een nieuwe pot halen.' En ze vertrok.

Ik keek Hooker aan. 'Ze komt niet terug.'

'Schatje, je moet wat meer vertrouwen in de mensen hebben. Natuurlijk komt ze terug.'

'Ja, ze komt terug wanneer jij je koffie op hebt.'

Hooker viel aan op zijn eieren. 'Volgens Butch is iedereen erg bezig met Huevo. Volgens hem waren veel mensen niet echt verbaasd over die kogel in zijn kop, maar iedereen kakelt over het inpakken en de beet. Volgens Butch denkt de halve garage dat er een weerwolf aan te pas is gekomen en de andere helft denkt aan moord in opdracht. En de helft van de mensen die aan een opdracht denken, denken dat de opdracht van mevrouw Huevo komt. Huevo scheen haar voor een ander te willen inruilen en mevrouw Huevo was behoorlijk kwaad op meneer Huevo.'

Ik keek in mijn koffiebeker. Leeg. Ik keek waar de bediening bleef. Nergens te bekennen.

'En over de truck?' vroeg ik.

'Niks. Het is kennelijk nog niet bekend dat de truck weg is.'

Ik zag de vrouw van de bediening ergens achterin lopen, maar slaagde er niet in haar aandacht te trekken.

'Nascar moet het weten,' zei ik. 'Die trucks worden gevolgd. Ze moeten weten wanneer hij uit beeld is verdwenen.'

Hooker haalde zijn schouders op. 'Het seizoen zit erop. Misschien letten ze minder op. Of misschien heeft de chauffeur opgebeld om te zeggen dat de GPS kapot is, zodat Nascar het er verder bij laat zitten.'

Ik tikte met mijn lepeltje tegen mijn koffiebeker en zwaaide naar de vrouw die bediende, maar ze had haar rug naar me toe en draaide zich niet om.

'Schatje, dat kan ik niet aanzien,' zei Hooker en ruilde de koffiebekers om.

Ik nam een slok koffie. 'Er moeten mensen zijn die zich ernstig zorgen maken. Die willen absoluut de truck terugvinden en ze zijn op zoek naar de idioten die hem hebben gestolen, omdat die idioten weten dat Huevo in de kast was gestopt.'

'Maar goed dat wij de enigen zijn die weten dat wij die idioten zijn,' zei Hooker.

De vrouw van de bediening kwam naar ons toe om Hooker nog eens in te schenken. 'Anders nog iets, schat?' vroeg ze aan Hooker. 'Is je ontbijt naar wens?'

'Prima,' zei Hooker. 'Bedankt.'

Ze draaide zich om en liep heupwiegend weg. Ik liet Hooker een opgetrokken wenkbrauw zien.

'Soms ben ik blij dat ik ben wie ik ben,' zei Hooker en at zijn laatste pannenkoekje op.

'Dus we blijven bij ons plan om de wagen na te lopen en de truck ergens langs de weg neer te zetten.'

'Ja, alleen weet ik nog niet wat we met Schrok moeten doen. Niemand weet hoe het zit, dus wij kunnen gewoon naar huis en verder leven. Schrok heeft een enorm probleem. Schroks levensverwachting is beperkt. Ik weet echt niet wat ik daaraan moet doen.'

Hooker gebaarde dat hij wilde betalen en de vrouw van de bediening kwam meteen de rekening brengen. 'Weet je zeker dat je geen koffie meer wilt?' vroeg ze aan Hooker.

'Ja,' zei Hooker. 'We hebben genoeg gehad.'

'Ik hoop dat ze een melanoom krijgt,' zei ik tegen Hooker.

Hooker trok een dikke stapel bankbiljetten en legde geld neer. 'Ga mee. Ik heb kleren nodig. Tien minuten de tijd om te winkelen.'

In november is het in Miami heerlijk weer, zolang er geen orkaan doorheen trekt. Het was weer voor korte mouwen en rijden met het dak open. Warme zon, blauwe lucht.

Het dak van de SUV kon niet open, maar we deden de ramen open en zetten de radio op salsamuziek. De omstandigheden in aanmerking genomen waren we vrij ontspannen. Berg was tevreden met zijn muffin. Hooker ging op zoek naar een winkelcentrum en Berg stak zijn kop naar buiten achter de bestuurder en zijn staart door het andere raam. Zijn zachte, slappe sint-bernardoren wapperden in de rijwind. Hooker reed Little Havana uit en zette koers naar het zuidwesten.

Drie kwartier later had Hooker een zak met kleren. In één keer had hij spijkerbroeken, T-shirts en sokken gekocht en een linnen reistas om ze in te doen. Het leven is niet zo ingewikkeld als je een man bent. Bij een drogisterij kocht Hooker een tandenborstel, scheerharkje en deodorant.

'Is dat alles?' vroeg ik. 'Heb je geen shampoo nodig, huidcrème, scheerzeep, tandpasta?'

'Ik dacht die van jou te gebruiken. Ik kan ook jouw scheerharkje gebruiken, maar dat is roze.'

'Een stoere man uit Texas kan zich niet scheren met een roze harkje?'

'Ben je belazerd. Dan word ik uit de club gegooid.'

'Wat voor club?'

Hooker keek me grijnzend aan. 'Weet ik veel. Ik verzin maar wat. Er is geen club. Maar ik zou me belachelijk voelen met een roze harkje. Daar zou ik het gevoel van krijgen dat ik mijn benen moet scheren.'

We gingen terug naar het pakhuis, ik trok de geleende overall weer aan en ik zette de aanval voort op de plaatsen waar ik een snoertje en een microprocessor zou aanbrengen. Ik zaagde de rolstang door en alle andere geschikte onderdelen van het chassis. Ik doorzocht de bedrading. Ik demonteerde de snelheidsmeter. Nascar had de versnellingsbak al, dus die kreeg ik niet te zien. Ik hees het motorblok op om het centimeter voor centimeter met een zaklantaarn te bekijken en liet mijn blote vingertoppen erover glijden.

'Waar zoek je naar?' wilde Hooker weten.

'Als Huevo een methode heeft gevonden om het met infrarood te doen, kan hij de processor direct op het motorblok hebben geplakt. Die dingen zijn tegenwoordig zo klein dat je ze kunt aanzien voor een oneffenheidje in het metaal.'

Ik bevoelde twee bobbeltjes heel aandachtig. Geen van beide bleek meer te zijn. Ik vond nog een derde en slaagde er uiteindelijk in dat eraf te halen. Ik was er vrij zeker van dat het een chip was, maar het ding was te klein om het goed te kunnen zien en ik had het een beetje beschadigd bij het verwijderen.

'Is dat 'm?' vroeg Hooker.

'Ik weet het niet. Ik had niet zoiets kleins verwacht en het is er ook niet helemaal gaaf afgekomen. Ik zou het vergroot moeten zien.' Ik liet het dingetje in een boterhamzakje vallen en plakte het dicht. 'Als dit het niet is, dan weet ik het niet meer. Ik heb op alle denkbare plekken gezocht. Ik wil de tweede wagen klaarzetten om te kijken of er net zoiets op die motor te vinden is.'

Een halfuur later was ik ervan overtuigd dat er geen tweede chip bestond. Ik had de motor centimeter voor centimeter onderzocht, maar niets gevonden.

Hooker stond met de handen in de zak op zijn hakken te wiegen. 'Zo, mevrouw de meesterboef... en hoe nu verder?'

'Zodra de mensen van Huevo hun eerste racewagen terugzien, weten ze dat er iemand uit de racerij aan heeft gezeten,' zei ik. 'Dat zou me niet kunnen schelen, als die link met een moord er maar niet was. Dus ik denk niet dat we de truck kunnen terugbezorgen met de wagen erin. Ik stel voor de tweede wagen uit te laden en de schijn te wekken dat iemand de truck heeft gestolen om de wagens in handen te krijgen. Dan kan elke autodief het hebben gedaan. Of een doorgedraaide fan van de Banaan. En dat past bij Oscar die, het lijkt wel bij wijze van dronkemansgrap, in de truck van de Banaan is gedumpt.'

'Volgens mij moeten we alles voorgoed laten verdwijnen,' zei Hooker.

'Zo simpel is dat niet. We kunnen de truck naar North Dakota rijden, maar ik ben bang dat we dan worden gezien. Als we de truck in zee rijden, is hij bij laag water vanaf het strand te zien. Als we hem in brand steken, houden we de uitgebrande wrakken over. Ik kan de truck ook demonteren, maar dat kost tijd... en het is een hele klus. De wagens zouden sneller kunnen. Geef me een snijbrander en een zaagmachine en na een dag heb ik van de twee wagens niet meer over dan een bonk onherkenbaar roest dat van een brug kan worden gemikt. Dan laten we de truck ergens aan de kant van de weg achter, een heel eind bij Little Havana vandaan. Dan kunnen we daar de folie van de GPS-antenne halen, zodat de mensen van Huevo hun truck kunnen terugvinden.'

'Daar zie ik wel iets in.'

'We willen geen aandacht trekken met de truck,' zei ik. 'We willen er niet overdag mee rijden. Maar het lijkt verdacht als we er om twee uur 's morgens mee onderweg zijn. Al zou het in deze buurt een van de vele gestolen vrachtwagens kunnen zijn die naar een andere plek worden overgebracht. Volgens mij moeten we vertrekken om half vijf in de ochtend; dan is het nog donker en dan lijkt het alsof de chauffeur vroeg op weg is gegaan.' Ik trok weer een overall en handschoenen aan. 'Ik ga Huevo's wagens aan mootjes hakken en daarbij kan ik wel wat hulp gebruiken.'

'Ik meld me vrijwillig,' zei Hooker.

Ik keek op mijn horloge. Kwart voor zes. Om zes uur verwachtte Felicia ons aan het avondeten.

'We zijn bijna klaar,' zei ik tegen Hooker. 'Nog een uurtje werk en we hebben handzame brokken. Laten we nu maar gaan eten en dan vanavond terugkomen voor de laatste loodjes.'

Hooker stond te kijken naar de stapel verzaagde stukken

auto. 'Het is wel veel geworden. En het is zwaar. We hebben een vuilniswagen nodig om alles weg te brengen.'

'Zet dat maar uit je hoofd,' zei ik. 'Ik ga geen vuilniswagen jatten. Ik maak wel een paar ritten met de SUV om alles weg te brengen.'

'Ik vind het best,' zei Hooker. 'Dat gaat ons dagen kosten en al die tijd mag ik met jou in Felicia's knusse bedje slapen.'

Ik voelde een doffe pijn achter mijn linkeroog. Ik ging een vuilniswagen jatten, dat stond wel vast. Zoals ik het nu zag, viel mijn leven in twee stukken uit elkaar: voor Hooker en na Hooker. Voor Hooker had ik veel verstandiger geleefd dan na Hooker. Hooker zette me aan tot allerlei waanzin.

'Als ik word gearresteerd en naar de gevangenis moet, praat ik nooit meer met je,' zei ik tegen Hooker. 'Nooit meer!'

We reden terug naar Felicia's huis en Berg raakte opgewonden zodra we Felicia's huisdeur opendeden. Zijn ogen begonnen te glanzen, zijn neus trilde en het in zijn mondholte verzamelde kwijl drupte over zijn slappe lippen.

Hooker boog zich naar me toe. 'Dit huis ruikt naar pittig varkensgehakt en gebakken brood. Berg denkt waarschijnlijk dat hij voor het onbeperkte buffet in de hondenhemel terecht is gekomen.'

Felicia kwam haastig aangelopen. 'Net op tijd,' zei ze. 'Iedereen wil graag kennis met jullie maken. Ik zal jullie aan iedereen voorstellen. Dit is mijn nicht Maria. En dit zijn Maria's dochtertjes. En dit is mijn fijne buurman Eddie. En zijn zoon. En mijn zus Loretta. En dit zijn Joe en zijn vrouw Lucille. En daar hebben we Marjorie en haar man. Fanatieke fans. En mijn dochter en zuster Marie Elena en Lily kennen jullie al.'

Berg sprong als een konijn heen en weer, door het dolle vanwege de etensgeuren en de verzameling mensen. Ik kortte de riem in door hem om mijn pols te wikkelen en hij sleurde me stap voor stap naar voren om dichter bij het vlees te komen.

Hooker babbelde met de mensen en deelde handtekeningen uit. Van hem was geen hulp te verwachten. Ik zette mijn hakken in het kleed en leunde naar achteren, maar Berg was zwaarder dan ik en trok me vastberaden mee richting eetkamer. Ik graaide naar Hookers broekband en hield die stevig vast.

'Schatje,' zei Hooker en legde zijn arm om me heen. 'Je zult toch echt op je beurt moeten wachten.'

'Het is verdorie jouw hond!'

Berg attaqueerde een mollig dametje met een kom bonen in haar handen door zijn grote voorpoten stevig tegen haar rug te zetten. Ze kwamen ten val met een blaf van Berg en een zucht van de vrouw; de bonen vlogen alle kanten op. Berg ging op de vrouw zitten en snaaide de worst weg die in haar haar was beland.

Hooker hees Berg van de vrouw af, pakte haar onder haar oksels en zette haar weer overeind. 'Sorry,' zei hij tegen de vrouw. 'Hij wil spelen.'

'Hij hoort in de dierentuin thuis,' zei ze en wreef over de saus op haar bloes. 'Wat is dat voor hond? Hij lijkt wel een yak. Of een manenwolf.' Ze voelde op haar hoofd. 'Wat is dat voor plakkerigs in mijn haar?'

Het was kwijl van de hond.

'Zeker saus,' zei ik tegen haar en leidde Bergs aandacht af met een broodje.

'Allemaal aan tafel voor het koud wordt,' zei Felicia.

Felicia had haar tafel maximaal uitgetrokken en we gingen er hutjemutje omheen zitten, met wat kinderen bij een ouder op schoot. De tafel stond vol met schalen: rijst, bonen, croutons, vruchtensalade, pikant varkensgehakt, bataten, kip en nog veel meer.

Maria gaf een schaal met gefrituurde batatenkoekjes door. 'Hoe zit het met die Mexicaanse autocoureur die dood is? Dat is overal op het nieuws.' Ze keek Hooker aan. 'Heb je die gekend?'

'Alleen oppervlakkig.'

'Wat ik heb gehoord is dat hij door een monster uit het moeras is aangevallen.'

Hooker en ik keken naar Berg, die onder de tafel lag en met natte slurpgeluiden zijn geslachtsdelen bewerkte.

'Bofkont,' fluisterde Hooker in mijn oor. 'Elke keer als ik dat probeer, ga ik door mijn rug.'

'Ik weet niet hoe dat moerasmonster naar South Beach is gekomen,' zei Loretta. 'Ik vind het maar een doodeng idee.'

'Ja, en waar heeft het moerasmonster al die plasticfolie vandaan? Een supermarkt overvallen? Volgens mij is het geen moerasmonster geweest,' zei Maria.

'En wat denk jij?' vroeg Loretta.

'Weerwolf.'

'Hoe komt een weerwolf aan plasticfolie?'

'Heel eenvoudig,' zei Maria. 'Hij vreet die man aan, maar die man is te groot om in een keer op te eten. Er is nog een heleboel over. Dus wanneer de zon opkomt, wordt de weerwolf weer een mens en gaat hij naar de winkel om plasticfolie te kopen zodat de man vers blijft.'

'Dat zou heel goed kunnen,' zei Loretta.

Felicia sloeg een kruis en gaf de croutons door.

'Als hij hem heeft ingepakt om hem vers te houden, waarom heeft hij hem dan bij het restaurant achtergelaten?' vroeg Lily.

'Hij heeft zich bedacht,' zei Maria. 'Misschien heeft de weerwolf indigestie gekregen. Zelf krijg ik brandend maagzuur als ik te veel pepers eet.'

Felicia's man trok nog een fles wijn open. 'Het was geen weerwolf. Het was geen volle maan. Weerwolven hebben een volle maan nodig.'

'Weet je zeker dat ze een volle maan nodig hebben?' vroeg Maria. 'Ik dacht dat ze alleen een stukje maan nodig hadden. Hoeveel maan was er toen die man werd vermoord? Weet iemand dat?'

'Ik kan jullie twee volle manen laten zien,' zei Luis. 'Wil iemand twee volle manen zien?'

'Nee!' zei iedereen. Niemand wilde Luis' volle manen zien.

Twee uur later zaten we nog steeds aan tafel en Hooker en ik popelden om weer aan het werk te gaan. We zaten niet rustig zolang de truck nog naast twee bergen oud ijzer stond die de twee racewagens hadden opgeleverd.

'Het was geweldig,' zei ik tegen Felicia, 'maar Hooker en ik moeten weer aan de slag.'

'En je toetje dan?' zei Felicia. 'We hebben nog geen toetje gehad.'

'Daar komen we straks wel voor terug.' Over een paar uur, of zo.

Schrok was als barkeeper opgetreden en had zo te zien meer gedronken dan geserveerd.

'Jou laten we hier, maat,' zei Hooker. 'Iemand moet het fort verdedigen.'

'Echt iets voor mij,' zei Schrok. 'Ik ben een geboren fortverdediger.'

Het werk blijkt minder op te schieten wanneer je te veel gebakken brood met pikant gehakt hebt gegeten. Het was tien uur en ik stond met een groot stuk metaal te worstelen toen Felicia de zijdeur opendeed en om de deur naar ons keek.

'Ik ben het,' zei ze. 'Ik kom jullie toetje brengen, maar ik ben bang dat ik weer door het hondje word besprongen.'

'Kom binnen,' zei Hooker. 'Hij ligt te slapen in de truck. Hij kan geen pap meer zeggen.'

Ik kon ook geen pap meer zeggen. Auto's slopen is zwaar werk en ik was bekaf.

Hooker deed de zijdeur van de truck dicht en liep naar Felicia toe om haar te helpen. Ze had twee boodschappentassen bij zich en had een krant onder haar arm geklemd.

'Ik heb de krant meegebracht,' zei ze. 'Er staat een groot verhaal in over de dooie meneer. Ik wist niet of jullie dat al hadden gezien.'

'Staat erin dat hij door een moerasmonster is aangevallen?' vroeg Hooker.

'Nee. Er staat in dat de politiedokter denkt dat de man door een grote hond is aangevallen. En dat hij al dood was toen die hond een hap van hem nam.'

'Hoog tijd om de plaat te poetsen,' zei Hooker.

Dat was ik met hem eens, maar eerst moesten we de rommel opruimen.

'Wat is dat?' vroeg Felicia. 'Wat ligt hier allemaal?'

'Auto-onderdelen,' zei Hooker.

'Ga je een auto bouwen?'

'Nee,' zei hij. 'We hebben een auto gesloopt. Nu moeten we de boel zien kwijt te raken.'

Felicia haalde bewaardozen uit de tassen en zette die op de gereedschapskist neer. 'Ik ken iemand die een vuilniswagen heeft,' zei Felicia. 'Rosa's oom heeft een sloperij. Hij verkoopt oud ijzer. Hij heeft een mooie grote vuilniswagen.' Felicia had haar tas aan haar arm hangen. Ze pakte haar mobieltje en toetste een nummer in. 'Gaan jullie vast eten, dan zorg ik voor de vuilniswagen.'

'We kunnen hier geen andere mensen bij betrekken,' zei Hooker.

'Maak je geen zorgen. We houden het heus wel stil.'

Ik schonk koffie in en Hooker en ik werkten het dessert naar binnen: bananen in rum, vruchtencake met een lading slagroom, chocoladecake die behoorlijk naar drank smaakte, een assortiment koekjes en een syllabub die voornamelijk bestond uit cakekruimels, fruit, slagroom en drank.

'Het is de eerste keer dat ik tipsy ben geworden van een toetje,' zei ik tegen Hooker. 'Mijn leven is naar de knoppen, maar opeens zie ik alles rozig in.'

Hooker keek van opzij naar me. 'Hoe rozig?'

'Zo rozig nu ook weer niet,' zei ik.

Hooker zuchtte diep.

Buiten klonk een zware automotor en er werd kort getoeterd.

'Daar is Rosa,' zei Felicia en liep naar de harmonicadeuren. 'Ik doe wel open.'

'Zeg dat ze achteruit naar binnen moet rijden,' zei Hooker. 'Ik zal wat licht uitdoen.'

De middelste harmonicadeur ging open en we zagen de rode remlichten van een logge vuilniswagen.

'Kom maar,' zei Felicia. 'Rij maar naar binnen.'

Heel langzaam kwam de vuilniswagen binnen; een meter voor het sloopmateriaal kwam hij tot stilstand. Felicia drukte op de knop en de deur ging weer dicht. Het portier aan de chauffeurskant ging open en Rosa liet zich op de grond zakken. Ze had schoenen met hakken van tien centimeter, een strakke zwarte lycra rok en een rode sweater met een laag decolleté dat véél liet zien.

'Ik was uit toen je belde,' zei ze tegen Felicia. 'Jullie staan

72

zwaar bij me in de schuld omdat jullie mijn liefdesleven naar God hebben geholpen.'

Hooker deinde lachend op zijn hielen. 'Waar heb je een vuilniswagen leren besturen?' vroeg hij aan Rosa.

'Mijn eerste man was vrachtwagenchauffeur. Ik ging wel eens met hem mee. En ik heb mijn oom wel eens geholpen op de sloperij. In mijn familie leer je van alles.'

Buiten werd getoeterd.

'Dat zal mijn oom zijn,' zei Rosa. 'Ik heb gezegd dat je zijn pet signeert als hij ons de vuilniswagen uitleende.'

'Je hebt toch niets over de truck gezegd?' vroeg Hooker.

'Nee, ik heb gezegd dat we hier een groot geheim hebben en dat hij niet binnen mocht komen. Dus nu wacht hij buiten op je.'

Rosa, Felicia en ik begonnen brokstukken in de vuilniswagen te gooien en Hooker draafde met een pen naar de deur. Hij deed hem open en deinsde achteruit.

'Rosa, er zijn wel vijftien mensen!'

'Ja,' zei Rosa. 'Je bent erg populair. Iedereen is gek op je. Maar schiet wel een beetje op, want de zwaarste brokken laten we voor jou liggen.'

Twintig minuten later liep Rosa naar de deur, deed hem open en stak haar hoofd naar buiten. 'Zeg meneer de grote ster, kom je ons nog helpen of hoe zit het?'

Ik hoorde Hooker door de deuropening schreeuwen: 'Er komen steeds meer mensen bij! Waar komen ze allemaal vandaan?'

'Zeg mensen,' riep Rosa, 'nu moeten jullie naar huis, zodat Hooker naar binnen kan. We hebben hier namelijk een paar babes voor hem.'

Felicia giechelde. 'Dat zijn wij!'

Ik vond het minder grappig. Ik was zijn voormalige babe.

Buiten werd gelachen en geapplaudisseerd. Hooker dook naar binnen en Rosa deed de deur achter hem dicht en op slot. Met een laatste krachtsinspanning wisten we de zware brokstukken in de vuilniswagen te krijgen, verzamelden de her en der verspreide moeren en bouten, veegden de vloer en mikten de rommel in de wagen bij de andere bewijzen van crimineel gedrag.

Rosa klom in de cabine en startte de motor. 'Ik ga nu naar de sloperij en morgen wordt alles samengeperst tot een brok zo groot als een brood.'

'We rijden achter je aan,' zei ik.

'Dat hoeft niet,' zei Rosa. 'Mijn neef Jimmy bindt de honden vast, zodat ik erin kan.'

We deden het licht uit in het pakhuis en Felicia drukte op het knopje van de harmonicadeur. Rosa startte en deed haar koplampen aan; de vuilniswagen schoof naar buiten, de straat op, en sloeg linksaf. Felicia sloot de harmonicadeur en we maakten weer licht in het pakhuis. Ik deed de thermosfles en de koelkastdozen terug in de tassen en liep met Felicia naar haar auto.

'Bedankt,' zei ik. 'Ik ben je echt heel dankbaar voor je hulp. Het is een beetje anders gelopen dan we hadden gedacht.'

'Met de dooie meneer, bedoel je? Dat geeft niet. Wij zitten in de fruitgroothandel. Het is niet de eerste keer dat ik bij een dooie de rommel heb opgeruimd.'

Ik knikte, niet in staat iets terug te zeggen, en keek op mijn horloge. Het was al bijna tijd voor het ontbijt. Hooker en ik legden het gereedschap terug in de karren en schoven de karren op de laadklep. Ik liet de klep omhooggaan en schoof de karren de smalle gang in. We blokkeerden de karren en sloten af. Ik drukte op de knop waardoor de klep als bij toverslag in de achterdeur verdween en keek toe terwijl hij op zijn plaats schoof. We borgden de twee T-balken over de volle hoogte, waardoor de achterdeur stevig op zijn plaats werd gehouden. En toen trok ik de stekker van het snoer uit het stopcontact en legde het snoer terug in het zijvak. Daarna controleerden we of het pakhuis weer precies was zoals we het hadden aangetroffen. Geen losse onderdelen of gereedschap met vingerafdrukken erop.

Hooker keek op zijn horloge. 'Vier uur,' zei hij. 'Laten we tot slot de truck naar buiten rijden. Ik ben hondsmoe.'

'Zal ik je helpen terwijl je achteruit naar buiten rijdt?' vroeg ik.

'Lukt wel. Licht uit.'

'Dan kun je de deur niet zien.'

'Ik heb ogen als een kat.'

Ik deed het licht in het pakhuis uit en ging aan de kant staan kijken hoe Hooker de truck zou verzetten. Hij beoordeelde de deuropening zo'n vijftien centimeter verkeerd en reed een deuk in de linkerachterkant van de truck.

'Misschien heb je gelijk wat het licht betreft,' zei Hooker en reed een stukje naar voren.

Ik deed het licht weer aan en Hooker ondernam een tweede poging, waarbij hij erin slaagde het hele gevaarte de straat op te krijgen. Hij liet de motor stationair draaien en ik sloot het pakhuis af. Ik holde naar de SUV om achter Hooker aan te rijden. Iemand die niet op zijn achterhoofd was gevallen zou hartkloppingen en maagkrampen hebben gehad. Ik was te moe om me op te winden. Ik had een zere rug en in mijn hoofd gebeurde heel weinig. Ik reed op de automatische piloot achter Hooker aan en wilde alleen nog maar dat het voorbij zou zijn.

Hooker reed Little Havana uit en nam Route 95 in noordelijke richting naar de snelweg die zich donker en eindeloos voor hem uitstrekte. Af en toe kwamen ons vrachtwagens tegemoet waarvan alleen de koplampen en de buitenverlichting te zien waren; ze reden in konvooi en leken op spooktreinen op de snelweg.

Na een kilometer of vijftien ging Hooker van de snelweg, vond een winkelcentrum en parkeerde de truck. Ik parkeerde achter hem, liet de motor lopen en sprong uit de SUV. Ik peuterde het aluminiumfolie van de GPS-antenne, stak vermoeid mijn duim op naar Hooker, we klommen in de SUV en maakten rechtsomkeert naar de snelweg.

Ik zat achter het stuur en Hooker zat met zijn ogen dicht onderuitgezakt naast me.

'Zijn we de boeven of de binken?' vroeg hij.

'Dat is een lastige. We zijn begonnen als de binken. We hebben Schrok gered. Daarna zijn we in een grijs gebied terechtgekomen.'

'Het is eindelijk achter de rug en we hebben alle bewijsstukken opgeruimd zonder dat we zijn betrapt. We zijn heel voorzichtig te werk gegaan. Handschoenen gedragen. Alles afgeveegd. De auto's naar de pers gestuurd. Niemand kan het verband met ons leggen.'

Ik parkeerde bij Felicia's huis, en Hooker en ik strompelden door het tuintje, gingen naar binnen en hesen ons de trap op naar de logeerkamer. Hooker liet zich op het bed vallen en ik liet me op hem vallen.

'Ik ben te moe om me uit te kleden,' zei ik. 'Zelfs ademhalen is bijna te veel moeite.'

'Bij mij is het nog erger,' zei Hooker. 'Ik ben te moe om jou uit te kleden.'

5

Ik lag verstrengeld met Hooker toen ik wakker werd, met onze benen over elkaar en mijn neus op zijn kin. Hij sliep nog; zijn ademhaling was diep en regelmatig. Ik keek op mijn horloge. Het was even voor negen.

'Hé,' zei ik tegen Hooker. 'Word eens wakker. Het is bijna negen uur en Berg moet naar buiten om te piesen.'

Hooker deed zijn ene oog op een spleetje open. 'Goed. Wacht even.'

'Waag het niet je ogen weer dicht te doen,' zei ik. 'Ik ken jou. Jij doet je ogen dicht en valt meteen weer in slaap. Terwijl Berg al een uur geleden naar buiten had gemoeten.'

'Hij klaagt niet,' zei Hooker.

Ik keek de kamer rond. 'Dat komt doordat hij er niet is.'

'Misschien heeft Felicia hem opgehaald.'

In mijn maag laaide een vlammetje van paniek op. 'Hooker, weet jij nog dat we Berg mee naar binnen hebben genomen toen we thuiskwamen?'

Hooker sperde beide ogen open. 'Nee.'

'Weet je nog dat hij bij ons in de SUV zat?'

We keken elkaar strak in de ogen. 'Heb je hem wel uit de

77

truck gehaald?' vroeg ik. 'Hij lag te slapen in het verblijf. Je hebt hem ingesloten toen Felicia ons kwam helpen.'

'Zeg niet dat ik hem in de truck heb laten liggen,' zei Hooker, met zijn hand voor zijn ogen. 'Ik slaap nog en ik heb een nachtmerrie. Ja toch? Jezus, kun je me even knijpen of zo?'

Ik beet in mijn onderlip. 'Ik geloof dat ik moet overgeven.'

'Shit!' zei Hooker en hij stond zijn schoenen al te zoeken. 'Het is godverdomme niet te geloven. We hebben zo ons best gedaan om geen vingerafdrukken achter te laten en dan vergeten we de hond.'

Ik had de sleutels van de SUV in mijn ene hand en de deurknop in de andere. 'Misschien zijn we eerder bij hem dan de mensen van Huevo.'

Ik reed, omdat Hooker het zich niet kon veroorloven zijn rijbewijs kwijt te raken door honderdzestig te rijden op de snelweg. Ik nam de afslag op twee wielen en trok een stevig rubberspoor toen ik op de rem ging staan op het parkeerterrein van het winkelcentrum waar we Huevo's truck hadden achtergelaten.

De SUV kwam deinend tot stilstand en Hooker en ik bleven als verlamd zitten. Geen truck.

Hooker keek opzij naar mij. 'Je gaat toch niet huilen?'

Ik knipperde tranen weg. 'Nee. Jij wel?'

'Ik hoop het niet. Dan zou ik mezelf hopeloos sentimenteel vinden.'

'We moeten Berg zien terug te krijgen.'

'Ja, en Berg is niet ons enige probleem. We hebben de mannen van Huevo laten weten dat we hun truck hebben gejat en hun wagens hebben zoekgemaakt. En we hebben degene die Oscar Huevo heeft vermoord laten weten dat wij Huevo hebben gevonden, verpakt als een ham voor de feestdagen.'

'Het ziet er beroerd voor je uit,' zei ik. 'Ze komen naar je toe. Maar goed dat ik erbuiten sta.'

'Ik ga zeggen dat het allemaal jouw idee was.'

Ik lachte Hooker toe. Hij mocht dan een zak zijn als het om trouw ging, hij zou me tot zijn laatste snik beschermen. 'Wat moeten we nu doen?'

'Misschien zitten ze nog niet zo ver voor ons uit. We kunnen naar het noorden rijden en een poging doen ze in te halen. Misschien weten ze niet eens dat Berg in het verblijf ligt. Misschien kunnen we hem er stiekem uithalen wanneer ze gaan lunchen.'

Ik reed het parkeerterrein al weer af en wilde de snelweg op toen Hookers mobieltje ging.

'Ja?' zei Hooker. 'Aha. Aha. Aha.' En hij maakte een eind aan het gesprek.

'Wie was dat?'

'Weet ik niet. Hij heeft niet gezegd hoe hij heette. Hij zei dat ik een vuile klootzak was omdat ik mijn hond had achtergelaten. En dat hij me ging vermoorden.' Hooker zakte onderuit op zijn stoel. 'Ik kan nog niet geloven dat ik Berg in de truck heb laten zitten.'

'We waren doodop. We hebben gewoon niet goed nagedacht.'

'Het blijft onvergefelijk. We hebben het wel over Berg. Berg is... familie. Hij is bijzonder. En hij is niet de slimste. Hoe moet hij zich zonder mij redden?'

'In elk geval weten we dat de dader Berg aardig vindt; dat is toch gunstig?'

'Natuurlijk vindt hij Berg aardig. Wie zou Berg niet aardig vinden? Let op mijn woorden: het is oorlog. Ik neem dit hoog op. Ik moet verdomme mijn hond terug. Ik ga de ontvoerder van Berg uitroken en dan ga ik iets middeleeuws doen met zijn

79

achterste. Oscar Huevo zal niet de enige blijven met kogelgaten en bijtwonden. De smeerlap die Berg in zijn poten heeft verdient het niet dat hij leeft.'

'Het klinkt nogal verhit,' zei ik. 'Natuurlijk moeten we Berg zien terug te krijgen, maar misschien moet je een beetje afkoelen. Je wilt toch geen ondoordachte dingen doen?'

'Sinds wanneer doe ik ondoordachte dingen?' brulde Hooker terug, met strakke pezen in zijn hals. 'Zie ik eruit alsof ik ooit iets ondoordachts doe?'

'Zeker. Je hebt een rooie kop en bloeddorstige ogen. Laten we de kwestie doornemen onder het ontbijt. En misschien kunnen we een zaak vinden met een defibrillator, voor het geval je een hartaanval krijgt.'

'Ik heb geen trek,' zei Hooker. 'Ik wil godverdomme mijn hond terug.'

'Natuurlijk. Dat weet ik heel goed, maar we moeten een plan maken. En je kunt toch beter nadenken als je ogen niet zo uitpuilen?'

'Puilen mijn ogen uit?'

'Als je ze nog verder laat puilen, rollen ze zo meteen over de vloer.'

Ik parkeerde bij de eerste eettent die ik zag en installeerde Hooker op een bankje. Hooker bestelde omelet met ham en kaas, bacon, poffers, patat, sinaasappelsap, koffie en een portie crackers met saus. Maar goed dat hij geen trek had, anders had hij de keuken leeggegeten en dan had de zaak moeten sluiten.

Hooker had ogen als spleetjes en een strakke mond, en hij timmerde agressief met zijn vork op de tafel.

Ik pakte resoluut de vork uit Hookers hand. 'Had de ontvoerder een accent? Was het een Mexicaan, zo te horen?'

'Nee. Geen accent.'

'Heeft hij gezegd wanneer hij je wil vermoorden?'

'Nee. Dat heeft hij in het midden gelaten.'

'Waren er geluiden op de achtergrond? Kon je horen waar hij was?'

'Het klonk alsof hij achter het stuur zat. Ik kon Berg horen hijgen.'

De bestelling werd gebracht en Hooker prikte een stuk omelet aan zijn vork. Ik dronk koffie en staarde naar mijn lege beker. Ik keek om me heen waar de serveerster was, maar kon haar nergens ontdekken.

'Heb je altijd dat probleem met de bediening?'

'Alleen als ik met jou ergens ben.'

Hooker ruilde de koffiebekers om. De serveerster kwam aanlopen om hem nog eens in te schenken.

Ik at de cornflakes die ik had besteld en dronk nog wat koffie. Een traan gleed over mijn wang en viel op het formica.

'O nee toch,' zei Hooker en nam mijn gezicht in zijn handen, waarbij hij zijn duim gebruikte om een traan van mijn wang te vegen. 'Ik kan er niet tegen als je huilt.'

'Ik maak me zorgen over Berg. Ik probeer me goed te houden, maar ik ben er kapot van. Ik wed dat hij mij ook mist.'

'Ik maak me ook zorgen over hem,' zei Hooker. 'En dan is er nog iemand die me wil vermoorden.'

Ik slikte een paar keer tegen de tranen. 'Ja, maar dat heb je verdiend.'

'Tjee,' zei Hooker. 'Wat ben jij haatdragend.'

'Daar staan bedrogen vrouwen om bekend.'

'Schatje, ik heb je niet bedrogen. Ik heb alleen even een wip gemaakt met die verkoopster.'

'Er stonden foto's op internet!'

Hookers mobieltje ging.

'Dag,' zei Hooker. 'Aha. Aha. Aha.'

Hij maakte een eind aan het gesprek en ik liet hem mijn opgetrokken wenkbrauwen zien.

'Dat was Ray Huevo... de rouwende jongere broer van wijlen Oscar. Je weet wel: Ray, de broer die niet is aangevreten door het moerasmonster, de broer die je op het circuit hebt gezien met het Paard en de Kale, de broer die ongetwijfeld het satansgebroed kent dat mijn hond heeft. Hij wil zijn wagens terug.'

'Dat kan lastig worden. Vindt hij het erg als hij ze terugkrijgt in de vorm van een brood?'

'Laten we het nog eens doornemen,' zei Hooker. 'Iemand heeft Oscar Huevo vermoord, in plasticfolie verpakt en weggeborgen in een kast aan boord van de truck. We nemen aan dat iemand uit de kleine kring het heeft gedaan, maar het probleem is dat die trucks niet worden afgesloten, dus het kan iedereen zijn geweest.'

'Dat is niet helemaal waar. Je hebt een pasje nodig om bij de trucks te komen.'

'Gaat het nog maar over een paar duizend man.'

'Nou goed, dus er konden heel wat mensen bij. Maar echt eenvoudig is het niet. Dat lijk moesten ze er ook naartoe brengen. En we weten dat hij elders is vermoord, want in de truck hebben we geen bloed gezien. Zelfs als ze hem hebben schoongemaakt, denk ik dat we sporen van bloed of van een vechtpartij hadden gevonden. Ook als hij buiten de truck is doodgeschoten en naar binnen gebracht, hadden we bloed moeten zien. En hij was naakt, met een stijve... Nou ja, dat kan gebeuren in een truck.'

'Geen sprake van,' zei Hooker. 'Hij had geen sokken aan. In de truck neemt niemand de moeite zijn sokken uit te trekken.'

Ik keek hem vernietigend aan.

'Niet dat ik dat uit eigen ervaring weet,' zei Hooker.

'In de krant stond dat Oscar Hueva het laatst is gezien toen hij met Ray in een restaurant zat te eten. Dat was zaterdagavond. Beide broers wilden de race bijwonen, maar er kwam er maar een opdagen. Niemand heeft Oscar op het circuit gezien. Een portier kan zich herinneren dat Oscar na het eten een eindje is gaan wandelen. Niemand heeft hem daarvan terug zien komen.'

Hooker was klaar met zijn poffers en begon aan de crackers. 'Hoe hebben ze het lijk in de truck kunnen verbergen zonder dat iemand het heeft gezien? Er zijn altijd mensen bezig op dat parkeerterrein. Bovendien kunnen ze hem niet met een golfkar hebben verplaatst. De karren worden tegengehouden bij de slagboom.'

'Misschien hebben ze hem na de race vervoerd. De negenenzestig was immers de laatste die wegging, omdat ze op een onderdeel moesten wachten. Misschien hebben ze toen het lijk naar binnen gesmokkeld. Op een gegeven moment is de controle niet meer zo streng en dan kunnen ook karren en SUV's het terrein op.

En de truck was aan de achterkant nog open toen we Berg uitlieten. Ze hadden een gereedschapskar klaarstaan om aan de truck te kunnen sleutelen.'

'Het lijkt me vergezocht,' zei Hooker, 'maar misschien is het zo gegaan. Dan een tweede vraag. Ray Huevo belt me op om te zeggen dat alles vergeven en vergeten is als hij zijn wagens maar terugkrijgt. Waarom zegt hij dat? Waarom gaat hij niet gewoon naar de politie? Waarom is hij niet meteen naar de politie gegaan?'

'Omdat Huevo weet dat Oscar in de truck was verborgen?

En omdat hij weet dat jij weet dat hij dat weet?' opperde ik.

'Dat is wel veel keren "weet".' Hooker werkte nog wat omelet naar binnen. 'En waarom maakt Ray zich druk over de wagens? Ik dacht dat hij niets moest hebben van de racerij.'

'Die wagens zijn eigendom van Huevo.'

Hooker schudde zijn hoofd. 'Het blijft bizar dat hij belooft me te vergeven als hij de wagens terugkrijgt. Ik begrijp dat hij mij zou willen vermoorden. En ik zou ook nog kunnen begrijpen dat hij probeert me om te kopen of te chanteren om mijn mond te houden.'

'Jou chanteren is niet zo simpel. De pers hangt je vuile was maar al te graag buiten.'

'Ja,' zei Hooker. 'En ik heb te veel geld om me te laten afkopen.'

'Wees reëel,' zei ik tegen Hooker. 'Hij denkt er niet over je te vergeven. Hij zegt dat alleen om je een vals gevoel van zekerheid te geven. Hij is wel degelijk van plan je te vermoorden. Zijn maat heeft zich al in de kaart laten kijken.'

'De ontvoerder van Berg heeft niet gezegd waarom hij me wil vermoorden. Het is mogelijk dat hij los van Ray Huevo opereert. Misschien is hij gewoon iemand die mensen vermoordt die hun sint-bernard in een truck achterlaten.'

Hooker at zijn laatste reep bacon op en kwam overeind.

'Je ziet er niet echt bezorgd uit,' zei ik.

'Als ik mijn hart wat minder kon laten dreunen, zou ik er nog zorgelozer uitzien.'

'We moeten met iemand van Nascar praten.'

'Nee,' zei Hooker. 'Dan ben ik weg als coureur. En rijden is het enige wat ik kan.'

'Je kunt nog wel wat meer.'

Hooker grijnsde. 'Schatje, je flirt met me.'

'Alleen om je op te vrolijken.'

Hij gebaarde dat hij wilde betalen. 'Het helpt wel.'

Ik ben nooit de idioot van het gezin geweest. Mijn jongere broer Bill genoot die eer. Ik was degene die doorleerde, een technische graad haalde en toen koos voor een vaste baan bij een saai assurantiebedrijf. Ik was het betrouwbare kind dat elke zondag op tijd thuis was voor het eten en dat aan verjaardagen dacht. Tot Hooker. Nu werk ik voor Racing Team Stiller en concurreer met mijn broer voor de titel Mafkees van het Jaar.

Hooker zat achter het stuur en ik zat naast hem te kijken naar de voorbijvliegende wereld. Het ontbijt lag een halfuur achter ons. Miami lag voor ons.

'Wat nu?' vroeg ik.

Hooker ging van de tolweg af. 'Ik wil mijn hond terug.'

'Volgens mij rijd je naar South Beach.'

'Ray Huevo zei dat hij aan boord van het bedrijfsjacht was. Dat lijkt me een goede plek om te beginnen met zoeken naar Berg. Iemands wagen stelen is één ding. Het stelen van iemands hond valt in een volstrekt andere categorie. En het gaat niet eens om een gewone hond. Het gaat om Berg.'

'Heeft hij niet gezegd dat de gaten in de schouder van zijn broer overeenkomen met de hoektanden van je hond?'

'Over zijn broer of mijn hond heeft hij niets gezegd. Hij wou alleen zijn wagens terug.'

'Vind je dat niet gek?'

'Ik vind het ijskoud.'

'Heb je bedacht dat er een klein kansje is dat Ray Huevo je niet met open armen zal ontvangen?'

'De Banaan en zijn vriendin zijn op die boot om zijn overwinning te vieren. Met het hele team. Ik denk niet dat we voor de lunch worden uitgenodigd, maar ik denk ook niet dat ze me zullen afknallen. Ik weet niet precies wat ik zal bereiken, maar ik weet niet waar ik anders moet beginnen.'

Twintig minuten later stond de SUV op het parkeerterrein bij Monty's restaurant en stond ik schouder aan schouder met Hooker op de promenade langs South Beach Harbor.

Hooker keek grijnzend op me neer. 'Ik dacht dat je in de wagen zou willen wachten.'

'Iemand moet een oogje op je houden.'

'Ik dacht dat je geen oogje meer op me had.'

'Onverschilligheid is weer het andere uiterste.'

Hooker trok me naar zich toe om me te kussen. Het was geen heftige, hartstochtelijke kus. Het was een kus als een glimlach. Ik had hem een goed gevoel gegeven. Hooker was niet iemand die zijn gedachten en gevoelens geheimhield. Je merkte altijd wel wat Hooker bezighield. En ik wist uit ervaring dat de kus, als hij langer duurde, wel hartstochtelijk zou worden. Wat Hooker aan raffinement miste, compenseerde hij met testosteron.

'Hou op,' zei ik nadat ik me had losgemaakt, en ik ging een stapje achteruit.

'Je vond het fijn.'

'Nietes!'

'Ook goed,' zei Hooker. 'Nog eens proberen. Ik weet dat ik het beter kan.'

'Nee!' Ik draaide me om en hield mijn hand boven mijn ogen om de haven af te speuren. 'Welke boot is die van Huevo?'

'De grote aan het eind van de steiger, een steiger verder dan het kantoor van de havenmeester.'

'Die met de drie dekken?'

'Ja.'

'Geen helikopter,' zei ik. 'Huevo is aan het bezuinigen.'

'De heli is waarschijnlijk ergens anders. Maar Huevo heeft een vloot vliegtuigen en helikopters.'

'En hij heeft beveiliging. Weet je zeker dat je niet wilt bellen?'

Hooker pakte mijn hand en trok me mee. 'Schatje, ik bel nooit van tevoren.'

Ik weet niet veel van boten, dus ik vond Huevo's jacht groot en mooi. Drie dekken van smetteloos fiberglas, met een enkele blauwe streep over de hele lengte van het eerste dek; de ramen waren allemaal van donker glas. Een loopplank leidde van de steiger naar de boot en bij de reling stond een bemanningslid in uniform.

Ik liep achter Hooker aan de loopplank op en probeerde kalm te lijken terwijl hij tegen het bemanningslid zei dat we voor Ray Huevo kwamen. Ik verwachtte op zijn minst dat ik me dood zou schamen. En ik was heel bang dat het fataal zou aflopen.

Vanochtend was ik in de kleren waarin ik had geslapen uit bed gesprongen en naar de auto gehold. Ik had een pet opgezet en zelfs niet gedacht aan make-up. Ik geloof niet dat ik veel oppervlakkiger ben dan een ander, maar ik vermoedde dat ik me een stuk beter zou voelen als ik had kunnen douchen en een schone spijkerbroek had kunnen aantrekken.

Ray had zijn kantoor op het tweede dek. Hij zat achter zijn bureau en keek op toen we binnenkwamen. Hij leek niet verbaasd. Eerder geërgerd. Zoals Ricky Ricardo wanneer Lucy iets stoms deed. Hij leek trouwens toch op Ricky Ricardo. Zelfde teint. Dik donker haar. Gedrongen. Zijn lengte was moeilijk te schatten. Hij gebaarde naar de stoelen, maar Hooker en ik bleven staan.

'Ik zoek mijn hond,' zei Hooker. 'Heb je hem gezien?'

'Ik ben ook op zoek,' zei Huevo. 'Misschien is het beter als de jongedame even de gang op gaat.'

Hooker keek me glimlachend aan. Volkomen beheerst. No problemos. 'Alsjeblieft?'

Ik trok de deur achter me dicht en bleef staan om te luisteren, maar ik hoorde niet veel. Even later kwamen vier forse bemanningsleden aangemarcheerd en ze gingen het kantoor binnen. Na een ogenblik kwamen de mannen met Hooker naar buiten, tilden hem op en smeten hem overboord. Met een plons verdween hij onder water.

Een hand omklemde mijn nek en kneep. Ik slaakte een gil en het Paard draaide me naar zich toe. Hij had zijn ogen bijna dichtgeknepen en zijn mond was vertrokken tot een enge fietsenrekgrijns. Hij was tegen de vijftig en leek te winkelen bij een zaak voor de lange en/of brede man. Hij had dikke lippen en zijn ogen stonden dicht bij elkaar. Zijn donkere haar was kort geknipt. Omdat ik hem op het circuit in de kijker had gehad wist ik dat hij een tatoeage in zijn nek had. Het leek een slang, maar op die afstand was dat niet goed te zien.

'Kijk eens wat we hier hebben,' zei hij. 'Ik moest je eigenlijk gaan zoeken, maar je komt zelf met je vriendje aan boord. Het vliegje dat het web van de spin binnenwandelt.'

Ik probeerde los te komen, en hij kneep harder.

'Wat is er?' vroeg hij. 'Wou je weg? Vind je me niet aardig? Misschien moet je me eerst beter leren kennen. Misschien kunnen we elkaar benedendeks beter leren kennen.'

Ik hoorde Hooker boven water komen en naast de boot spetteren. Ik draaide mijn hoofd om naar hem te kijken, en het

Paard pakte een vuistvol haar om mijn hoofd naar achteren te trekken.

'Luister naar me als ik tegen je praat,' zei hij. 'Heb je geen manieren?'

'Laat me los.'

'Misschien moet ik je betere manieren bijbrengen. Het zou niet voor het eerst zijn dat ik een vrouw moet leren luisteren. Het is zelfs een van mijn specialiteiten. Daarom heb ik opdracht gekregen om met je te praten. Iedereen weet dat ik er slag van heb om met vrouwen om te gaan. Ik kan vrouwen laten smeken. Natuurlijk komt er in het begin pijn aan te pas. Hou je van pijn?'

Ik deed mijn mond open om te gillen en hij gaf weer een ruk aan mijn hoofd.

'Het kan niemand wat schelen als je gilt,' zei hij. 'Er is alleen bemanning aan boord. Alle gasten zijn met de sloep mee op een tochtje door de haven. Dus dit is wat er gaat gebeuren. Ik ga je heel veel pijn doen en dan ga jij me alles vertellen wat ik wil weten. En als je daarna heel aardig voor me bent, laat ik je gaan als ik klaar ben met je.'

Mijn maag keerde zich om, het koude zweet brak me uit en ik gaf over op het Paard. De enige keer in mijn leven dat ik ooit aan agressief braken heb gedaan.

'O shit,' zei ik. 'Het spijt me echt.'

Het Paard deinsde achteruit om naar zichzelf te kijken. 'Godverdomme, wat krijgen we nou?'

'Het is cornflakes met banaan.'

'Vuile teringhoer, dat zet ik je betaald.'

Mijn hart stotterde in mijn borst en toen nam een paniek-instinct bezit van me; zonder na te denken draaide ik me om, klom over de reling en sprong. Ik ging kopje-onder en kreeg wat water binnen voordat het me lukte naar de oppervlakte te zwemmen. Dobberend naast Hooker kwam ik boven.

Ik had een spijkerbroek en gympen aan die me omlaagtrokken. 'Help!' riep ik en spuwde zeewater uit. 'Ik zink!'

Hooker greep de voorkant van mijn bloes en trok me mee langs de zijkant van de boot. We worstelden ons langs het voorschip en klampten ons vast aan de steiger tot we op adem waren gekomen. We trokken ons een eind aan de steiger voort tot we bij een ladder kwamen en uit het water konden klimmen.

Mijn haar en kleren kleefden aan me vast. Mijn zonnebril en pet werden door de golven meegevoerd. Mijn mobieltje zat nog aan mijn riem en er droop water uit.

'Dat was verschrikkelijk!' schreeuwde ik tegen Hooker. 'Ik weet niet waarom ik met je mee ben gegaan. Ik wist dat er zoiets zou gebeuren. Ik ben bijna gemarteld door het monster met de paardenlul. Mijn telefoon is naar de haaien. En ik ben mijn pet en mijn zonnebril kwijt. En mijn gympen zijn doorweekt. Terwijl het mijn favoriete gympen zijn. Zulke gympen groeien niet aan de bomen, hoor. En ik had wel kunnen verdrinken.'

Hooker staarde met een glimlach naar mijn druipende T-shirt. 'Leuk,' zei hij.

Voor een kerel is het leven simpel. Alle problemen in de wereld kunnen tijdelijk opzij worden gezet voor de aanblik van een nat T-shirt en koude tepels. Ik zuchtte diep en sjokte soppend naar de SUV. Bij de auto bleef ik staan staren naar de lege achterbank, met mijn tanden in mijn onderlip geklemd.

Hooker sloeg zijn arm om me heen en drukte me tegen zich aan. 'Ik mis hem ook,' zei Hooker. Hij gaf me een broederlijke kus op mijn hoofd. 'Maak je geen zorgen. We krijgen hem wel terug.'

'Toen hij er nog was, vond ik hem niet eens zo geweldig. Maar nu voel ik me ellendig.'

'Soms weet je niet wat je hebt tot je het kwijt bent,' zei Hooker.

Iedereen in huize Ibarra was aan het werk in de fruitkraam, ook Schrok. Hooker en ik zaten aan de keukentafel van de Ibarra's restjes van de vorige avond weg te werken. Ik was onder de douche geweest en droeg mijn enige schone spullen: kaki short, een wit T-shirt en witte gympen.

Hooker droeg een short, T-shirt en geleende teenslippers. 'Ik had er geen rekening mee gehouden dat mijn schoenen nat zouden worden,' zei hij. 'Ik moet ergens heen voor wat anders dan teenslippers. Met een teenslipper kun je geen welgemikte trap uitdelen.'

'Je hebt me nog niet verteld wat er op Huevo's kantoor is gebeurd.'

'Hij vroeg waarom ik zijn wagens had gestolen. Ik zei dat ik zijn wagens niet had gestolen. Hij vroeg hoe mijn hond in de truck terecht was gekomen als ik zijn wagens niet had gestolen. Ik zei dat iemand mijn hond had gestolen en hem in de truck had gestopt. Hij zei dat hij zijn wagens terug wilde. Ik zei dat ik mijn hond terug wilde. Hij zei dat hij, als hij zijn wagens vanavond niet terug had, mijn ballen zou afsnijden en aan mijn hond voeren. Ik zei dat ik tenminste ballen hád. En toen liet hij me overboord gooien.'

'Briljant gespeeld.'

'Bij twijfel moet je alles ontkennen.'

Ik staarde hem aan met mijn vork halverwege mijn mond.

'Ik heb nooit ontkend dat ik met die verkoopster heb geslapen,' zei hij. 'Ik kan me er alleen niets van herinneren.'

'Heb je plannen om je anatomie intact te houden?'

'Daar maak ik me niet echt zorgen over. Ik zie hem er wel voor aan dat hij me in elkaar slaat, maar mijn ballen zal hij niet afsnijden omdat ik dan waarschijnlijk doodbloed, en dan vindt hij zijn wagens nooit terug. Hij wil die wagens echt heel graag hebben.'

'Het is maar een ideetje: waarom bied je Huevo geen geld voor de wagens in ruil voor Berg?'

'Ja, dat lijkt me redelijk. Een miljoen of meer voor een sint-bernard die niets anders kan dan kwijlen.'

'Hij kan meer. Hij begroet mensen door ze tegen de grond te werken. En hij kan op drie poten staan en met zijn andere poot achter zijn oor krabben. En hij heeft mooie bruine ogen.'

'Net als ik,' zei Hooker. 'Alleen kan ik niet met mijn voet achter mijn oor krabben.'

'Ja, jij en Berg zijn een mooi stel.'

Hooker grijnsde me toe en pakte zijn mobieltje. Hij toetste Huevo's nummer in en er droop water uit. 'Dooie boel,' zei Hooker. 'Verzopen.'

'Kun je Huevo's nummer eraf halen?'

'Nee, maar waarschijnlijk kan ik het wel van Butch krijgen.'

Tien minuten later zette Hooker de telefoon van de Ibarra's terug in de standaard op het aanrecht.

'En?' vroeg ik.

'Huevo zei dat hij geen geld wil. Hij wil de wagens hebben.'

'Misschien is het hem om de chip te doen. Misschien moet je hem nog eens bellen en de chip aanbieden.'

Hooker zat te spelen met de knop van de versnellingspook die we uit de 69-wagen hadden gesloopt. Hij hield hem onder alle denkbare hoeken vast om hem te bestuderen. 'Dit ding is kunst,' zei hij. 'Huevo's mensen hebben de knop zelf ontwikkeld zodat hij sterk is en lekker in de hand ligt, terwijl het gewicht minimaal is.'

Hij legde de knop op tafel en er klonk een nauwelijks hoorbaar metalig geluidje. Hij tilde de knop op en er lag een metalen knoopje op tafel.

Ik duwde ertegen met mijn vinger. Het was een zilverkleurig dingetje, iets kleiner dan een contactlens.

'Het lijkt op een horlogebatterij, maar er staat geen serienummer op,' zei ik. 'En ik heb geen flauw idee wat dat ding moet in de versnellingspook.'

'Misschien is dit ding voor de antidoorslipregeling.'

'Dat kan niet. Het staat nergens mee in verbinding. Geen snoer. De microprocessor moet elektriciteit naar een mechanisch onderdeel voeren om de motor te laten remmen. We kennen maar twee manieren om elektriciteit over te brengen. De ene manier is via een snoer. De andere manier is een bliksemschicht.'

'Wat is het dan?'

Ik legde het op mijn hand en draaide het om. 'Dat weet ik niet. Ik zou er graag in willen kijken, maar ik ben bang dat het kapot gaat als ik probeer het open te maken. In Concord zou het geen probleem zijn.'

'Ik wil niet naar Concord. Volgens mij is Berg in Miami en ik wil pas weg wanneer ik hem terug heb.'

'Dan moeten we naar een juwelier toe.'

Een halfuur later stond Hooker bij een vitrine met armbanden die met diamanten waren bezet. 'De meeste vrouwen zouden me vergiffenis schenken als ik zo'n armband cadeau deed.'

'Verbeeld je maar niks. Een vrouw zou zo'n armband wel aannemen, maar haar grief niet vergeten.'

'Dat verklaart veel,' zei Hooker.

'Veel geld aan zulke armbanden vergooid?'

Hij lachte schaapachtig. 'Ik heb er een paar keer een gekocht.'

Ik stond bij de juwelier die met het knoopje in de weer was. Hij had het in een miniatuurbankschroef vastgezet om een aantal dingen uit te proberen, die allemaal niets opleverden. Ten slotte haalde hij hem uit de bankschroef, legde zijn gereedschapjes weg, hield het knoopje met duim en wijsvinger vast en gaf er met een hamer een klap op. Het metalen omhulsel spleet en we konden zien wat er in het knoopje zat.

We staarden er allemaal naar.

'Wat is dat?' vroeg Hooker.

Ik leende de loep van de juwelier om het knoopje te bestuderen. 'Het lijkt me een printplaatje. Gelast op iets dat een miniatuurbatterij kan zijn.'

'Dus dit kan zijn waar het om gaat,' zei Hooker. 'Alleen zit het nergens aan vast.'

'Ja, maar misschien praat dit dingetje met de chip die op de motor was bevestigd.'

Ik haalde het plastic zakje tevoorschijn, legde het beschadigde andere dingetje op de toonbank en bekeek het onder de loep. Het was een chip, ik kon de circuits onderscheiden.

'Het is een chip,' zei ik tegen Hooker. 'Maar ik weet niet waarom je er twee nodig zou hebben. Ik zou denken dat de chip op de motor alles zou doen.'

Ik schoof de beide chips in het zakje, deed het zakje in mijn broekzak en we liepen de juwelierswinkel uit. We waren in een winkelcentrum in een waterrijke toeristenwijk in Miami met winkels en eetgelegenheden rond een jachthaven. Het was tropisch en kleurig en in de etalages lagen asbakken met flamingo's erop, rubber speelgoedalligators die in China waren gemaakt, strandlakens, T-shirts, lampen in de vorm van een palmboom, zonnebrillen, zonnebrandmiddelen, zonnekleppen en zakken met schelpen die waarschijnlijk in China waren geraapt. We negeerden de souvenirwinkels en kochten nieuwe mobieltjes, gympen voor Hooker en verrekijkers.

Het was laat in de middag toen we terugliepen naar de auto. We waren van plan vanaf een kruk in Monty's tikibar Huevo's jacht te observeren. De bar was voor iedereen toegankelijk en de kans leek ons klein dat Hookers intieme delen van zijn lichaam zouden worden gescheiden terwijl we bij Monty zaten.

We bestelden nacho's en bier en haalden de kijkers tevoorschijn. We hadden allebei een klein gevalletje gekocht. Minder sterk dan waar ik aan gewend was, maar handzamer. We konden de boot ook zien zonder kijker, maar nu konden we de gezichten aan boord bestuderen.

'Op Berg,' zei Hooker en we klonken met onze bierglazen.

Ik bracht de kijker naar mijn ogen om hem uit te proberen, stelde scherp op het beton van de promenade en een vrouw wandelde in beeld. 'Hé,' zei ik. 'Wie is dat?'

De vrouw was het toonbeeld van de blonde bimbo. Een platinablonde Cruella De Vil. Ze droeg schoenen met tien centimeter hoge stilettohakken en een couturepakje dat haar omsloot als een tweede huid. Ze had genoeg in de zon blikkerende diamanten aan haar horloge en haar oren om me te verblinden. Ze had een wrong in haar nek en haar gezicht was verstard in een uitdrukking van permanent ontzag. Ze heupwiegde billendeinend op lange benen over de steiger naar de loopplank. Het bemanningslid in uniform bij de reling was meteen alert toen hij haar zag aankomen en schoot toe om haar tas voor haar te dragen, maar ze wuifde hem weg. Een klein hondje met oorpluimpjes stak zijn kopje uit de tas.

Ik keek even naar Hooker en zag dat hij zijn kijker bijstelde.

'Richt je op haar kont?' vroeg ik.

'Het is best een mooi kontje. Strak en hard, daar kun je een muntje op laten stuiteren.'

'Dat bevalt je wel?'

Hooker had zijn kijker voor zijn ogen. 'Elk kontje bevalt me dat...' Hij zweeg opeens. Hij beleefde een nieuw inzicht dat hem stevig aangreep. Hij liet zijn kijker zakken en keek me aan. 'Ik vind jóúw kontje leuk.'

Nou ja, hij was niet volmaakt, maar hij deed zijn best.

Ik tuurde weer door de kijker en zag de vrouw uit het zicht verdwijnen in de grote salon. 'Ken je haar?'

'Schatje, dat is de kersverse weduwe van Oscar Huevo.'

'Nou nou.'

'Precies. Ze is zijn wettige echtgenote en ze is uit op wraak.'

Tien minuten later kwam de wettige echtgenote uit de salon, stak het dek over en marcheerde de loopplank af. Ze zette haar zonnebril goed, duwde haar hondje terug in de tas en liep energiek de steiger af.

Ik liet mijn kijker in mijn nieuwe schoudertas zakken. 'Blijf jij hier naar de boot kijken,' zei ik. 'Ik ga achter haar aan, kijken waar ze naartoe gaat.'

Hooker gaf me de sleuteltjes van de SUV. 'Heel, heel diep in mijn hart ben ik stiekem bang dat je zonder mij het vliegtuig naar huis zult nemen.'

6

Ik holde naar de SUV en schoof achter het stuur terwijl de weduwe Huevo het parkeerterrein op marcheerde en in een wachtende limo stapte. Ik startte en reed er op een afstandje achteraan. De chauffeur reed naar Fifth Street en vandaar naar
Collins. Een paar zijstraten verder parkeerde hij voor de fraaie
entree van Loews Miami Beach Hotel. Mevrouw Huevo stapte
uit, met haar hondje in haar tas. De achterklep van de limo ging
omhoog en piccolo's schoten toe om bagage uit te laden. De koffers werden op een karretje geladen en het hotel binnengereden,
gevolgd door het dansende achterste van mevrouw Huevo.

Ik had Hooker aan de telefoon. 'Ze neemt een kamer in
Loews en ze heeft veel bagage bij zich.'

'Het lijkt me zo'n vrouw die drie hutkoffers meeneemt voor
een weekend.'

'Ik blijf hier een tijdje kijken of er nog iets interessants gebeurt,' zei ik tegen Hooker.

'Begrepen.'

Loews is een spectaculair hotel met veel marmer, elegante
zitbankjes en potpalmen. Er horen terrassen en tuinen bij die
doen denken aan een kruising tussen een film met Fred Astaire

en het graf van koning Toet. En alles leidt naar het schitterende brede witte zandstrand van South Beach en de aanrollende Atlantische Oceaan. Ik liet de SUV parkeren en wandelde de lobby in, waar de airco overuren maakte. Het was er zo koud dat mijn tepels hard werden en mijn vingertoppen paars. Ik ben niet het type voor impulskoopjes, maar in het belang van tepelwelzijn telde ik in de cadeauwinkel van het hotel dertig dollar neer voor een sweatshirt.

Ik nam plaats op een van de bankjes met uitzicht op de lift. De weduwe Huevo leek me aan een borrel toe en ik vermoedde dat ze, zodra ze zich in haar kamer had ingericht, linea recta naar de bar zou gaan. Ik was van plan een uur te wachten. Als er niets gebeurde, ging ik terug naar Hooker. Een uur bleek ruim bemeten, want al na tien minuten kwam de weduwe uit de lift en liep meteen naar de bar. Omdat South Beach pas na middernacht op stoom komt, was in de bar niemand aanwezig. Mevrouw Huevo ging aan een van de tafeltjes zitten en keek om zich heen waar de bediening bleef. Ongeduldig. Echt aan een borrel toe. Ze had nog altijd haar tas met hond bij zich, maar het hondje hield zich schuil. Waarschijnlijk weggedoken tegen de kou. Zodra de hond zijn kop uit de tas stak, zou ik in actie komen.

Geen barkeeper of serveerster te bekennen. Niemand te zien, afgezien van mezelf en mevrouw Huevo. Ik haalde diep adem en ritste mijn sweatshirt dicht. Mevrouw Huevo deed haar jasje uit. Ze had zeker een opvlieger. Of misschien vond ze het prettig om harde tepels te hebben. Waarschijnlijk het tweede. Ik zag het kopje van de hond, die om zich heen keek en meteen weer in de tas verdween. Daar had ik genoeg aan.

Ik liep naar mevrouw Huevo toe en boog me over de tas. 'Sorry dat ik u stoor,' zei ik, 'maar ik wou zo graag uw hondje zien. Daarnet stak ze even haar kopje naar buiten en toen vond ik haar zo schattig.'

Het punt met mensen die hun hondje overal mee naartoe nemen is dat ze gek zijn op hun hondje. En ze praten dolgraag over hun hondje. Daardoor is het mogelijk op een volslagen vreemde af te stappen, het hondje uitvoerig te bewonderen en in een moeite door vriendschap voor het leven te sluiten.

De weduwe Huevo keek me hoopvol aan. 'Je werkt hier zeker niet? Jezus, wat moet ik doen om hier een borrel te krijgen, verdomme?'

'Zo te zien is de bar momenteel niet open,' zei ik. 'Ik wilde het op dat terras proberen, want daar zitten mensen.'

De weduwe Huevo rekte haar hals om naar buiten te kijken. 'Je hebt gelijk!'

Ze stond al en haar lange benen legden haastig de etappe af over het art-decotapijt van Loews. Ik moest het dubbele aantal stappen zetten om haar bij te houden.

'Tjee,' zei ik. 'Wat een tempo! Waar haal je het vandaan?'

'Ik ben razend.'

Ik probeerde mijn grijns te onderdrukken. Dit gaat helemaal goed komen, dacht ik.

Door de schuifdeuren gingen we naar buiten en vonden een tafel op het terras met uitzicht over het zwembad en de oceaan. Waarschijnlijk mocht de hond hier niet mee, maar dat zou niemand durven zeggen tegen de razende weduwe. Ze zette de tas met de hond op haar schoot, draaide hem naar me toe en maakte de opening wat groter. 'Dit is Itsy Poo,' zei ze. 'Ze is drie jaar en ze gedraagt zich altijd zo keurig.'

Itsy Poo stak haar kopje naar buiten om naar haar bazin te kijken en Huevo veranderde op slag van razende weduwe in koerende hondenmama.

'Is het niet een schatje?' vroeg Huevo aan Itsy Poo. 'Is het niet een brave meid? Wie is mama liefste schatje?'

Itsy Poos ogen puilden uit haar kopje en ze trilde van opwinding. Ze was een miniatuurhondje, klein genoeg om op de hand van een vrouw te kunnen zitten. Formaat rat ongeveer, maar minder gespierd. Ze had lang vaalbruin haar, maar ze was niet echt dicht behaard. Als Itsy Poo een vrouw zou zijn, zou ze haargroeimiddel gebruiken. Van het haar op haar kop was een knotje gemaakt met een roze satijnen strikje erom.

Aarzelend stak ik mijn hand in de tas en Itsy Poo liet zich aaien. Ze lag in een nestje van kasjmiersjaal. Ze was warm en haar dunne haar voelde zo zacht als de adem van een baby.

'Wauw,' fluisterde ik, onder de indruk van het hondje. 'Ze is zijdezacht. En zo mooi.'

'Ze is mama's grote schat. Ja toch? Ja toch?' zong Huevo haar hondje toe.

Er kwam een kelner aangelopen. Mama deed de tas weer bijna dicht en Itsy Poo ging weer in haar kasjmiernestje liggen.

'Droge martini,' zei Huevo tegen de kelner. 'Driemaal.'

'IJsthee,' zei ik.

De weduwe Huevo keek me dreigend aan. 'Dat meen je niet.'

'Ik moet nog rijden.'

'Ik kan hier toch niet aan de martini zitten met iemand die ijsthee wil. Neem dan een margarita. Daar zit vruchtensap in. Dat stelt niets voor. Je kunt doen of het je ontbijt is.' Huevo keek even op naar de kelner. 'Breng haar een margarita. Cabo Wabo, met ijs, niet te zuinig met de Cointreau.'

Een groepje diep gebruinde mensen hing rond bij het zwembad. Er lag niemand in het water. Er stond wel wat wind, maar de zon was nog warm en de temperatuur lag een graad of vijftien boven die in de lobby. Ik voelde het bloed weer in mijn vingertoppen stromen en mijn tepels kwamen tot rust. Ik trok mijn sweatshirt uit en ontspande me. De weduwe Huevo bleef kaarsrecht overeind zitten. Ze zat strak voor zich uit te kijken, met haar vuisten op tafel.

'Wat doe je in South Beach?' vroeg ik.

'Ik ben hier voor zaken.'

Onze bestelling werd gebracht en Huevo sloeg haar eerste martini naar binnen. Ze haalde pas weer adem toen de alcohol haar maag had bereikt.

Ik hield haar mijn hand voor. 'Alexandra Barnaby.'

'Suzanne Huevo.'

Ze gaf een stevige handdruk. Haar vingers voelden ijskoud aan. Kennelijk had ze nog een martini nodig.

Ik hief mijn margaritaglas. 'Op Itsy Poo.'

'Daar drink ik op,' zei Suzanne. En ze sloeg haar tweede martini achterover.

Ik gunde de nieuwe alcoholstorm een paar ogenblikken om te gaan liggen en kwam toen meteen terzake, want door het tempo waarin Suzanne Huevo martini's hees, vreesde ik dat ze niet lang aanspreekbaar zou blijven. 'Ken je misschien die man die is vermoord? Ik dacht dat die ook Huevo heette.'

'Oscar Huevo. Mijn man.'

'O mijn god, het spijt me.'

'Het spijt mij ook. Iemand heeft die lamzak vermoord voordat ik de kans kreeg. Terwijl ik het al helemaal voor me zag. Ik wou hem vergiftigen. Heel langzaam en heel pijnlijk.'

'Je meent het.'

'En of ik het meen. Ik ben tweeëntwintig ellendige jaren met die lul getrouwd geweest. Ik heb hem twee zonen geschonken. En ik heb alles voor hem gedaan, geen moeite was me te veel. Ik heb genoeg uren op de steps doorgebracht om twee keer naar de maan te gaan. Ik heb mijn dijen laten leegzuigen en mijn lippen voller laten maken. Ik heb genoeg botox in mijn gezicht laten spuiten om een paard om te leggen. Ik heb twee DD-implantaten en een compleet opgetuigd gebit. En hoe bedankt hij me voor de moeite? Ruilt me in voor een jonger model.'

'Nee!'

Ze at een paar olijven. 'Dat was hij van plan. Legde me de scheidingspapieren voor. Voordat ik mijn handtekening had kunnen zetten, was hij dood. Is dat nou gerechtigheid?'

'Weet je ook wie hem heeft vermoord?'

'Nee. Jammer genoeg niet. Anders zou ik hem een fruitmand sturen. En daarna zou ik hem in elkaar slaan omdat hij me de kans heeft afgepikt om Oscar onder mijn ogen te zien creperen.' Ze keek om zich heen of ze een menu zag. 'Ik ben uitgehongerd. Laten we iets te eten bestellen. Patat. Ik heb sinds 1986 geen patat meer gegeten.'

'Oscar Huevo kwam toch uit Mexico? Jij ziet er niet Mexicaans uit.'

'Ik kom uit Detroit. Ik heb Oscar in Vegas ontmoet in de tijd dat Vegas nog Vegas was. Ik was danseres.'

Ik pakte mijn glas en zag tot mijn verbazing dat het leeg was.

'Hallo!' riep Suzanne een langslopende kelner toe. 'Nog een margarita en voor mij meer martini's, en we willen patat en uienringen en macaroni met kaas.'

'Ik drink eigenlijk nooit meer dan één borrel,' zei ik tegen Suzanne.

Suzanne maakte een wegwerpgebaar. 'Het is maar vruchtensap.'

Ik likte een paar korreltjes overgebleven zout van de rand van mijn glas. 'Ben je hier voor de begrafenis?'

'Nee. De begrafenis is volgende week in Mexico. Het lijk is nog niet vrijgegeven. Ik ben hier om Ray te stangen. Hij zit daar op dat jacht alsof het van hem is.'

'Is het dan niet van hem?'

'Het is van Huevo Enterprises. Oscar wás Huevo Enterprises en wanneer de zaak zijn beslag heeft gekregen, is die boot van mijn twee zoons.'

'Hoe oud zijn je zoons? Het moet hard zijn aangekomen.'

'Ze zijn allebei student. Ze overleven het wel.'

'Mag ik raden? Je bent hier om te voorkomen dat iemand ervandoor gaat met hun erfenis.'

'Ray is een rat. Ik wilde er zeker van zijn dat het jacht niet op mysterieuze wijze verdwijnt. Ik wil er zeker van zijn dat er niets verdwijnt.'

De bestelling werd gebracht. Suzanne dronk haar derde martini en wijdde zich aan de uienringen. Haar rechteroog zakte halfdicht. Ik probeerde niet te staren, maar ik zag het verval toeslaan.

'Wat?' vroeg ze.

'O niks.'

'Het is zeker mijn oog? Het hangt af, zeker? Godverdomme, botox helpt ook geen reet. Ik kan niet eens hijsen zonder dat er iets naar de kloten gaat.'

'Misschien zou je een ooglapje moeten hebben, zoals een piraat.'

Suzanne hield op met eten en drinken en staarde me aan. Ze begon te lachen en haar lach schalde over het terras. Het klonk laag en sonoor en gunde een blik op een gelukkiger Suzanne, minder wrokkig, minder gebotoxt.

'O jee,' zei ze en depte haar ogen met een servetje. 'Loopt mijn mascara door?'

Ik kon moeilijk zien of haar mascara doorliep, omdat ik ongemerkt mijn tweede margarita had geabsorbeerd, waardoor ik alles heel wazig zag.

'Ik schaam me een beetje,' zei ik, 'maar ik schijn aangeschoten te zijn en je bent een grote vage vlek geworden. Niet onaardig bedoeld.'

'Geefnie,' zei ze. 'Jij bent ook een vlek. Heerlijk toch, als dat gebeurt?' Ze at een paar frieten. Ze at nog wat uienringen. En toen zakte ze onderuit op haar stoel en viel in slaap.

Ik belde Hooker.

'Ik heb een probleem,' zei ik. 'Ik zit op een terras bij Loews en ik ben te dronken om in actie te komen. Erger nog, ik ben hier met Suzanne Huevo en zij is van de wereld. Ik hoopte dat je op je witte paard hierheen zou kunnen komen om me te redden.'

Ik at gegratineerde macaroni, liet de laatste frieten verdwijnen en dronk een pot koffie leeg. In het restaurant en bij het zwembad was het een komen en gaan van mensen, terwijl Suzanne en haar hondje vredig dommelden.

Ik wilde net meer koffie bestellen toen Hooker verscheen. Hij liep losjes het terras op en kwam naast me zitten. 'Wat is er met haar aan de hand?' vroeg hij.

'Vier martini's. Misschien vijf. Ik ben de tel kwijtgeraakt. Hoe ben je hierheen gekomen? Ik heb de auto laten parkeren.'

'Taxi genomen.' Hooker keek me grijnzend aan. 'Schatje, je hebt 'm zitten.'

'Hoe heb ik me verraden?'

'Ten eerste ligt je hand op mijn been.'

Ik keek omlaag. Mijn hand lag inderdaad op zijn been. 'Ik weet niet hoe die daar komt. Ik bedoel er niets mee.'

'Jammer. Ik hoopte dat je het meende.'

'Ik hoopte dat je wilt helpen Suzanne naar haar kamer te brengen.'

Hooker at een koude uienring. 'Waarom kunnen we haar niet gewoon laten zitten?'

'Dat kunnen we niet doen. Dan valt ze op.'

'Nou en?'

'Ik vind haar aardig. We zijn nader tot elkaar gekomen.'

'Heb je geprobeerd haar wakker te maken?'

'Ja. Ze is buiten westen.'

'Oké. Wacht hier. Ik kom zo terug.'

Even later kwam Hooker terug met een rolstoel.

'Dat is geniaal,' zei ik.

'Soms is dit de enige manier waarop ik mijn team terug in hun kamers kan krijgen. Een bagagekar is ook goed.'

We zetten Suzanne in de rolstoel, legden haar jasje en de tas met haar hond op haar schoot en Hooker begon te duwen. Ik liep achter Hooker aan, verstapte me en botste tegen een leeg tafeltje. Ik greep het linnen kleed vast in een poging mijn even-wicht terug te krijgen en nam alles op tafel mee naar de grond. Kopjes, schoteltjes, borden, bestek, servetten en het vaasje met bloemetjes. Ik lag op mijn rug met het kleed en de couverts over me heen en Hookers gezicht zweefde boven mijn hoofd.

'Niets gebroken?' vroeg Hooker.

'Ik zie niets meer scherp. Ik ben duizelig. Je lacht me toch niet uit?'

'Misschien een beetje.'

'Ik lig hier voor gek.'

'Ja,' zei Hooker met een lach in zijn stem. 'Maar ik vind het best. Ik zie je graag op je rug.'

Hij tilde me op en zette me overeind, drukte me tegen zich aan en viste brokstukken van serviesgoed uit mijn haar. Ik hoorde kelners in de weer gaan om alles op te ruimen. 'Alles goed met haar?' vroegen de kelners. 'Kunnen we iets voor haar doen? Moeten we een dokter halen?'

'Ze is alleen gestruikeld,' zei Hooker die me achter de rolstoel neerzette en mijn handen op de handvaten legde. 'Probleempje met het binnenoor. De ziekte van Ménière. Daardoor kan ze geen auto besturen. Heel treurig.' Hij legde zijn hand op mijn rug. 'Duwen maar, schat. We moeten even de slaperige mevrouw naar haar kamer brengen.'

Bij de lift doorzocht Hooker Suzannes tasje en vond haar kamersleutel in de envelop waarop haar kamernummer stond. Hij hielp ons de lift in, drukte op de knop, liet ons op de juiste etage uitstappen en voerde ons mee over de gang naar Suzannes suite.

De suite bood uitzicht op de oceaan. De inrichting was modern, in de stijl van South Beach en Loews. Stoffering in lichte pastelkleuren en licht hout. Vitrage voor het balkonraam. Haar bagage stond onaangeroerd midden in de kamer.

Ik hing de tas met het hondje over mijn schouder en Hooker hees de weduwe Huevo uit de rolstoel om haar op bed te leggen.

'Opdracht uitgevoerd,' zei Hooker. 'Ga maar in de rolstoel zitten, dan breng ik je weg.'

'En Itsy Poo dan?'

'Wat is een Itsy Poo?'

Ik deed de tas open en het kopje stak naar buiten.

'Wat is dat?' vroeg Hooker.

'Een hond.'

Hooker keek naar het kopje met het knotje en het roze strikje. 'Schatje, dit is geen hond. Berg is een hond. Dit is... verdorie, wat is dit? Berg zou denken dat het een lekker hapje was.'

'Het is een miniatuurdinges.' Ik zette de tas op de vloer en Itsy Poo sprong eruit om op verkenning uit te gaan.

Loews had een welkomstpakket voor de hond klaargezet, compleet met placemat, bakjes voor eten en drinken, kluifjes, een kauwbot en een kaart waarop het hondenuitlaatplantsoen was aangekruist. Hooker schonk water in een bakje en deed een paar kluifjes in het andere bakje. 'Daar redt de dinges zich wel mee tot de bazin wakker wordt,' zei hij.

'Prik me met een vork,' zei ik. 'Ik scheel niet veel met Suzanne Huevo.'

'Ik wil niet dat hele eind terug naar Little Havana,' zei Hooker. 'Volgens mij gebeurt het hier in South Beach. Ik regel hier een kamer voor je en dan ga ik met de wagen terug naar de jachthaven om de boot in de gaten te houden.'

Nog voordat ik mijn ogen opendeed voelde ik me gedesoriënteerd. Te veel veranderingen van omgeving. De motelkamer in Homestead, de logeerkamer bij Felicia en nu voelde ik weer iets anders. Een groot bed, lekker warm lichaam naast me, zware arm over mijn borst. Ik keek naar de arm. Blonde haartjes. Verdomme. Ik lag in bed met Hooker. Ik keek tersluiks onder het dek. Ik had mijn T-shirt en slipje aan. Hooker droeg zijn boxer. Het was een blauwe boxer met roze flamingo's erop. Leuk hoor.

'Goeiemorgen,' zei Hooker.

'Wat doe je in mijn bed?'

'Slapen, dacht ik.'

'Waarom heb je geen eigen bed?'

Hooker schoof zijn hand onder mijn borst. 'Weet je het niet meer?'

Ik duwde de hand weg. 'Nee.'

'Je smeekte me om bij je in bed te komen.'

Ik rolde het bed uit en raapte mijn kleren bij elkaar. 'Vast niet. Ik was dronken, niet krankzinnig.'

'Ik heb tot middernacht naar de boot gekeken, maar ik heb Berg niet gezien. Ik denk niet dat hij aan boord was. Heb jij nog iets zinnigs van de treurende weduwe gehoord?'

'Het enige wat ze betreurt is dat ze niet zelf Oscar heeft kunnen vermoorden. En ze ziet niet veel in Ray. Die heeft de boot gekraakt die haar zoons moeten erven. Volgens haar is de boot van Huevo Enterprises en Oscar wás Huevo Enterprises.'

'Ik heb gisteravond met mensen gepraat terwijl ik rondhing in de jachthaven. Wat ze zeggen is dat de twee jongens de vetste kluif krijgen, maar dat Ray het vermogen beheert tot ze dertig zijn. En dat is pas over een jaar of tien.'

'Weet iemand wat Suzanne krijgt?'

'Wat ze beweren is... niet veel. Een paar miljoen, misschien. De meeste vermogensbestanddelen bevinden zich in Mexico. Geen gezamenlijk vermogen.'

'Ik ga onder de douche en dan naar beneden om te ontbijten.'

'Ik ga met je mee ontbijten,' zei Hooker. 'Voor het geval je zin in koffie hebt.'

Een uur en stapels poffers later wachtten Hooker en ik op de lift en overlegden wat we nu verder moesten doen. De lift ging open en er kwamen twee mannen uit. Het waren latino's. Ze droegen allebei een donker pak. De ene was een meter vijfenzeventig, slank, kaal, pokdalig gezicht, scherp profiel, alerte vogelogen. De ander was een angstaanjagend vertrouwde verschijning. Het Paard en de Kale. Ze keurden ons geen blik waardig. Ze hadden haast en liepen door naar de entree van het hotel.

'Dat zijn ze,' zei ik tegen Hooker. 'Het Paard en de Kale.'

'Weet je het zeker?'

Mijn maag verkrampte. 'Heel zeker.'

We sjokten achter het Paard en de Kale aan en zagen ze in een BMW stappen. Hooker hield een taxi aan en droeg de bestuurder op achter de BMW aan te rijden. De rit duurde niet lang; het Paard en de Kale parkeerden op het terrein bij de jachthaven.

'Tjonge, wat een verrassing,' zei Hooker.

Het was te vroeg voor de tikibar bij Monty, dus gingen we op een van de banken aan de promenade zitten. Het Paard en de Kale liepen naar de loopplank van het Huevojacht en werden aan boord gelaten. Ze liepen naar boven en verdwenen in de salon op het eerste dek.

We waren onvoorbereid naar buiten gegaan. Geen pet. Geen zonnebril. Na een halfuur werd Hooker onrustig.

'We zitten hier maar te zitten,' zei hij. 'Saai.'

'Helemaal mee eens. Laten we elkaar afwisselen. Ik neem de eerste wacht, dan kan jij terug naar het hotel om onze spullen op te halen. We hebben trouwens toch de auto nodig voor het geval we achter iemand aan moeten rijden. Misschien heeft een van de twee Berg ontvoerd.'

De zon begon net Miami op te warmen. Het water in de jachthaven was spiegelglad. De lucht stond stil. Geen briesje liet de palmkronen ritselen. De boten kwamen ongehaast tot leven. De ochtendgeur van kombuiskoffie vermengde zich met de zilte geur van zeewater.

Ik zag Hooker het parkeerterrein op rijden en ik ging languit op de bank liggen met de gedachte dat dit allemaal reuze prettig zou zijn... als Berg erbij was. En als ik niet werd achtervolgd door een sadistische gek met een buitenmodel geslachtsdeel. Ik had zo'n idee dat Ray Huevo wel over het verlies van zijn racewagens heen zou komen. Het hield hem nu wel bezig, maar ik vermoedde dat hij zoveel aan zijn hoofd had met de leiding van zijn bedrijf dat hij over een dag of wat wel zijn verlies zou nemen. Ray Huevo had nooit eerder belangstelling getoond voor de racerij. En god nog aan toe, Huevo had geld genoeg om twee nieuwe wagens te laten bouwen. Zelfs als hij illegale technologie had laten gebruiken in de 69'er moest hij beseffen dat hij daar niet op gepakt zou worden.

Je zou denken dat hij zich meer zorgen moest maken over Oscar Huevo, ingepakt en opgeborgen in een kast. Iemand ergens wist dat het lijk was ontdekt en verplaatst. Als die iemand zich in Ray Huevo's directe omgeving bevond, wist hij dat Hooker degene was die het lijk had verplaatst. Maar misschien behoorde de moordenaar niet tot de intimi.

Een man en een vrouw in een smetteloos wit uniform met blauwe biezen zetten op het tweede dek alles klaar voor het ontbijt. Twee vrouwen kwamen naar buiten die de wereld leken op te sieren met hun volmaakte blondheid. Ze droegen allebei een wijd kaftanachtig kledingstuk zoals alleen in zwang is bij bijzonder dikke mensen of bijzonder nautische types. Ze werden gevolgd door vier mannen in vrijetijdskleding. De mannen concentreerden zich op snel zoveel mogelijk eten. De Banaan en Delores kwamen bij hen zitten. Gelukkig had ik een buik vol poffers, anders had ik me misschien buitengesloten gevoeld.

Even later verscheen ook Ray Huevo. Hij ging zitten en het viel me op dat het Paard en de Kale niet aan het ontbijt waren uitgenodigd.

Halverwege het ontbijt keek de Banaan even naar mij en ik zag dat hij me herkende. Hij boog zich naar links om Ray Huevo's aandacht te trekken en de mannen spraken met elkaar.

Huevo keek mijn kant op en ik voelde mijn haarwortels gloei-
en. Het oogcontact duurde niet lang. Huevo nam nauwelijks
notie van me, maar speelde meteen weer zijn rol van beminne-
lijke gastheer; hij at zijn omelet en lachte de blonde vrouw aan
zijn zijde toe.

De bediening in wit uniform schonk koffie en jus bij. De kok
serveerde crêpes vanaf een wagentje. De zon steeg hoger aan
de hemel. Het ontbijt leek uren te duren.

Ik belde Hooker. 'Verdorie, waar blijf je nou?'

'Ik ben bij Felicia. Ik ben onze spullen gaan ophalen. Ik denk
dat we beter in South Beach kunnen blijven.'

'En Schrok? Wat doet Schrok?'

'Schrok zit voor de tv. Ik heb gezegd dat hij maar bij Felicia
moet blijven.'

'Ik ga hier dood, ik moet mijn iPod hebben. Ik wil mijn zonnebril en zonnebrandcrème.'

'Begrepen,' zei Hooker en hing op.

Ik zuchtte diep en zakte onderuit op de bank.

De Kale verscheen aan dek en mijn adem stokte in mijn keel.
De Kale boog zich naar Huevo toe om iets tegen hem te zeggen. Hij knikte. Ja, ja, ja. Hij keek mijn kant op. Verdomme.

Huevo richtte zijn aandacht weer op zijn ontbijtgezelschap
en de Kale kwam over de loopplank naar me toe. Bij mijn
bank bleef hij staan.

'Juffrouw Barnaby?'

'Ja.'

'Meneer Huevo wil graag dat u komt ontbijten.'

'Bedankt, maar ik heb al ontbeten.'

'Dan loop ik met u mee naar uw auto.'

'Ik heb geen auto.'

Hij schuifelde wat. Ik deed lastig.

'Er is me gevraagd u van deze bank te verwijderen. Ik houd het liever beschaafd.'

'Ik ook,' zei ik. En ik meende het. Ik was Batman niet. Ik was zelfs Bruce Willis niet. Ik was een zongebleekte lafbek.

De Kale hield me zijn hand voor en ik tikte die weg. 'Blijf van me af.'

'Ik dacht dat ik u kon helpen met opstaan.'

'Luister goed. Ik blijf hier gewoon zitten. Ik heb hier afgesproken met een vriend. En die is groot en sterk. En hij heeft een valse hond.'

'Dame, werk nou effe mee. Als u niet meewerkt, moet ik u wegdragen en doodschieten.'

'Als je me aanraakt, ga ik gillen,' zei ik.

'Godverdomme,' zei de Kale. 'Ik vind het klote als mijn dag zo begint.' Hij greep mijn arm vast en trok me overeind en ik slaakte een gil. Hij probeerde me mee te sleuren en ik schreeuwde en verzette me. Een wolk pelikanen en meeuwen vloog op. Op Huevo's boot viel een bord aan stukken.

'Help! Ik word verkracht!' schreeuwde ik.

Een rode gloed verscheen boven de boord van de Kale en kleurde zijn gezicht. Mensen kwamen aan dek van hun boot kijken wat er gebeurde. Een beveiliger kwam uit het kantoor van de havenmeester. De Kale liet me los en ging een stap achteruit.

'Kom zeg, doe normaal. Jezus, schreeuw niet zo. Ik probeer alleen mijn werk te doen.'

'Je moet ander werk zoeken,' zei ik, 'want dit is geen fatsoenlijke baan.'

Ik ging weer op de bank zitten en sloeg mijn benen over elkaar. Heel damesachtig. Volkomen beheerst. Vastberaden. Ik keek naar mijn borst. Ik zag mijn hart bonzen. *Baboem, ba-*

boem, baboem. Iedereen op de boot keek naar mij. Ik wuifde even met een paar vingers en lachte de mensen toe. De mensen aan boord wijdden zich weer aan hun ontbijt. Behalve de Banaan. De Banaan bleef naar me staren. Ten slotte kreeg hij een por van Delores en toen hield de Banaan op met staren.

Ik haalde een paar keer diep adem en keek om me heen. De Kale was weg. Ik bleef nog een halfuur zitten en toen verscheen Hooker.

'En?' zei hij. 'Hoe is het gegaan?'

'De Kale heeft geprobeerd me te verwijderen, maar ik heb gezegd dat ik op jou wachtte.'

Hooker zette mijn pet op mijn hoofd en schoof mijn zonnebril over mijn oren. 'En waarom wilde hij je verwijderen?'

'Ray zat met een gezelschap te ontbijten en hij vond dat ik het uitzicht verstoorde.'

'Die man heeft geen smaak,' zei Hooker. 'Je bent juist een verfraaiing van het landschap.' Hij overhandigde me mijn iPod en een tube zonnebrandcrème. Hij haalde lippenbalsem uit zijn zak en gaf die ook aan mij. 'Ik wil je lippen zacht houden... voor het geval dat.'

'Attent van je,' zei ik.

Hij tikte met zijn vinger tegen zijn voorhoofd. 'Hierachter tikt een brein.'

Ik stond op en rekte me uit. 'Ik heb pauze. Ik ga een eindje lopen.'

'Als je toevallig langs de broodjeszaak komt, wil ik wel een blikje fris. En een broodje. En koekjes.'

7

Ik kocht een sixpack fris light, een zak koekjes en twee broodjes met ham en kaas. Ik kwam terug bij de bank en daar was geen Hooker. Ik keek naar de boot. Niemand aan dek. Twee mogelijkheden. Hooker maakte een sanitair uitstapje of hij had besloten iemand te schaduwen. Het verbaasde me dat hij niet even had gebeld. Ik liep over de promenade naar het parkeerterrein om te kijken of ik de SUV zag. Het terrein stond zo goed als vol. Niemand kwam aanrijden, niemand reed weg. Ik hoorde mensen praten achter een groene oplegger. Zo te horen was Hooker erbij. Ik liep om de oplegger heen en zag Hooker op de grond liggen, met het Paard en de Kale die zich over hem heen bogen. Het Paard en de Kale waren bezig Hooker in elkaar te schoppen en keken niet in mijn richting. De Kale stond opzij, het Paard had zijn rug naar me toe.

'Hé!' schreeuwde ik en ging op het Paard af.

Het Paard draaide zich naar me om en ik gaf hem een dreun in zijn gezicht met mijn sixpack. Er klonk een bevredigend gekraak en bloed spoot uit de neus van het Paard. Hij bleef een ogenblik verbijsterd staan en ik haalde nog een keer uit naar zijn slaap. Toen trok ik me haastig terug voordat ze me konden pakken. Ik holde naar de andere kant van het parkeerterrein en gilde: 'Brand! Brand!'

Ik hoorde autoportieren opengaan en dichtslaan en een motor sloeg aan. Ik holde terug naar Hooker en zag de boevenwagen keren en hard wegrijden. Hooker lag op handen en knieën. Hij kwam moeizaam overeind en schudde zijn hoofd om de duizeligheid te verdrijven.

'Nou, dat was om je kapot te schamen,' zei Hooker. 'Word ik uit de shit gehaald door een vrouw met blikjes frisdrank.'

'Wat was er met die lui aan de hand?'

'Ze zeiden dat ze met me wilden praten.'

'En dat kon niet op dat bankje?'

'Achteraf bezien...'

Ik scheurde een blikje frisdrank los en gaf het aan Hooker. 'Wat ben jij naïef, zeg. Als vrouw zou je het geen tien minuten volhouden. Ik denk dat Huevo echt niet wil dat iemand op die bank zit.'

'Het gaat om de wagens. Hij wil zijn wagens terug. Terwijl ze me verrot schopten, wilden ze weten waar ik de wagens had verstopt.'

'En heb je dat verteld?'

'Natuurlijk heb ik dat verteld. Ze schopten me!'

'Hebben ze schade aangericht? Hoe voel je je?'

'Weet je nog dat ik de wand raakte op Talladega en vier keer over de kop ging? Het is nu iets erger.'

'Gekneusde ribben?'

'Dat geloof ik niet.'

'Inwendige bloedingen?'

'Moeilijk te zeggen, maar ik hoest geen bloed, dus dat is een goed teken. Ze hadden veel harder kunnen schoppen. Ze wilden me niet dood hebben. Ze wilden alleen mijn aandacht voor hun boodschap dat het Huevo ernst is.'

'We kunnen beter weggaan. Ik wil niet dat ze nog eens nadenken en terugkomen om mij te vragen wat ík weet.'

Hooker strompelde naar de SUV en schoof behoedzaam op de passagiersstoel. Ik ging achter het stuur zitten, vergrendelde de portieren en reed weg.

'Laten we maar teruggaan naar het hotel voor herbezinning,' zei ik. 'En ik heb nagedacht over de chip. Er zouden mensen kunnen zijn die het ding kunnen analyseren om te weten te komen wat het doet.'

'Ik dacht dat we dat wel wisten.'

'Ik zou graag willen dat het een verboden snufje is, misschien een ADSR, maar ik kan niet zeggen dat ik wéét wat het ding doet. Wat me dwarszit is dat het ding gewoon in de knop van de versnellingspook zat, zonder verbinding met een elektronisch systeem. En ik weet niet waarom er twee chips zijn.'

'Ken jij iemand die het kan uitzoeken?'

'Jawel, maar niet in Miami.'

Ik was net Fourth opgereden, richting Collins. Ik reed op de automatische piloot, probeerde Hooker niet te laten merken hoe bang ik was en moest mijn tranen verbijten omdat hij in elkaar was geslagen. Ik stopte bij een dwarsstraat en keek naar rechts. Een auto stak de kruising over. Hooker en ik staarden ernaar. Het was ook een zwarte BMW. Niets bijzonders... afgezien van de grote hondenneus tegen de zijruit.

'Berg!' schreeuwde Hooker.

Ik kwam al in actie. Ik had mijn linker richtingaanwijzer aan en ik omklemde het stuur zo hard dat ik witte knokkels kreeg. Ik moest twee auto's voor laten gaan voordat ik kon doorrijden. Ik reed de zijstraat in en we zaten allebei strak naar de zwarte BMW te staren. Ik reed er drie blokken achteraan, zonder hem uit het gezicht te verliezen. De BMW reed brutaalweg door oranje, de auto voor me stopte voor rood en de BMW verdween uit het zicht.

Ik deed mijn best om de BMW in te halen toen het licht op groen was gesprongen, maar ik had geen geluk. De BMW was in noordelijke richting verdwenen.

'In elk geval weten we dat het goed gaat met Berg,' zei Hooker.

Dat was meer dan van Hooker kon worden gezegd. Zijn ene oog was gezwollen en hij had een felroze kneuzing in zijn wang. Ik gaf het zoeken naar Berg op en reed terug naar het hotel.

'Je moet ijs hebben,' zei ik.

'Ja, en doe er maar wat Jack Daniel's omheen,' zei Hooker met gesloten ogen, zijn hoofd achterover tegen de hoofdsteun.

Ik reed naar het hotel met pijn in mijn hart en mijn gedachten bij de mengeling van tegenslag en gruwelijke gebeurtenissen die zich de afgelopen vier dagen hadden afgespeeld. Ik moest er lijn in zien te brengen. En ik moest een manier zien te vinden om helderheid te krijgen.

Bij Loews liet ik de wagen parkeren en hielp Hooker naar onze kamer. We hadden geen suite, zoals Suzanne, maar het was een aardige kamer met een extra breed bed, een bureau met een stoel en twee fauteuils met een tafeltje ertussen.

Hooker liet zich in een van de fauteuils zakken. Ik gaf hem een broodje met ham en kaas en maakte een ijspakking voor zijn oog. Ik nam de andere stoel en begon zo'n zelfde broodje naar binnen te werken.

'Denk je dat Ray Huevo weet dat zijn broer was weggeborgen in de truck?' vroeg ik.

'Hij heeft niet laten merken dat hij dat wist, maar het zou me niets verbazen. Hij leek me niet bepaald kapot van het verlies.'

Ik liep naar het raam, keek naar het zwembad en mijn blik viel op een zwart-wit-bruine flits.

'O mijn god,' zei ik. 'Berg.'

Hooker zakte onderuit in zijn stoel. 'Ja, ik vind het ook verschrikkelijk van Berg. Ik weet niet waar ik moet zoeken.'

'Als je eens naar het zwembad keek?'

'Het zwembad?'

'Ja, ik geloof dat dat Berg is, bij het zwembad.'

Hooker kwam kijken. 'Dat is mijn hond!' Hij greep zijn nieuwe reistas en begon erin te rommelen.

'Wat doe je?'

'Ik zoek mijn pistool,' zei hij. 'Ik moet mijn hond terug.'

'Je kunt toch niet naar beneden gaan met een pistool! We moeten het listig aanpakken. Volgens mij gaan ze naar de hondenuitlaatplaats verderop. Ik ga naar beneden naar de lobby om ze op de terugweg te volgen naar hun kamer. Dan wachten we gewoon tot hij naar buiten komt en gaan naar binnen om Berg te redden.'

'Ik ga mee.'

'Dat kan niet. Iedereen kent jou. Dan verjaag je de ontvoerder. Blijf jij maar rustig zitten met dat ijs op je oog.'

Ik holde de gang op, drukte de liftknop in en seconden later was ik in de lobby, waar ik me achter een kamerpalm verstopte. Ik belde Hooker op mijn mobieltje.

'Kun je ze zien?' vroeg ik.

'Nee. Ze zijn langs het zwembad gelopen en verdwenen. Wacht even, daar komen ze aan. Ze komen terug. Ze kunnen elk ogenblik het hotel binnenkomen.'

Ik hoorde Berg hijgen nog voordat ik hem zag. Hij was geen hond voor warm weer. Hij liep naast een man met een kaki cargoshort en een tricot polo. Eind dertig. Nogal mollig. Ze liepen naar de lift en de man drukte op de knop. Toen de lift openging, schoof ik haastig naar binnen. Er kwamen nog twee mensen bij.

Berg zette meteen zijn oren overeind, zijn ogen glansden en hij zette zijn geluksdansje in. De man probeerde Berg in bedwang te houden, maar dat liet Berg niet toe. Hij drukte zich tegen me aan, snuffelde aan mijn been en trok een brede baan kwijl van mijn knie naar mijn kruis.

'Meestal gedraagt hij zich keurig,' zei de man. 'Ik begrijp niet hoe dit komt.'

'Honden vinden me aardig,' zei ik. 'Het zal wel komen door hoe ik ruik. Stoofpotparfum.'

De lift stopte op de vijfde verdieping en de man stapte uit, maar Berg wou bij mij blijven. Berg had zijn vier poten stevig neergezet en zijn nagels in de liftvloer gezet. De man trok aan de riem en Berg ging zitten. Het valt niet mee om Berg in beweging te krijgen wanneer hij heeft besloten dat hij dat niet wil. De andere twee liftpassagiers stonden nerveus in de hoek te kijken.

'Misschien moet ik hem adopteren,' zei ik. 'Zal ik hem van u overnemen?'

'Dame, als ik deze hond kwijtraak, kost me dat mijn leven.'

Ik liep de lift uit en Berg kwam overeind om met me mee te lopen. 'Ik moet op een andere etage zijn, maar ik loop wel mee naar uw kamer,' zei ik tegen de ontvoerder. 'Uw hond lijkt aan me gehecht.'

'Ik heb nog nooit zoiets meegemaakt. Het lijkt wel of hij u kent.'

'Ja. Bizar. Maar ik maak het zo vaak mee.'

We liepen door de gang naar de kamer van de ontvoerder, hij stak zijn kaartje in het slot en deed de deur open.

Ik wees naar het bordje aan de deurknop. 'Ik zie dat u NIET STOREN aan de deur heeft hangen.'

'Ja, ik wil niet dat het kamermeisje binnenkomt. Ik kan niet het risico nemen dat iemand de hond laat ontsnappen.' Hij ging naar binnen en trok aan de riem. 'Kom mee, kerel. Brave hond.'

Berg drukte zich tegen me aan en ik aaide hem over zijn kop. 'Ik geloof niet dat hij naar binnen wil.'

'Hij moet naar binnen. Ik moet dingen doen waarbij ik hem niet mee kan nemen.'

'Ik wil hem wel voor u uitlaten.'

'Bedankt voor het aanbod, maar hij is net uit geweest en hij heeft alles gedaan, als u begrijpt wat ik bedoel.' Hij haalde een koekje uit zijn zak. 'Deze bewaar ik voor noodgevallen,' zei hij. 'Ik geef hem niet te veel, want hij mag niet dik worden.' Hij mikte het koekje de kamer in. Berg hobbelde er achteraan en de deur ging dicht.

Ik bleef wachten om te luisteren en een ogenblik later hoorde ik Berg blaffen. Er klonk het geluid van iemand die tegen de grond werd gewerkt en er werd gevloekt.

Ik liep terug naar de lift en de lobby en belde Hooker. 'Ik heb een plan. Kom naar de lobby. En probeer niet te veel op te vallen.'

Een halfuur later zaten Hooker en ik op een bank met onze neus in een krant en onze blik strak op de lift gericht. We zagen veel mensen naar boven gaan en naar beneden komen, maar de ontvoerder van Berg was er niet bij. En toen kwam hij opeens uit de lift gestapt. Hij toetste een nummer in op zijn mobieltje en liep pratend naar de deur. Hij ging naar buiten en stapte in een auto die net door een parkeerhulp was voorgereden.

'Ken je hem?' vroeg ik aan Hooker.

'Roger Estero. Hij werkt voor Huevo. Zijn officiële taak is public relations, maar in feite moet hij op de Banaan passen. Hij probeert te voorkomen dat de Banaan op de vuist gaat met fotografen en hij haalt midden in de nacht pizza en maagzuurmiddelen voor hem. Ik meen dat hij familie is van Huevo. Een neefje of zo. Niet echt slim. Wie echt slim is, zoekt een andere baan dan op de Banaan passen.'

We wachtten tot Estero was weggereden en haastten ons toen naar de vijfde verdieping. Ik vond de kamer waarin Berg was opgesloten en haalde het NIET STOREN-bordje weg.

'Oké,' zei ik tegen Hooker. 'Jij belt roomservice om te zeggen dat je de kamer wilt laten doen. Zodra het kamermeisje de deur heeft opengemaakt, moet je haar afleiden terwijl ik naar binnen sluip.'

Hooker belde op en we stelden ons op aan beide uiteinden van de gang. De deur naar de dienstlift ging open en ik verstopte me om de hoek. Hooker stond in de gang te prutsen met zijn kamerkaart. Ik hoorde dat het kamermeisje haar kar de gang op rolde. Ik hoorde haar stilstaan bij Estero's deur. Ik hoorde dat Hooker haar benaderde.

'Hé schat,' zei hij. Al geef ik het niet graag toe: als ik dat kamermeisje was geweest, had ik mijn volledige aandacht aan hem gewijd.

Hooker maakte het kamermeisje wijs dat hij zijn kamerdeur niet open kon krijgen. Hij schakelde over op Spaans en ik kon hem niet meer volgen. Ik loerde om de hoek, zag dat de deur op een kier stond en dat het kamermeisje verderop in de gang haar rug naar me toe had. Ze giechelde om een opmerking van Hooker.

Ik glipte Estero's kamer in. Berg lag op bed, klaar om aan te vallen, met een duivelse blik in zijn ogen. Zo keek hij altijd vlak voordat hij iemand tegen de grond werkte. Ik schoot de badkamer in en deed de deur dicht.

Een ogenblik later kwam het kamermeisje terug. Ik hoorde dat ze de deur opendeed, dat Berg van het bed sprong en een galop inzette. Ik hoorde een kreet van schrik en de deur werd dichtgetrokken.

Hooker klopte drie keer en daarna twee keer. Het afgesproken teken. Ik deed de deur van de badkamer open en keek naar Berg. Hij stond met zijn neus tegen de drempel van de toegangsdeur Hookers geur op te snuiven. Hij kwijlde en jankte. Ik liep de badkamer uit om Hooker open te doen. Hij kwam de kamer in, Berg werkte hem tegen de grond en ging op hem zitten. Hond door het dolle. Hooker door het dolle.

'Het kamermeisje vond het zeker niet nodig om Estero's kamer schoon te maken,' zei ik tegen Hooker.

'Ik zou je wel willen vertellen wat ze op de gang zei, maar het was in het Spaans en ik weet niet of ik het goed vertaal. Het had te maken met geslachtsdelen en uitgehongerde knaagdieren.'

We belden naar de receptie dat de auto moest worden voorgereden, namen Berg aan de riem, wandelden Loews hotel uit en stapten met Berg in de wachtende SUV.

'Ik ga me ergens schuilhouden,' zei Hooker. 'Als jij nu de kamer ontruimt en afrekent bij de receptie, kom ik je hier over een halfuur halen.'

De SUV reed weg en een zwarte verlengde limo kwam aanrijden. De portier ging in de houding staan zodra Suzanne Huevo heupwiegend naar buiten kwam. Ze droeg een zwart pakje en pumps met torenhoge naaldhakken. De zoom van haar rok viel net boven haar knieën en de split aan de voorkant liep nog veel verder door. Ze droeg Itsy Poo in een luipaardschoudertas en een flinke broche met diamant op haar revers.

'O mijn god,' zei ze toen ze mij zag. 'Jij bent dinges!'

'Barney.'

'O ja, Barney. De laatste keer dat ik je zag, lag ik met mijn gezicht in de macaroni met kaas. Hoe heb je me naar mijn kamer gebracht?'

'Rolstoel.'

'Briljant. Ben ik erg opgevallen?'

'Mijn vriend heeft ons gered. Dat van die rolstoel was zijn idee. En ik heb een hele tafel ondersteboven gelopen toen ik naar de lift wilde. Niemand had oog voor jou in de rolstoel.'

'Mooi. Als je hier om een uur of zes bent, kunnen we ons weer bezuipen. Zoals je ziet ben ik vandaag de treurende weduwe. Er moeten formaliteiten worden geregeld. En daarna moet ik godverdomme naar een herdenkingsdienst. Blijf je nog in Miami?'

'Sorry, maar ik wou net mijn kamer opzeggen. Hoelang blijf jij nog in Miami?'

'Zolang als nodig is. In elk geval dit weekend nog. Oscar is nog niet vrijgegeven.'

Ik holde naar de kamer, raapte onze spullen bij elkaar, stopte ze in onze twee reistassen en rekende af. Ik liep de lobby uit, onder de luifel door, en bleef net naast de ingang staan. Ik verbeet me en hoopte vurig dat Hooker niet tegelijk met Roger Estero zou komen aanrijden. Ik zuchtte van opluchting toen ik de SUV op de oprit zag. Hooker stopte voor me en Berg staarde me aan. Hij blafte luid en de auto deinde mee.

Ik deed het portier open en mikte de tassen op de achterbank. Ik liet het portier dichtvallen en wilde naast Hooker schuiven toen ik aan de draagriem van mijn tas werd tegengehouden. Het was Estero en hij was niet blij.

'Ik had moeten weten waarom die hond zich bij jou zo aanstelde,' zei Estero.

Ik trok aan de draagriem. 'Laat mijn tas los.'

'Ik wil mijn hond terug.'

'Die hond is van Hooker. Als je niet loslaat, ga ik gillen.'

'Hooker is dood zodra ik heb gehoord dat hij dood moet. En het kan me niet schelen hoe hard je schreeuwt, ik wil die hond terug.' Hij kneep in mijn arm en sleurde me naar de achterkant van de SUV. 'Opendoen.'

Ik begon te gillen en Estero sloeg zijn hand voor mijn mond. Ik beet en hij trok snel zijn hand weg, met mijn tas.

Ik hoorde iemand roepen om de beveiliging. Berg blafte. Hooker schreeuwde me toe dat ik moest instappen. Estero schreeuwde bedreigingen en probeerde mijn bloes vast te pakken. Een piccolo wrong zich tussen Estero en mij in. Ik klom gauw in de SUV en Hooker reed weg terwijl mijn portier nog openstond.

Ik trok het portier dicht en keek om naar het hotel. 'Hij heeft mijn tas.'

'Wil je terug om hem te halen?'

'Nee! Ik wil zo ver mogelijk hiervandaan.'

'Wat dacht je van North Carolina?'

'North Carolina klinkt goed.'

'Heb je plannen voor Thanksgiving?'

Ik kon mezelf wel slaan. De volgende dag was Thanksgiving. Het was me totaal ontgaan.

'Nee,' zei ik. 'Meestal ga ik naar mijn ouders om het thuis

te vieren, maar dit jaar maken ze een cruise. Mijn vader heeft de reis gewonnen bij een loterij van zijn loge. En jij?'

'Mijn ouders zijn gescheiden en feestdagen geven altijd getouwtrek. Ik zorg meestal dat ik ver weg ben. Ik was van plan een feestpizza te ontdooien en met Berg naar honkbal te kijken. Je bent welkom.'

'Niet te geloven dat ik geen ogenblik aan Thanksgiving heb gedacht.'

'Toen ik bij Felicia onze spullen ging ophalen, stond de keuken vol vrouwen die taarten bakten. Ze heeft ons uitgenodigd, maar Schrok moet naar huis. Op Thanksgiving mag hij zijn kinderen zien. Dat is erg belangrijk voor hem.'

'Het moet ellendig zijn om je kinderen door scheiding kwijt te raken.'

'Net zo erg als Berg kwijtraken,' zei Hooker.

Reizen met een privévliegtuig is pijnloos. Je hoeft nergens in de rij te staan. De controle is een fluitje van een cent. Er zijn geen kinderen die tegen je rugleuning schoppen. Hookers Citation is wit met een smalle bies in zwart en goud over de gehele lengte van het toestel, met HOOKER op de staart. Heel chic. De inrichting is in crème leer met beige vloerbedekking, met een kleine bar voorin bij de deur en een klein maar comfortabel toilet achterin. Er staan drie ruime stoelen aan de ene kant van het gangpad en twee ruime stoelen plus een in opdracht gebouwd rustbed voor Berg aan de andere kant. Ik zat naast Hooker, met het gangpad tussen ons in. Hij draaide een film, maar mijn gedachten dwaalden af. Het was vroeg op de avond en we vlogen naar Concord in North Carolina. We doken onder de wolken en bekende contouren werden zichtbaar. Huizen stonden her en der in het landschap en rond meertjes gegroepeerd. We vlogen over Kannapolis. Dit was het land van Earnhardt. Veel open hellingen en een rommelig stadje. Een groot winkelcentrum aan het ene uiteinde. Lake Norman in het westen. Mooresville aan de noordoostkant van het meer en Huntersville aan de zuidoostkust. Veel coureurs en monteurs woonden in Huntersville en Mooresville. Er waren dure koopflats, villa's en wijken rond een golfclub, bars voor blanke primitivo's, fraai vormgegeven winkelcentra en fastfoodvestigingen.

De Citation landde en reed uit over de asfaltbaan. De landingsbaan is zeventienhonderd meter lang. Een klein vliegveld, alleen gebruikt door privévliegtuigen. Een rij hangars aan de ene kant, met een terminal in het midden. De Nascar-hangar is aan het eind van de rij. Op de terminal verkondigt een groot bord dat dit het land van Nascar is. En daar is geen woord aan gelogen. Nascar-fans vind je in elke staat, maar in Charlotte en omgeving struikel je erover. Nascar-stickers op bumpers, op kentekenborden, shirts, petten, vlaggen, hondenriemen, jacks, lampen, klokken, boxers, hoedenplankpoppen en pyjama's.

Hookers zwarte Blazer stond bij de hangar van Stiller Racing geparkeerd. We duwden Berg achterin en zagen Schrok naar een roestige Jeep lopen.

'Je had toch een Corvette?' vroeg Hooker.

'Naar mijn ex gegaan. Ze heeft hem roze laten overspuiten.'

'Ai,' zei Hooker.

'Bedankt voor alles wat jullie voor me hebben gedaan,' zei Schrok. 'Het spijt me dat jullie door mij in deze shit zijn geraakt. Ik had niet gedacht dat het zo'n serie rampen zou worden.' Hij zocht in de jas die over zijn schouder hing en vond de afstandsbediening. 'Die heb ik nog. Misschien kunnen jullie die beter bewaren... voor het geval mij iets overkomt.'

Hooker liet de afstandsbediening in zijn zak glijden, we stapten in de Blazer en reden achter Schrok aan het terrein af. 'Denk je dat het met hem wel in orde komt?' vroeg ik.

'Nee,' zei Hooker. 'Ik heb zo'n Felicia-gevoel wat Schrok betreft. Ik denk niet dat zijn problemen achter de rug zijn.'

De bedrijfsgebouwen van veel Nascar-teams grenzen aan het vliegveld. Hendrick, Penske, Roush, Huevo en Stiller beschikken allemaal over een complex met garages en fabrieksgebouwen, onderzoekscentra, garages voor de transporttrucks, musea, kantoren en assemblageruimtes waar de racewagens in elkaar worden gezet.

Stiller heeft drie fulltime Cup-wagens en twee Busch-wagens in de competitie. Op elk moment staan er zestig racewagens in de garage met tweehonderd nieuwe motoren, klaar om te worden ingezet. De verlichting is feller dan daglicht, de vloeren zijn smetteloos en de inventaris doet je duizelen.

Het seizoen was afgelopen en het nieuwe seizoen zou half februari pas weer beginnen; het racecomplex was een spookstad.

'Heb je nog iets nodig uit de winkel?' vroeg Hooker.

'Dat kan wachten,' zei ik. 'Ik wil alleen maar naar huis.'

Hooker nam de 85 naar het noorden en ging eraf bij de afslag naar Huntersville. Als Disneyland door Gap was gebouwd, zou het lijken op mijn wijk in Huntersville. Het is een geconstrueerd geheel met winkels en restaurants op straatniveau en flats daarboven. Daaromheen staat een kring van dure appartementencomplexen. In feite is het een heerlijke omgeving om in te wonen, vooral als je de streek nog niet kent. De vaste grap die hier wordt verteld is dat de leden van de raceteams boven de winkels komen wonen wanneer ze door hun vrouw het huis uit worden gegooid.

Hooker reed de parkeerplaats achter mijn gebouw op en

zijn telefoon ging. Het gesprek duurde niet lang en hij keek niet blij toen hij had opgehangen.

'Dat was Ray Huevo,' zei Hooker. 'Hij heeft je tas gekregen, daarin heeft hij de knop van de versnellingspook gevonden en zoals hij het uitdrukte: "daar ontbrak iets aan".'

'Dat is het antwoord op een aantal vragen.'

'Ja. Ray wist dat de chip in de knop zat. En hij wil de knop terug. Hij zei dat we hem die met of zonder gedonder kunnen teruggeven.'

'Heeft hij dat gedonder gespecificeerd?'

'Nee. Maar ik denk dat hij daar iets bloederigs mee bedoelt.'

'Misschien kunnen we hem de chip beter teruggeven.'

'Daardoor kunnen we niet verhinderen dat er bloed gaat vloeien,' zei Hooker. 'Het is al te ver gekomen en we weten te veel. Niet alleen van de chip, ook van Oscar.'

'Dit gesprek gaat geen prettige kant op.'

'Volgens mij ziet het er zorgelijk uit. Volgens mij moeten we precies uitzoeken welke functies de chip heeft en dan moeten we daarmee naar Nascar en de politie. Beter een levende schoenenverkoper dan een dode coureur.'

'We hebben informatie over een moord achtergehouden,' zei ik.

'We moeten het op een akkoordje zien te gooien.'

'Ik ken iemand van de universiteit in Charlotte die ons misschien kan helpen. Een computerfanaat. Die wil vast wel naar een nieuw speeltje kijken. Ik heb hem al een tijd niet meer gesproken, maar waarschijnlijk woont hij nog op hetzelfde adres. Indertijd woonde hij nog in het ouderlijk huis en ik kan me niet voorstellen dat daar verandering in is gekomen. Een schat van een man, maar hij zou doodgaan van de honger als hij niemand had om voor hem te zorgen. Ik heb boven zijn nummer.'

'Ik laat Berg wel uit, dan kun jij bellen.'

Ik woon op één hoog. Beneden is een bloemenwinkel en boven mij woont Dan Cox. Cox is autosportjournalist; hij schrijft over Nascar. Een aardige man van mijn leeftijd. Hij lijkt op Gijs, de knecht van Oma Duck. Soms hoor ik boven een merkwaardig geklepper en dan verbeeld ik me dat Gijs het paard van Oma uitspant.

Mijn flat telt twee slaapkamers en een extra ruime badkamer. De inrichting van mijn keuken is nieuw en het badmeubel in de badkamer is afgedekt met een plaat marmer. De kamers zijn allemaal recent geschilderd en in de vloerbedekking zitten geen vlekken. In mijn slaapkamer kijk ik uit op een klein overdekt terras en het parkeerterrein daarachter. Aan de voorkant kijk ik naar een typisch Amerikaanse hoofdstraat.

Aan de overkant is Topper. Het eten is er niet slecht en het tapbier is ijskoud. Het interieur is een combinatie van jachtsfeer en snelheidssporten. Ruime leren banken, hoge tafels om aan te hangen en te drinken en een mooie lange bar van mahoniehout.

Als ik aan mijn bureau zit, kan ik bij Topper naar binnen kijken. Meestal zit het er stampvol, maar nu, aan de vooravond van Thanksgiving, zat er weinig leven in. De teams waren voor een korte vakantie naar de Keys of bij familie.

Het kostte weinig moeite om Steven Sikulski naar het computerlab te lokken. Hij heeft twee hobby's: het oplossen van computerproblemen en kwarktaart. Sikulski is een lange, slungelige man die eruitziet als de chef van de afdeling groenten in een supermarkt. Hoewel Sikulski al vijftig is heeft hij een rimpelloos gezicht en ziet hij er altijd uit alsof hij een zorgeloos leven leidt. Misschien is dat ook wel zo.

Ik had de verplichte kwarktaart meegebracht en Hooker en ik liepen nu achter hem te ijsberen, onze vingers te knakken en te wachten tot Sikulski het geheim van de chip zou hebben ontraadseld.

'De kleine chip is duidelijk beschadigd,' zei Sikulski. 'Het is een microprocessor met infraroodcapaciteit en ik vermoed dat met het beschadigde gedeelte een mechanisch proces kon worden gestuurd. De architectuur van de circuits is niet ingewikkeld, maar de geringe omvang is dat wel. Dat is alles wat ik jullie op het eerste gezicht kan vertellen. De tweede chip is veel interessanter. Die kan infrarood uitzenden en ontvangen. Het is fascinerend dat hij in een omhulsel was ondergebracht. Dat geeft aan dat hij snoerloos functioneert. Misschien is het een soort relais. Het primaire brein in een ingewikkeld stuursysteem. De architectuur van de circuits is veel ingewikkelder dan die in de beschadigde chip. Dit is miniaturisatie ten top. Het mooiste is nog... er zit een zelfstandige voeding in. Een laagje dat als accu lijkt te fungeren. Dat is niet echt mijn specialisme, maar ik vermoed dat de voeding het meest opwindende is aan dit dingetje. Als ik meer tijd krijg, kan ik de circuits nalopen en jullie meer vertellen.'

'Jammer genoeg hebben we niet meer tijd. Kun je ons verder nog iets vertellen?'

'Omdat ik weet waar de chips waren geplaatst en omdat ik vermoed waarvoor ze waren bedoeld, kan ik jullie een hypothetische situatie voorleggen. Een coureur zou een mechanische functie van een auto, zoals de snelheid, met een afstandsbediening kunnen beïnvloeden. Iedereen op het circuit zou de besturing kunnen beïnvloeden. Denk maar aan zo'n op afstand bediende speelgoedauto, alleen kan met deze chip een echte auto worden bestuurd. De puzzel is dat er twee chips zijn. Volgens mij zou de kleine chip het zelfstandig moeten kunnen.'

'Dus iedereen op de baan kan zo'n dingetje bedienen?' vroeg Hooker. 'Het hoeft niet de bestuurder te zijn?'

'Hypothetisch,' zei Sikulski. 'De afstandsbediening kan een simpele aan/uitknop zijn. Er is geen reden waarom iemand op de tribune hem niet zou kunnen gebruiken.'

'Zou het voordelig kunnen zijn als iemand van het team ermee werkt? Een waarnemer, bijvoorbeeld.'

'Ik denk dat een waarnemer beter zou kunnen beoordelen wanneer hij aan en uit moet,' zei Sikulski. Hij sloot het bestand in zijn computer af. 'Maar er zijn nog andere toepassingen denkbaar. Het is James Bond-technologie. Mission Impossible, dat werk.'

Hooker en ik zaten in zijn huis in Mooresville voor het grote plasmascherm naar honkbal te kijken en Thanksgiving-pizza te eten. Berg lag bij ons op de bank te hopen op stukjes korst; hij leek blij te zijn dat hij weer thuis was.

Ik was ook blij dat ik weer thuis was, maar af en toe had ik het te kwaad. Schrok helpen had een kwestie van fatsoen geleken. En als ik nog eens voor de keus werd gesteld, zou ik hem weer willen helpen. Alleen jammer dat het zo'n puinhoop was geworden. Hadden we Berg maar niet in de truck laten zitten...

'Ik was zo moe,' zei ik. 'Ik kon gewoon niet meer denken.'

Hooker keek opzij naar me. 'De eerste helft heb ik gemist.'

Hij legde zijn arm om mijn schouders. 'Het komt wel goed. Dat voel ik gewoon.'

'Alweer een gevoel? Daar heb je de laatste tijd vaker last van.'

'Je moest eens weten. Ik ben een en al gevoel. Als je niet kwaad op me was, zou ik je er alles over vertellen.'

'Ik ben niet kwaad op je. Ik ben teleurgesteld. Je hebt op mijn ziel getrapt.'

'Dat weet ik. Het spijt me. Wil je de laatste punt? Ben je dan weer goed?'

'In de koffer gedoken met een verkoopster! Dat valt niet goed te maken met de laatste pizzapunt.'

'Jij snapt niets van mannen,' zei Hooker. 'Dit is niet zomaar pizza. Dit is pizza met extra kaas en salami.'

8

'Weinig mensen aan het werk op de dag na Thanksgiving,' merkte Hooker op, terwijl hij over mijn schouder meekeek.

Ik zat aan mijn bureau in mijn hokje op de researchafdeling van Stiller, en tot Hooker was binnengekomen was ik de enige aanwezige in het gebouw.

'Hoe wist je dat ik hier was?'

'Kwestie van aftellen. Je was niet thuis en het is nog te vroeg om te shoppen.'

'Ik wilde opnames van de races terugkijken. En ik wilde een paar modellen laten doorrekenen.'

'Bewijs zoeken?'

'Ja.'

'En lukt het een beetje?'

'Ik heb in Shrins wagen een chip op de motor gevonden. Minder gaaf dan de chip in de negenenzestig, maar ik hoop toch dat Steven er iets mee kan. Ik heb hem onder een microscoop bekeken, maar ik weet er zo weinig van dat ik alleen een simpele circuitconstructie heb herkend.'

'En de tweede chip? De zusterchip van de chip die je in de versnellingspook hebt gevonden?'

'Ik heb Nicky's wagen niet uit elkaar gehaald, maar ik heb op de voor de hand liggende plaatsen gezocht en geen tweede chip gevonden.'

'Misschien moeten we hem toch maar uit elkaar halen.'

Ik had onrustig geslapen die nacht, terwijl de beelden van een lange lijst van misdaden door mijn hoofd speelden. Diverse autodiefstallen, vernieling van privé-eigendom, het verzwijgen van daderkennis, mishandeling, verminking van een dooie! Die lijst wilde ik niet nóg langer maken.

'Het zou handig zijn als we toestemming hadden.'

'Ik zal Bingo bellen,' zei Hooker. 'Het lijkt me geen probleem. Die wagen gaat toch naar de sloop.'

Bingo is Nicks teamchef. Hij heeft drie fantastische kinderen en een aardige vrouw en waarschijnlijk zat hij aan de ontbijttafel een restje pompoentaart weg te werken.

Ik bewaarde mijn gegevens en draaide me op mijn draaistoel, wachtend tot Hooker was uitgebeld.

'Bingo wil erbij zijn als je de wagen uit elkaar haalt,' zei Hooker.

'Welnee, dat wil hij helemaal niet. Hij heeft een gezin en kan hier beter niet bij betrokken raken. Zeg maar tegen hem dat hij van ons hoort als het ongevaarlijk is om het hem te vertellen.'

Tegen twaalf uur was ik er vrijwel van overtuigd dat er geen tweede chip was. Misschien was hij eruit gehaald, of misschien was er geen tweede chip voor het systeem nodig.

Hooker hielp met opruimen. 'De meeste coureurs weten veel van wagens,' zei hij terwijl hij een moersleutel schoonveegde. 'Ik weet eigenlijk alleen maar iets van rijden. Ik kan olie verversen, ik ken de vaktermen, maar ik kan geen carburator reviseren. Ik heb geen hekel aan sleutelen, ik ben er alleen nooit aan toe gekomen. Na een race pakken de maten een biertje. En wanneer ze aan mijn wagen sleutelen, pak ik een biertje.'

'Werkverdeling.'

Hooker grijnsde. 'Precies. Allemaal specialisten.'

Ik monteerde de laatste band en draaide de wielmoeren aan. 'Ik ben gek op techniek. Ik werk al zo lang als ik me kan herinneren aan auto's. Ik vind het mooi hoe ze in elkaar zitten. Ik hou van de klank, ik hou van de geur. Ik hou van de uitdaging om alles zo efficiënt mogelijk te laten samenwerken. Ik ben heel blij met mijn werk op research, maar soms zou ik weer in de garage van mijn vader willen werken.'

'Waarom zat er in Shrins wagen geen tweede chip, denk je?'

Ik haalde de wagen van de krik. 'Weet ik niet. Iemand had hem kunnen weghalen, maar dat zou betekenen dat er een derde man bij Stiller van wist, en dat lijkt me sterk. De wagen is onmiddellijk in de truck geladen en ik betwijfel of het Paard en de Kale erbij hebben gekund. Ik vermoed dat er geen tweede chip nodig was.

Ik heb om vier uur met Steven afgesproken. Ik hoop dat hij me iets interessants kan vertellen. En laten we er deze keer aan denken om de afstandsbediening mee te nemen. Het lijkt me nuttig om die aan Steven te laten zien.'

'Dit is echt boeiend,' zei Steven die de nieuwe chip bestudeerde. 'Dit is duivels vernuftig. Het lijkt wel of dit wondertje zichzelf heeft vernietigd.'

Hij bekeek alle drie de chips onder vergroting en ook de gedemonteerde afstandsbediening. Hij richtte zijn aandacht op de chip die we uit de 69 hadden gehaald.

'De twee chips lijken op elkaar. Zelfde afmeting, dezelfde materialen,' zei hij. 'Ze zijn allebei te zwaar beschadigd om de werking van de circuits te kunnen reconstrueren. 'Zien jullie dit bultje op de oorspronkelijke chip op de motor? Ik vermoed dat daarin de lading zit waarmee de chip zichzelf kan vernietigen. Die lading is intact gebleven. De afstandsbediening die jullie hebben meegebracht stuurt niet de chip aan. Waarschijnlijk kan ik de lading wel met de hand activeren, maar dan smelt wat er nog van over is, en dat willen jullie nog niet.'

We lieten Steven met meer vragen dan antwoorden achter en hadden elkaar op de terugweg naar Huntersville weinig te zeggen.

'Zou je je veiliger voelen in mijn huis?' vroeg Hooker.

'Ja, maar dat lijkt me geen goed idee.'

Hij zette me bij mijn voordeur af en reed weg. Ik sjokte naar boven en ging naar mijn bureau om mijn e-mail op te halen. Even na zevenen kapte ik ermee en keek door het raam naar Topper. Iedereen was terug na de vrije dag en het was druk aan de bar. Ik vermoedde dat de Banaan hier zijn triomf zou komen vieren. Hooker vond waarschijnlijk dat hij hier niets te zoeken had, maar ik dacht dat een Banaanspektakel mogelijkheden had. Op zijn minst zou het me afleiden van mijn sombere gedachten.

Ik smeerde wat mascara en lipgloss op mijn gezicht, spoot wat spray in mijn haar, marcheerde naar de overkant en koos de barkruk naast mijn buurman Dan.

'Is hij er al?' vroeg ik.

'De Banaan? Nee. Die wacht vast nog even met zijn entree. Ik verwacht hem om acht uur, als het hier stampvol is. Ben je voor zijn show gekomen?'

'Het leek me wel leuk.'

'Het wordt pijnlijk. Ik moest me eerst bezuipen voordat ik

het verslag van de laatste race kon schrijven. Er is geen gerechtigheid in de wereld. Niet te geloven dat die kerel heeft gewonnen. Halverwege dit seizoen leek het wel of de negenenzestig zichzelf bestuurde.'

'Huevo had het goed aangepakt met die wagen.'

'Huevo heeft getoverd met die wagen.' Cox keek om zich heen. 'Waar is Hooker? Meestal zijn jullie onafscheidelijk.'

'Hij blijft vanavond binnen.'

'Er waren hier een poosje geleden twee mannen die naar hem vroegen. Niet van hier, maar ik dacht dat ik ze op Homestead wel eens had gezien. Die ene zag eruit alsof er een trein over zijn gezicht was gereden.'

Verdomme! Ik had me net een beetje ontspannen en gedacht dat we onze problemen in Miami hadden achtergelaten. En nu had ik weer dat akelig vertrouwde gevoel in mijn maag en mijn hart sloeg iets te snel.

'Was de tweede man klein en kaal? En had de langste een tatoeage van een slang in zijn nek?'

'Zeker. Vrienden van je?'

'Nee. Integendeel.'

Hooker is de rockster van Nascar. Wanneer hij meedoet, wordt hij voortdurend gefilmd en zijn fans reizen hem overal achterna. Hooker vindt het leuk om met de pers en zijn fans te praten, maar soms gaat het enthousiasme te ver en dan rukken ze de kleren van zijn lijf. En soms is er een fan die zo dolenthousiast is dat het op stalken begint te lijken. Eerder dit jaar had een fan, met de beste bedoelingen, bij hem ingebroken en per ongeluk brand in de keuken veroorzaakt in een poging een romantisch ontbijtje voor twee klaar te maken. Daarna heeft Hooker Huntersville verruild voor een groot huis op een groot stuk afgelegen land in Mooresville. Een paar maanden geleden had Hooker, nadat een bus vol toeristen op de oprit was gestopt en dertig mensen het gazon op waren gelopen om foto's te maken, zijn maatregelen genomen: een degelijke omheining, onder stroom, en een portiersloge met een primitief ogende reus op anabole steroïden. Dus was ik niet bang dat Hooker door de mannetjes van Huevo te grazen was genomen.

Toch besloot ik hem telefonisch te waarschuwen. 'Ik zit bij Topper en volgens Dan hebben het Paard en de Kale eerder vanavond naar je gevraagd.'

'Ik zal wat meer stroom op het hek zetten. Ik vermoed dat je aan de bar zit, in afwachting van het optreden van de Banaan?'

'Ja. Jammer dat je er niet bij kunt zijn. Het wordt heel erg.'

'Schatje, je gaat een ongekend dieptepunt tegemoet.'

Ik zuchtte, omdat het waar was. Ik maakte een einde aan het gesprek en bestelde nog een biertje.

Een halfuur later gunden de Banaan en Delores de gasten de eer van hun aanwezigheid. Zoals verwacht begon de helft van de mensen te klappen, terwijl de andere helft het tweetal uitjouwde.

Dan gooide een handje pinda's naar binnen. 'Ik geloof dat ik moet kotsen.'

'Je kunt niet kotsen. Je bent een objectieve journalist.'

'Die bestaan niet meer. We dragen toch ook geen gleufhoeden? Ander onderwerp: wat vind je van de moord op Huevo?'

Ik nam een slok bier. 'Daar heb ik niet echt ideeën over. Weet jij er meer van?'

'Nee. Maar volgens mij klopt het niet wat ik er tot nu toe over heb gehoord. Iedereen loopt te tetteren over die beet in zijn schouder, maar volgens mij heeft die niets met de moord te maken. Volgens de arts die de sectie heeft gedaan is de man

138

pas na zijn dood gebeten. Ik denk dat het een ongelukje was. Ik denk dat iemand Huevo heeft vermoord en hem heeft ingepakt om hem beter te kunnen bewaren. Waarschijnlijk is dat plastic gebruikt omdat het voor de hand lag. Waaruit ik opmaak dat het improvisatie was, geen weloverwogen plan.'

'Iemand had toevallig een kilometer plasticfolie liggen?'

Dan haalde zijn schouders op. 'De meeste mensen hebben dat spul in huis en sommige mensen hamsteren. Als je bij de groothandel winkelt, koop je grote hoeveelheden omdat het goedkoper is. De teams doen dat altijd. Nou goed, de theorie is dat iemand Huevo heeft vermoord en hem heeft ingepakt om hem presentabel te houden. Ze zetten hem in een hoekje in afwachting van het donker om hem ongezien weg te werken, en hun hond kreeg trek in een hap Huevo.'

'Dus de dader had een grote hond?'

'Volgens mij wel. En het moet een ingewijde zijn geweest, want Huevo is in de truck van de Banaan gevonden. Iemand had daar een bedoeling mee. En trouwens, als ik wist wie het heeft gedaan, kreeg hij een grote doos Godiva's van me. Geniaal om Huevo in de nieuwe Avalanche van de Banaan te dumpen. Ik heb gehoord dat de Banaan moest kotsen toen hij het zag. Bovendien is er beslag gelegd op de truck.'

'Wat zou de dader daar voor bedoeling mee kunnen hebben?'

'Weet ik veel. Soms plegen mensen een misdaad omdat ze gepakt willen worden en dus laten ze aanwijzingen achter. Soms is het een egotrip, dan laten ze een visitekaartje achter. Of misschien was het een vorm van wraak. Misschien was iemand kwaad dat de Banaan had gewonnen. Als ik het had gedaan, had ik de Banaan vermoord en in Huevo's wagen gedumpt, maar dat is mijn idee.'

'Nog meer ideeën?'

'Volgens de politie is op dat parkeerterrein uitvoerig gezocht en blijkt nergens uit dat Huevo daar is vermoord. Huevo en zijn mensen logeerden in een van de grote hotels aan Bricknell. Hij moest met relaties ontbijten, maar kwam niet opdagen.'

'Het fascineert je kennelijk,' zei ik tegen Dan.

'Er zit een verhaal in. Dat voel ik. We zien pas het topje van de ijsberg. En volgens mij heeft die hond niets met de moord te maken, maar ik denk wel dat je de hond als uitgangspunt moet nemen. Als we aannemen dat het een ingewijde is, moet je je afvragen wie een grote hond heeft met het gebit van een moerasmonster.'

'Heb je al een lijstje?'

Dan kreeg een rood hoofd. 'Ja, maar tot nu toe staat er maar één naam op.'

'Waarschijnlijk moet je harder werken aan je lijst.'

'Mijn idee. Waarschijnlijk lopen er heel wat mensen rond met een enorme hond die enorme happen kan nemen.'

De Banaan en Delores poseerden voor foto's en signeerden aan het andere uiteinde van de bar. Hooker had een paar keer ruzie gehad met de Banaan, maar mijn contact met de Banaan was veel minder geladen en hartelijker. Tot de vondst van de chip had ik eigenlijk geen reden gehad om een hekel aan de Banaan of Delores te hebben. En eigenlijk had ik daar nog steeds geen reden toe. Volgens Steven Sikulski kon de chip vanaf elke plaats op het circuit worden aangestuurd. Realistisch bezien zijn er maar twee mensen die het rijtempo kunnen bepalen. De ene is de coureur en de ander zou de waarnemer zijn. Het leek mij dat de waarnemer het meest in aanmerking kwam. Ik dacht niet dat de Banaan pienter genoeg was om op dit niveau bedrog te plegen.

'Als je de moordenaar zoekt in de kring rond Oscar Huevo heb je een ruime keus,' zei ik tegen Dan. 'Bij mijn weten was hij niet populair. Zijn vrouw kon zijn bloed wel drinken. Zijn broer lijkt er niet echt kapot van. En hij heeft in twee landen vijanden gemaakt. En ik wil je pret niet bederven, maar dat van die hond weet ik niet zo zeker. Als de Huevo's erachter zitten, hebben ze waarschijnlijk een beroeps ingeschakeld. De Huevo's lijken me geen mensen die zelf aan het moorden slaan.'

Dan bestelde meer bier. 'Ray Huevo hoeft geen beroeps te zoeken. Die heeft mensen in zijn organisatie die het karwei voor hem kunnen doen.'

Ik pakte een hapje noten. 'Wil je zeggen dat Ray een beetje louche is?'

'Ray is absoluut louche. Een jaar geleden heb ik aan een artikel over de familie gewerkt. Het was vrijwel onmogelijk om aan informatie over Ray te komen. Hij praat met niemand en hij heeft zijn kantoor in een apart gebouw op achthonderd meter van Huevo Enterprises. Uiteindelijk is het me gelukt dat gebouw binnen te komen, maar ik ben nooit verder doorgedrongen dan de begane grond. God mag weten wat ze in hun onderzoekslab uitvoeren. Van mensen die daar wel eens zijn geweest heb ik gehoord dat er in dat gebouw allerlei chemische laboratoria zijn en computerspullen die aan sciencefiction doen denken.

Uiteindelijk heb ik niets over hem geschreven omdat ik niets kon natrekken, op zijn kantooradres na. Ik vermoed dat de louche kant van de zaak via Ray loopt. Ray kan over voldoende fondsen beschikken om een derdewereldland op te kopen, of de helft van onze politici in zijn zak te steken.'

'Denk je dat Ray louche genoeg is om zijn eigen broer te vermoorden?'

'Volgens mij is Ray tot alles in staat, maar ik weet niet welk motief hij zou kunnen hebben om een moord te plegen. Volgens mij heeft Ray zijn eigen imperium.'

Rond de Banaan en Delores was het rustiger geworden. Er waren nog maar een paar getrouwen overgebleven en Delores leek ongedurig, alsof ze brandde om naar huis te gaan en haar zwepen en kettingen uit de kast te halen om Dickie op zijn lazer te geven.

'Ik ga hem feliciteren,' zei ik tegen Dan. 'Ga je mee?'

'Ik heb ze op het circuit al gesproken. Ik denk niet dat ik het nog een keer aankan.'

Ik liet een vijfje op de bar vallen en liep naar de Banaan toe. Ik stak mijn hand uit en grijnsde hem toe. 'Gefeliciteerd. Uitstekend gereden.'

'Dank je,' zei hij. 'Waar is Hooker? Ik wou hem feliciteren met zijn tweede plaats.'

'Ik zal het doorgeven.' Maar waarschijnlijk eerst de kogels uit zijn pistool halen.

'Ik heb jullie op de wal gezien. Wat voerden jullie daar nou uit?'

'Gewoon, in de zon zitten.'

'Het leek wel of jullie ons observeerden.'

'Nee hoor. Gewoon zonnen.'

Delores haalde haar neus uit haar cosmo. 'O ja? Waarom begon je dan te gillen toen Ray's assistent je uitnodigde voor het ontbijt? Het was trouwens behoorlijk brutaal van je om daar te zijn terwijl Dickie en ik te gast waren op het jacht. We weten heel goed wat je daar deed. Je kwam onze lol verzieken. Je was jaloers omdat je niet op een jacht mocht, omdat losers die tweede worden niet op een jacht worden uitgenodigd.'

Dit is dus waarom iedereen zo dol is op Delores. Ik wilde

Dicky onder vier ogen spreken, maar Delores bleef maar aan hem kleven. Het was een wonder dat hij zonder haar mocht racen.

'Och jeetje,' zei ik tegen haar. 'Je hebt een dik zwart zaadje tussen je voortanden. Waarom eet je die crackertjes die tussen de pinda's zitten?'

Delores haalde haar tong over haar tanden. 'Is-ie weg?'

'Nee,' zei ik. 'Je kunt beter even naar de dames gaan om er iets aan te doen. Het is echt een groot zwart ding.'

'Jakkie,' zei ze en snelde weg naar het toilet.

'Ik heb geen zaadje gezien,' zei de Banaan.

'Ik wilde je onder vier ogen spreken.'

'Ik dacht dat je Hookers vriendin was.'

'Ik ben zijn waarnemer. En wat ik zondag heb gezien, beviel me niet.'

'Dat ik heb gewonnen, bedoel je?'

'Nee. Dat je de zaak hebt getild, bedoel ik. De negenenzestig had een antidoorslipregeling.'

'Ik heb gewoon erg goed gereden. En alles was reglementair.'

'Absoluut niet. De negenenzestig had een computerchip in de knop van de stuurknuppel en met die chip kon de rijsnelheid worden beïnvloed.'

'Jaja. En Batman wordt volgend jaar mijn teamchef. Dame, je slaat wartaal uit. Je moet nodig van de drugs af.'

'Vraag het maar na bij Ray Huevo. En als jij niet degene was die de rijsnelheid bepaalde, moet je eens met je waarnemer gaan praten.'

'Wat heeft Bernie ermee te maken?'

'De chip wordt gestuurd met een afstandsbediening en jij en Bernie zijn in feite de enigen die de afstandsbediening konden gebruiken.'

'Ik ga niemand wat vragen,' zei Dickie. 'Ze zouden denken dat ik gestoord ben. En hoe weet jij dat allemaal?'

Ik was er vrij zeker van dat ik mijn opdracht had uitgevoerd. Het was niet te bewijzen, maar ik was bereid te wedden dat de Banaan niets wist van de chip. Ik liep de kroeg uit en de straat over naar mijn flat. Ik stak de sleutel in het slot en de deur zwaaide open. De deur was niet op slot. Als dit me een jaar geleden was overkomen, had ik er verder niet over nagedacht. Dat was tien maanden terug radicaal veranderd toen ik een eersteklas cursus inbreken had gevolgd. Mijn broertje had zich in een conflict gemengd, ik was naar Florida gekomen om hem te zoeken en had gezien hoe zijn flat overhoop was gehaald. Dat ik de deur van het slot aantrof, terwijl ik vrij zeker wist dat ik hem op slot had gedaan, leverde een déjà vu-gevoel op.

Ik liep terug en belde Hooker op mijn mobieltje. 'Het zal wel stom zijn,' zei ik, maar ik kom net uit de kroeg en mijn huisdeur staat open, terwijl ik toch echt dacht dat ik hem op slot had gedaan.'

'Ga terug naar de kroeg en wacht daar op me.'

Een halfuur later kwam Hooker binnen. Er waren alleen nog wat stamgasten. De meesten keken naar de ijshockeywedstrijd op de tv die er hing. Voor deze groep was Hooker geen sensatie.

We gingen naar buiten en keken naar mijn ramen. Geen schimmige figuren achter de luxaflex. We controleerden de parkeerplaats. Geen boef in een auto met lopende motor.

'Nou,' zei Hooker. 'Dan moet het maar. Naar boven om te kijken of er iemand thuis is.'

'Weet je het zeker? Het lijkt me een beetje gevaarlijk. Stel dat er iemand is?'

'Dat zou me slecht bevallen. Ik rekende erop dat ik de held zou kunnen spelen zonder echt over een boef te struikelen.'

Hooker trok me mee de schaduw in en gebaarde dat ik moest zwijgen. Mijn voordeur ging wijdopen en het Paard en de Kale kwamen naar buiten. Ze liepen naar het parkeerterrein en stapten in een auto. De motor startte en de auto reed weg en verdween in het donker.

'Ik heb kramp op een heel vervelende plek,' zei Hooker. 'Dat idee van Schrok om naar Australië te emigreren wordt steeds aantrekkelijker.'

Ik sloop naar mijn deur en ging naar binnen. Hooker pakte mijn arm en trok me terug toen ik mijn voet op de onderste tree zette.

Hooker had zijn pistool in zijn hand. 'Ik ga eerst naar binnen.'

Tien maanden terug, toen Hooker en ik betrokken raakten bij de verdwijning van mijn broer, hadden we bepaalde dingen over onszelf geleerd. Een van die dingen is dat we allebei best heldhaftig kunnen zijn als het moet... maar we doen het liever niet. Ik vond het prima om Hooker als eerste naar binnen te laten gaan. Hij wist immers wel raad met de kleine stuurman. En hij had een pistool.

Ik liep achter Hooker aan naar boven, met ingehouden adem. Boven bleef hij staan en keek om zich heen. Hij gebaarde dat ik moest wachten en daarna controleerde hij de flat kamer voor kamer.

'Ik geloof dat we hier met ons tweeën zijn,' zei hij toen hij terugkwam. 'Als ze iets hebben gezocht, hebben ze het netjes gedaan. Er lijkt niets van zijn plaats te zijn gehaald.'

Ik stopte mijn reistas en een paar boodschappenzakken vol met kleren en andere benodigdheden. Ik had nog geen kans gezien om boodschappen te doen, dus over de inhoud van de koelkast hoefde ik me niet druk te maken. Ik deed het licht uit en gaf een van mijn tassen aan Hooker. 'Volgens mij hebben ze grondig gezocht. De inhoud van mijn laden was overhoop gehaald. Mijn bed was afgehaald.'

'Ze zochten de chip,' zei Hooker.

'Gelukkig heb ik de chip in mijn zak,' zei ik.

'Het lijkt me tijd om hulp in te roepen. Waarschijnlijk was het moment gisteren al gekomen, maar toen hoopte ik nog dat het vanzelf over zou gaan. We kunnen nu beter naar mijn huis gaan, denk ik. Daar zijn we veilig. Morgenochtend vroeg bel ik Skippy om te vragen of hij een Nascar-jurist of een voorlichter wil sturen die we mee kunnen nemen naar de politie.'

Gus Skippy is de tweede man bij allerlei instellingen. Hij is begonnen als journalist, maar inmiddels is hij probleemoplosser bij Nascar, psychiatrisch hulpverlener, oppas, spindoctor, trendsetter en behartiger van het contact met de grote bedrijven: de man die vleiend en vloekend Nascar door de talloze toestanden loodst die zich in de loop van een seizoen voordoen. Hij trekt op met een forse kerel die Herbert heet en die bekendstaat als de ereburgemeester van Nascar. Twee blanke mannen uit Carolina die samen zorgen dat het circus blijft draaien.

We gingen naar beneden, deden de deur op slot en liepen een eindje. Uit voorzorg had Hooker niet dichtbij geparkeerd. Hij was met de zwarte Blazer gekomen en Berg wachtte met zijn neus tegen de ruit gedrukt.

Hooker reed naar het noorden, naar Mooresville en de diverse achterafweggetjes die naar zijn landgoed leidden. Hij had zo'n vijfentwintig hectare gekocht en in het midden zijn huis laten bouwen, verstopt achter een pluk dennen. Hij had drie percelen gecombineerd waarop drie kleine boerderijen stonden. Twee daarvan waren aan teamleden verhuurd. Het derde huis stond aan Hookers oprit en fungeerde als portierswoning. In dat huis woonde Butchy Miller.

Het verhaal gaat dat Butchy op de middelbare school de held van het footballteam was en door een wat te gulzig gebruik van anabole steroïden een gigantische omvang heeft gekregen, zijn potentie is kwijtgeraakt en erg opvliegend is geworden. Bij het pokeren is hij steevast de verliezer en iedereen is doodsbang voor hem. Omdat Hooker de ideale portier in hem zag, heeft hij Butchy in de portierswoning geïnstalleerd, niet omdat hij echt beveiliging nodig heeft, maar eerder omdat hij vaak iemand nodig heeft om mee te pokeren.

Hooker stopte om naar zijn portierswoning te kijken. 'Er brandt geen licht.'

'Het is al laat. Butchy is waarschijnlijk naar bed.'

'Butchy is bang in het donker. Hij slaapt met het licht aan. Als hij weggaat, laat hij het licht branden om niet in een donker huis terug te komen.'

Hooker trok zijn veiligheidsriem los. 'Blijf hier. Ik ga kijken.'

Hij sjokte naar het huis en verdween in het donker. Aan de andere kant van het huis kwam hij weer in het zicht; ik zag dat hij, voetje voor voetje lopend, door de ramen naar binnen keek. Hij bereikte de voordeur, deed hem open en ging naar binnen. Even later kwam hij naar buiten, deed de deur dicht, rende naar de Blazer en stapte haastig in.

'Butchy is dood,' zei Hooker en reed door. 'Een kogel in zijn hoofd. Net als Huevo.'

'God, dat spijt me. Hij was je vriend.'

'We waren niet echt bevriend. Het was moeilijk om bevriend te zijn met iemand als Butchy. Het was meer of je een paranoïde rottweiler van tachtig kilo in huis haalde. Maar het spijt me dat hij dood is. Zeker omdat het waarschijnlijk mijn schuld is.'

'Was hij ook in plasticfolie verpakt?'

'Nee. Hij lag languit, met gespreide armen en benen, op de vloer in de huiskamer. Hij had een heel arsenaal in huis, dus hij moet verrast zijn. Of misschien kende hij de dader.'

'Iemand als Bernie Miller?'

'Ik geloof niet dat hij Bernie kende. De mensen van Huevo zijn nogal eenkennig. En Bernie is nieuw. Bernie is net als jij aan het begin van dit seizoen als waarnemer begonnen, voor Dickie. Vroeger racete hij in toerwagens, maar vorig jaar heeft hij bij een zwaar ongeluk zijn knie vernield. Kan niet meer racen. Baantje als waarnemer bij Huevo gekregen en de negen-enenzestig.'

We reden in stevig tempo over de donkere landweg. 'Waar gaan we naartoe?' vroeg ik.

'Ik weet het niet. Ik wou meer afstand tussen mezelf en de plaats delict. Ik heb met opzet op het stille alarm getrapt voor ik wegging. Als er iemand in het grote huis is, lopen ze de politie in de armen.'

'En zal de politie dan Butchy vinden?'

'Ja hoor, de politie zal Butchy wel vinden en met hem doen wat er gedaan moet worden. Hij is van hier, iedereen kent hem.'

'Denk je niet dat we beter terug kunnen gaan om op de politie te wachten?'

'Schatje, op dit ogenblik ben ik banger voor de moordenaar dan voor de politie. Bij de politie zal het een tot het ander leiden en dan wordt ons gevraagd in de buurt te blijven. Ik weet niet of ik dat wel wil. Dan maken we onszelf erg kwetsbaar.'

Hooker reed naar een goedkoop motel in Concord. Ik schreef ons in onder een verzonnen naam, betaalde contant en hoopte dat niemand Hooker en Berg naar binnen zag sluipen. Het was een standaard motelkamer met donker fabriekstapijt op de vloer en een donkere gebloemde sprei waarin vlekken van goedkope wijn niet zouden opvallen. Hier werd geen Childress Vineyard gedronken. Dit was een kamer als wijn in drieliterpakken. Sinds het begin van het raceseizoen had ik talloze nachten in zo'n kamer als deze doorgebracht. We vonden een plastic ijsemmer die we met water vulden en op de vloer neerzetten voor Berg.

Hooker en ik kropen in bed en lagen te woelen; we deden de hele nacht geen oog dicht. Bij het krieken van de dag gaven we onze pogingen op en zetten het plaatselijke nieuws aan op de tv.

De cameraploeg had zich voor Hookers portierswoning opgesteld. Het huis was afgezet met geel politietape. De tape liep door over de oprit naar het grote huis, zodat het verkeer werd tegengehouden. De verslaggever had het over Butchy. Door het hoofd geschoten. In zijn woonkamer gevonden. Niemand thuis in het grote huis. Politie zoekt Sam Hooker. Wil hem horen.

Hooker had zijn hoofd in zijn handen. 'Ik vind het heel erg van Butchy.'

Ik leunde tegen zijn schouder. 'Je bent aardig voor Butchy geweest. Je hebt hem een huis bezorgd toen hij geen geld had. Je hebt hem een baan bezorgd toen niemand anders hem wilde helpen. Je liet hem meedoen met pokeren.'

'Door mij is hij dood.'

'Jij hebt hem niet vermoord.'

'Ik heb het proces op gang gebracht.'

Ik wilde Hooker troosten, maar ik had geen goed antwoord voor hem. Ik had weinig intelligente gedachten. Ik was moe. Ik wist niet waar ik het moest zoeken. Ik was bang.

Ik diepte een wollen muts op uit mijn bagage en zette die op. 'Ik ga Berg uitlaten en dan iets doen aan het ontbijt.' Ik ritste een winterjack dicht over mijn T-shirt met lange mouwen en stak de kamerkaart en de sleutels van de SUV in mijn zak. Ik nam Berg aan de lijn en liep met hem door de gang naar buiten, waar het fris was.

De hemel was vlekkeloos lichtblauw. De zon was nog niet te zien. Het was zo koud dat mijn adem wolkjes vormde en ik voelde hoe de koude lucht mijn gepieker verdreef, waardoor ik nieuwe energie kreeg. Berg en ik waren de enige levende wezens op de parkeerplaats. We staken over naar een verwilderd grasveld en bleven rondjes lopen tot Bergs productie was uitgeput. Toen laadde ik hem in de SUV en ging op zoek naar koffie.

9

Hooker was onder de douche geweest en had zich geschoren toen ik terugkwam in de motelkamer. 'Ik hoop dat je het niet erg vindt,' zei hij. 'Ik heb je harkje geleend. Ik heb de roze kleur gecompenseerd door veel te vloeken terwijl ik me schoor.'

'Mijn harkje mag je best lenen. Wanneer je mijn ondergoed wilt lenen, moeten we praten.'

Ik haalde twee bekers koffie met deksel en twee plastic bekertjes sinaasappelsap uit de ene zak en een stapel sandwiches uit de andere. Ik gaf Hooker een sandwich, legde er een voor mezelf neer en gaf de rest aan Berg. 'Alles wat je als ontbijt zou willen hebben, behalve poffers,' zei ik tegen Hooker. 'Een ei, worst, kaas en een cracker.'

'Smek,' zei Hooker. En hij meende het. Verfijnd voedsel was niet aan Hooker besteed.

Ik werkte mijn sandwich, sap en koffie naar binnen en ging onder de douche. Hooker zat tv te kijken toen ik uit de badkamer kwam.

'Het is niet best,' zei hij. 'Ze zeggen dat het wapen waarmee Butchy is vermoord ook tegen Huevo is gebruikt. Ik word nu gezocht voor verhoor door de politie hier en de politie in Miami. En het spijt me dat ik het zeggen moet, maar ze zoeken ook naar jou.'

'Naar mij?'

Alsof het afgesproken was, ging mijn mobieltje. Mijn moeder. 'Ik ben net terug van de cruise en ik heb je naam op de tv gehoord,' zei ze. 'Ze zeggen dat je wordt gezocht omdat je twee mannen hebt vermoord.'

'Welnee. Ze willen alleen met me praten. En het is allemaal een misverstand. Maak je geen zorgen over mij.'

'Zorg dat ze je niet in de gevangenis zetten. Daar heb ik eens een programma over gezien. Ze kijken naar je op de tv wanneer je naar de wc moet.'

Meer informatie dan waar ik op dit ogenblik behoefte aan had.

'Mijn moeder,' zei ik nadat ik had opgehangen. 'Ze raadt me aan me niet in de gevangenis te laten zetten. Dat zou me niet bevallen.'

'Als je niet naar de gevangenis wilt, moeten we weg uit dit motel,' zei Hooker. 'Mijn SUV valt hier op het parkeerterrein te veel op. Aan de weg naar Kannapolis staat een leegstaande fabriek te koop. Al ruim een jaar. Een paar maanden geleden ben ik er geweest omdat ik erover dacht daarin zelf iets op te zetten. Misschien ooit zelf wagens bouwen. Het gebouw leek me daar niet geschikt voor, maar misschien kunnen we er een poosje onderduiken terwijl we nadenken over wat ons te doen staat. Er is geen alarminstallatie, dus we komen er gemakkelijk genoeg in. En het terrein is afgelegen.'

Ik voegde inbraak toe aan mijn denkbeeldige lijst van misdaden.

Het complex was oorspronkelijk een machinefabriek geweest. Toen de fabriek failliet ging, was het gebouw leeggehaald en gebruikt om er motorolie en producten voor autoverzorging in op te slaan. Die producten waren weer weggehaald en nu bevonden we ons in een donkere, vochtige bunker van forse afmetingen. Het gebouw was niet afgesloten en een van de grote deuren op de voormalige expeditie was opengelaten, dus maakten we ons alleen schuldig aan onbevoegd betreden. Hooker reed de SUV naar binnen en parkeerde dicht bij de muur waar we door de schaduw van buitenaf niet zichtbaar waren.

'Een poosje leek het of alles weer gewoon zou kunnen worden,' zei ik tegen Hooker. 'Maar nu ziet het er beroerder uit dan ooit.'

'Eén stap vooruit, twee stappen achteruit. Laten we een paar dingen doornemen. We weten dat Ray verboden technologie gebruikte om de boel te belazeren. We weten niet precies waarom, want het racen leek Ray niet te interesseren. Bovendien weten we dat er twee boeven voor Ray werken die over lijken gaan. En we weten het niet echt zeker, maar het lijkt erop dat Ray wist dat zijn broer in die kast lag. Het is heel goed mogelijk dat Ray Oscar heeft vermoord.'

'Het moet om een heel bijzonder hoogstandje gaan. Iets waar wij niets van begrijpen,' zei ik. 'Het moet om meer gaan dan de uitslag van een race bepalen.'

'Dat denk ik ook. Volgens mij moeten we te weten zien te komen waarom Ray zijn broer heeft vermoord.'

'Denk je daarbij aan Madame Zarra en haar kristallen bol?'

'Ik denk aan Ray die ons dat kan vertellen. We hoeven alleen maar Ray te ontvoeren en verrot te slaan tot hij ons vertelt hoe het zit.'

Ik voelde dat mijn mond openviel en waarschijnlijk keek ik net zo ontzet als ik me voelde.

'Wat is er?' vroeg Hooker.

'Heb je geen ander plan?'

'Momenteel niet.'

'Waarom denk je dat hij zal praten als we hem slaan?'

'Ik heb heel vaak klappen gehad en dan geef ik alles toe.'

'Laten we ervan uitgaan dat de chip iets met de moorden te maken heeft. Ray wil die chip echt graag terug.'

'Als we de chip aan Nascar geven, kan dat hem het kampioenschap kosten,' zei Hooker.

'Ja, maar hij heeft zich nog nooit bemoeid met de raceafdeling van het bedrijf. Waarom zou hij zich nu wel druk maken over het kampioenschap? En zijn dode broer zou de schuld krijgen. Ray kan zeggen dat hij van niets weet. Ray gaat er niet op achteruit. En trouwens, Nascar zou wel een boete opleggen en sancties instellen, maar hun niet het kampioenschap afpakken. Want het circus is al begonnen. Fotosessies, interviews op radio en tv. Om nog maar te zwijgen over het galabanket volgende week.'

'En dus?'

'Volgens mij is er iets anders aan de hand met die chip.'

'Bijvoorbeeld een geheime James-Bondcode die erop zit, waarmee de wereld kan worden vernietigd?'

'Zo spannend nu ook weer niet. Ik denk eerder aan wat Steven ons heeft verteld: een doorbraak in de computertechnologie. Of een nieuwe en betere accu.'

Hooker keek sceptisch. 'Denk je dat iemand een moord pleegt voor een betere accu?'

'Met een betere accu kan veel geld te verdienen zijn.'

Hooker drukte een kus tegen mijn nek.

'Wat doe je?' vroeg ik.

'Iets aardigs.'

'We gaan geen aardige dingen doen. Aardig doen is voorbij.'

Hooker is een goede minnaar om dezelfde reden waarom hij een goede coureur is. Hij geeft nooit op. Ongeacht of hij aansluiting vindt bij de voorste man of twintig ronden achterligt, zijn inzet blijft even groot. En als hij op kruissnelheid blijft, is dat omdat hij zich wil concentreren en reorganiseren. Hooker laat het er niet bij zitten... niet in de wagen en niet in bed. En kennelijk geldt dat ook voor verstoorde relaties. Of nou ja, wat weet ik er verdomme van? Misschien had hij vanochtend te veel haast gehad onder de douche.

'Stel dat we naar de gevangenis moeten? Stel dat de boeven ons vinden en vermoorden? Wil je dan niet eerst nog een laatste orgasme?' vroeg Hooker.

'Nee!'

Hooker kuste me en toen ik even niet oplette, had zijn hand mijn borst gevonden. Autocoureurs kennen de betekenis van het woord nee niet. Een afwijzing dringt nooit echt door.

'Niet waar de hond bij is,' zei ik en duwde Hookers hand weg.

'De hond kijkt niet.'

'De hond kijkt wel.'

Berg was uit de bagageruimte naar de achterbank geklommen en zat nu op zijn gat achter ons. Ik voelde dat hij in mijn nek hijgde.

'Wil je wel aardig worden als de hond niet meekijkt?' vroeg Hooker.

'Nee. Kun je je libido niet even in de koelkast zetten? Ik heb een paar ideeën. We kunnen met Dickies waarnemer gaan praten.'

'Je bedoelt dat we hem verrot kunnen slaan.'

155

'Ja, nou, goed, we kunnen hem verrot slaan. Volgens mij kan hij ons wat te vertellen hebben. Of we kunnen inbreken op de researchafdeling van Huevo...'

'De researchafdeling van Huevo is in Mexico,' zei Hooker. 'Niet dat we daar niet kunnen komen, maar waarschijnlijk houdt de politie mijn vliegtuig in het oog. We zouden een gewone vlucht moeten boeken. En dat is riskant.'

'En huizen? Heeft Ray Huevo een huis in Concord of omstreken?'

'Oscar had een huis aan Lake Norman. Ik weet niet hoe intensief hij dat gebruikte. Ik weet dat mevrouw Oscar weinig zag in North Carolina. Soms hoorde ik dat Oscar er was, maar ik heb hem daar nooit zien rondlopen. Ik denk dat hij dacht: zakendoen en wegwezen uit de rimboe. Ik geloof niet dat Ray hier iets heeft. Misschien heeft het bedrijf ergens een pied à terre.'

'Sla ik nog iets over?'

'De boeven. Het Paard en de Kale, die het vuile werk voor Huevo doen. We kunnen proberen ze aan het praten te krijgen.'

'Je bedoelt: ze zover te krijgen dat ze toegeven dat ze twee moorden hebben gepleegd?'

'Ja,' zei Hooker. 'Dan moeten we ze natuurlijk wel eerst verrot slaan.'

'Ik herken hier een patroon.'

'Mijn talenten zijn beperkt. Eigenlijk kan ik maar drie dingen echt goed. Ik kan een wagen besturen. Ik kan mensen verrot slaan. En het derde weet je. Daar komt veel gekreun van jouw kant aan te pas.'

'Ik kreun niet!'

'Schatje, je kreunt.'

'Wat gênant. Laten we maar verdergaan met mensen verrot slaan. Wie wil je het eerst aanpakken?'

'De waarnemer, Bernie Miller.' Hooker toetste een nummer in op zijn mobieltje. 'Ik heb hulp nodig,' zei hij. 'Nee. Niet dat soort hulp, dank je, maar dat komt misschien nog. Nu gaat het me alleen om informatie. Ik heb het adres nodig van Bernie Miller, Dickies waarnemer.'

Hooker klemde de telefoon tussen schouder en oor en luisterde terwijl hij zocht in het dashboard en het zijvak. Hij vond een pen en een verfrommeld servetje van Dunkin' Donuts, gaf ze aan mij en herhaalde het adres. Hij hing op en startte de SUV.

'Miller is onlangs gescheiden, dus met een beetje geluk is hij alleen thuis.'

'Wie heb je gebeld?'

'Maf. Hij bood me zijn vliegtuig aan voor het geval ik snel het land uit wilde.'

Maf rijdt voor Krank's Bier. Hij is een van de oudere coureurs en echt een goeie kerel. Hij kent iedereen en is waarschijnlijk meer van de racerij vergeten dan ik ooit zal leren.

'Het adres dat je me hebt gedicteerd is aan het meer,' zei ik. 'Dat is een dure buurt voor een waarnemer.'

'Misschien heeft hij wat beleggingstips voor ons terwijl we hem verrot slaan,' zei Hooker en reed de fabriek uit.

Het was geen lange rit naar het huis van Bernie Miller, maar ik bestierf het van angst en het leek of er geen eind aan zou komen. Het liep tegen twaalven toen we bij zijn huis arriveerden. Het huis zag er nieuw uit. Waarschijnlijk stond het er pas een jaar of twee. De tuin was keurig verzorgd, met scherp omrande bloembedden en struikjes die nog moesten uitgroeien. Er stond een grijze Taurus op de oprit.

'Hoe pakken we dat aan met het verrot slaan?' vroeg ik. 'Bellen we gewoon aan en beginnen we dan meteen te meppen?'

Hooker grijnsde me toe. 'Raak je al een beetje ingesteld op geweld?'

'Ik vroeg het me alleen af. Misschien is die benadering te agressief voor iemand met een grijze Taurus voor de deur. Misschien is dat eerder de juiste aanpak voor iemand met een woonwagen.'

'Ik heb zelf in een woonwagen gewoond.'

'En?'

'Ik noem het maar voor de volledigheid,' zei Hooker.

'En ben je vaak gemept in die woonwagen?'

'Nee. Ik deed alleen open met mijn geweer in de hand.'

Ik keek naar het huis. 'Dat kan de ondervraging bemoeilijken. Het kan lastig zijn om iemand verrot te slaan die met een geweer in de hand opendoet.'

We stonden midden op de weg stil, niet voor Millers huis maar een huis eerder. Hooker reed langzaam langs Millers huis en reed door tot de hoek. Daar keerde hij en reed terug. Hij zette de wagen aan de kant en parkeerde. Nu stonden we aan de overkant voor Millers huis. Weer een huis eerder.

'Ik geloof niet dat je popelt,' zei ik.

'Eerst het huis verkennen,' zei Hooker.

'Ik dacht dat je misschien niet durfde.'

'Ik durf alles. Wel kramp in mijn zak en een potdichte kringspier, vaak. Soms diarree. Maar ik durf echt alles.'

'Moeten we wachten tot je je kringspier hebt kunnen ontspannen?' vroeg ik.

'Het zit me niet lekker. Het bevalt me niet dat de auto op de oprit staat. Ik ken veel mensen die nooit hun garage gebruiken, maar dit voelt niet goed. En ik kan die grijze Taurus ook niet rijmen met Bernie.'

Millers garagedeur schoof omhoog en we doken allebei weg

op onze stoel. In Bernies garage startte een auto. Het Paard kwam in draf uit de garage en stapte in de Taurus. De Taurus sloeg aan en de auto reed naar de weg, waar hij voor Millers huis bleef wachten. Een blauwe Lexus kwam achterwaarts uit de garage, de garagedeur gleed omlaag en de Lexus rolde naar de straat. Bernie zat niet in de Lexus. De Kale zat achter het stuur van de Lexus.

'Hier wordt mijn sluitspier niet rustiger van,' zei Hooker. 'En mijn kloten zijn niet meer waarneembaar.'

We reden achter de Taurus en de Lexus aan, de wijk uit, naar het zuiden over de Odell School Road. Een paar minuten later sloegen beide auto's af en reden een diep uitgesleten zandweg in die in het bos verdween. Het was zo'n weggetje dat pubers gebruiken om bier te drinken, joints te roken en onverwacht zwanger te worden. Hooker reed een eindje door en parkeerde op de oprit van een geel met witte bungalow. In de voortuin lag een fietsje bij een plastic badje. Het was november en het badje was leeg. De zandweg was tweehonderd meter terug.

'Wat nu?' vroeg ik.

Hooker draaide zich om naar de Odell School Road. 'Rustig wachten. Ik denk niet dat die zandweg ergens naartoe gaat.'

Tien minuten later reden de twee auto's weer de weg op, reden door naar het zuiden en passeerden ons zonder zelfs maar opzij te kijken. Hooker startte de SUV en reed achter hen aan.

Het was fris en de hemel was betrokken geraakt. Het zag ernaar uit dat we regen zouden krijgen. De Lexus reed de Derita Road in en de Taurus reed er achteraan. We passeerden de toegangsweg naar het vliegveld. Rechts van ons stond het gebouw waarin de kantoren van Nascar waren ondergebracht. De twee auto's gingen de Concord Mills Boulevard op en minderden vaart bij het parkeerterrein.

Concord Mills is een monsterlijk groot winkelcentrum. Ruim tweehonderd winkels, een bioscoop met vierentwintig zalen, racewagensimulatoren, een binnenkartbaan en een buitenkartbaan. Het was zaterdag, het begin van de middag, en het parkeerterrein stond goed vol. De bestuurder van de Lexus deed geen poging een goed plekje te zoeken. Hij reed door naar het uiteinde van het terrein, waar nog ruimte was. De Taurus parkeerde ernaast en ze liepen weg naar het winkelcentrum.

Wij stonden een rij verder.

'Vreemd,' zei Hooker. 'De boeven van Huevo in twee auto's, waarvan er een volgens mij van Bernie is, en dan gaan ze winkelen.'

'Misschien is de auto niet van Bernie. Misschien logeren die mannen bij Bernie, misschien hebben ze allebei hun eigen auto. Misschien zit Bernie er dieper in dan we dachten.'

Het motregende en de voorruit raakte beslagen. Hooker had zijn telefoon in zijn ene hand en zijn servetje van Dunkin' Donuts met Millers adres en telefoonnummer erop in de andere. Hij toetste Millers nummer in en wachtte af.

'Geen gehoor,' zei Hooker ten slotte.

We keken naar de Lexus.

'Misschien verhuurt Miller zijn huis aan de boeven,' zei ik.

Hooker knikte. 'Dat zou kunnen.'

We maakten onze gordels los, stapten uit en liepen naar de Lexus om naar binnen te kijken. Niets bijzonders. Geen rommel. Geen servetjes van Dunkin' Donuts.

'Mooie auto,' zei ik met een keurende blik. 'Alleen lekt hij aan de achterkant.' Ik bukte om beter te kunnen kijken. 'O jee.'

'Wat o jee?'

'Wat er lekt is rood en ik denk dat het uit de kofferbak komt.'

Hooker hurkte naast me. 'O jee.' Hij kwam overeind en klopte op de kofferbak. 'Hallo?'

Er kwam geen antwoord.

Hooker streek met zijn vingertoppen over de kofferbak. 'Die moet open.'

Ik voelde aan het linkervoorportier. Open. Die eikels hadden de wagen niet afgesloten. Ik stak mijn hand naar binnen om het deksel van de kofferbak open te doen.

'O jee o jee,' zei Hooker toen het deksel omhoogging.

De rode lekkage kwam van Bernie Miller. Hij lag met opgetrokken knieën in de kofferbak en hij was doodgeschoten... met veel kogels.

'Ik wou dat ik hier niet naar keek,' zei ik.

'Je gaat toch niet kotsen of flauwvallen of hysterisch doen?'

Ik beet op mijn lip. 'Misschien.'

'Je moet het positief zien. Een man minder om verrot te slaan.'

'Ja, maar het is tegennatuurlijk om zoiets met een Lexus te doen. Het komt nooit meer goed met de bekleding van de kofferbak.'

Het was mijn uiterste poging tot stoer doen. Het alternatief was onbedwingbaar snikken.

Hooker deed de kofferbak dicht. 'Die lui gaan steeds verder. Aangezien ze Bernie in de auto hebben gestopt en buitenshuis hebben doodgeschoten, vermoed ik dat ze hem wilden laten verdwijnen. Stellen wij ons vandaag de vraag: waarom is hij hier geparkeerd?'

Ik keek om naar de ingang van het winkelcentrum, net toen het Paard en de Kale naar buiten kwamen. Ze hadden allebei een beker meeneemkoffie.

'Zo te zien hebben ze hem hier geparkeerd om hun driedubbele cappuccino te halen,' zei ik.

'Dat gaat me te ver. Iemand doodschieten en dan parkeren om koffie te halen. Helemaal *Sopranos*.'

De regen was van nevel overgegaan in een echte bui en de mannen kwamen met gebogen hoofd op ons af; ze werden nat. We doken weg achter een bestelwagen.

'Je kunt ze als burger aanhouden,' fluisterde ik in Hookers oor. 'Grijp je kans. Je kunt ze op heterdaad betrappen. Waar is je pistool?'

'In de SUV.'

Huevo's mannen bevonden zich tussen ons en de SUV in.

'Hebben we ook een plan zonder pistool?' vroeg Hooker.

'Je kunt de politie bellen.'

Hooker keek naar de SUV en zijn mond verstrakte. 'Hebben we ook een plan zonder telefoon?'

De mannen van Huevo stapten allebei in hun auto en reden het parkeerterrein af. Hooker en ik holden naar de SUV en seconden later reden we in dezelfde richting als de Lexus. De regen viel diagonaal op de ruitenwissers. Ik zat met mijn hoofd bij de ruit en probeerde iets te zien.

'Ik ben ze kwijt,' zei ik. 'Door de regen zie ik niets meer.'

Hooker zat vast in het verkeer. 'Ik zie ze ook niet meer en ik kan niet vooruit of achteruit. Zodra het begint te regenen, worden de mensen gek.'

Ik had mijn telefoon in mijn hand en overwoog de politie te bellen. Ik had geen kentekens om door te geven. En ik was niet geloofwaardig. De regen spoelde het bloed weg.

Berg stond op de achterbank te hijgen. Hooker zette zijn raam op een kier, maar Berg bleef hijgen.

'Misschien moet hij piesen,' zei ik. 'Of nog erger.'

Hooker reed stapvoets het parkeerterrein af, nam weer de Concord Mills Boulevard en stopte zodra hij een strook gras zag. Vijf minuten later zaten Berg en Hooker weer in de auto, allebei kletsnat.

'Het wordt steeds erger,' zei Hooker. 'We moeten iets doen om er een gunstige draai aan te geven, want het is nu zo beroerd dat ik uit mijn humeur dreig te raken.'

De Concord Mills Boulevard kruist Route 85 en wordt daar Speedway Boulevard. Alle denkbare fastfoodketens hebben hier een vestiging. Hooker reed naar een bestelloket zodat we grote zakken vol konden bestellen. Daarna verstopten we ons geraffineerd achter beslagen autoramen op het parkeerterrein van de Cracker Barrel.

Ik vulde onze gestolen ijsemmer uit het motel met water voor Berg en we gaven hem een paar hamburgers. Hooker en ik hadden milkshakes en patat en hamburgers.

Hooker at zijn laatste frietje op en slurpte zijn shakebeker leeg. 'Verbazend dat ik altijd zo tevreden word van de consumptie van grote hoeveelheden zout en cholesterolverhogend vet.'

'Word maar niet al te tevreden. We zitten tot aan onze nek in de problemen.'

'We moeten die twee kerels vinden.'

'Hoe moeten we dat doen? We weten niet eens hoe ze heten.'

Hooker belde Maf nog een keer. 'Ik heb meer informatie nodig. Er zijn twee mannen die mij moeten hebben. Ze werken voor Huevo. Waarschijnlijk voor Ray. Spierbonken in pak. De ene is lang en heeft een tatoeage van een slang in zijn nek. Kort donker haar. Onlangs een dreun tegen zijn kop gekregen. De andere is kaal. Ik wil weten wie het zijn en ik wil heel graag weten waar ik ze kan vinden.'

We reden terug naar het parkeerterrein van het winkelcentrum, waar we het gevoel hadden minder op te vallen, en wachtten af. Hooker en Berg vielen in slaap, maar ik bleef wakker. Mijn gedachten draafden maar door. Ik maakte lijstjes. Naar de stomerij. Cadeautje kopen voor het kindje van Nancy Sprague. Proberen minder te vloeken. Moeder vaker bellen. Het bijleggen met Hooker. De auto naar de garage voor een beurt. Sloten in de toegangsdeur en de voordeur van de flat laten repareren. Een kat adopteren. Kast in de hal opruimen. Naar de manicure.

Na twee uur maakte ik Hooker wakker zodat hij op een andere plek kon parkeren. 'Denk je dat we er nog uit zullen komen?' vroeg ik.

'Natuurlijk wel,' zei Hooker. En hij viel weer in slaap.

Even over vieren belde Maf terug. Hooker zette zijn mobieltje over zodat ik kon meeluisteren.

'De mannen heten Joseph Rodriguez en Phillip Lucca,' zei Maf. 'De lange met de tatoeage is Lucca. De kleine kale is Rodriguez. Ze maken deel uit van de hofhouding van Ray Huevo. Bij de beveiliging. Meestal reizen ze met Ray mee, maar Ray zit in Miami en die mannen zijn hier. Dus ik weet niet wat dat betekent. Het lijkt me niet gunstig, want je zit tot over je oren in de shit en je hebt informatie nodig.'

'Ik wil ze alleen maar een gezongen telegram sturen,' zei Hooker. 'Ze hebben iets aardigs voor me gedaan.'

'Dat zal best. Ik weet niet waar ze wonen of logeren. Ze opereren los van alles hier. Ik vermoed dat ze in een motel in Concord zitten.'

Hooker verbrak de verbinding en begon hotels te bellen om naar Joseph Rodriguez te vragen. Bij zijn vijfde poging had hij succes. De kamer werd gebeld, maar Rodriguez was er niet.

'Waarschijnlijk op zoek naar ons,' zei ik tegen Hooker. 'Ze hebben kogels met onze naam erop.'

'We hebben een andere wagen nodig,' zei Hooker. 'De politie zoekt ons, de boeven zoeken ons en waarschijnlijk herkent iedereen inmiddels mijn kenteken.'

Ik wou de auto niet kwijt. Hij was ruim en comfortabel. Ik keek om me heen op het parkeerterrein. 'We hebben een ander kénteken nodig. Gewoon ruilen met dat van iemand anders. De meeste mensen merken er niets van als hun kenteken wordt verwisseld.'

Hooker zocht in het dashboardkastje en vond een kleine schroevendraaier. Een kwartier later hadden we een nieuwe kentekenplaat en Hooker zat weer in de auto. Geen droge draad meer aan zijn lijf. Hij mikte de schroevendraaier terug in het dashboardkastje en draaide de verwarming op naar max.

'Als ik niet gauw droog word, ga ik schimmelen.'

Hij reed weg en nam de snelweg naar het motel. Hij zette de SUV op de verste uithoek van het parkeerterrein, waar we een goed overzicht hadden over het parkeerterrein en de achteringang van het motel. Een betere schuilplaats konden we hier niet vinden.

We hadden ons net geïnstalleerd toen de Taurus kwam aanrijden. Geen Lexus. Hooker had zijn pistool op schoot. Rodriguez en Lucca stapten uit en bogen het hoofd tegen de regen. Hooker wilde het portier opendoen, maar op dat ogenblik reed een andere auto het terrein op en parkeerde. Hooker trok zijn hand terug.

'Dit is alsof je op school een schriftelijke overhoring hebt waarbij je de helft van de antwoorden niet weet, en dan is er brandalarm,' zei Hooker. 'Je bent een beetje gered, maar je weet dat je vroeg of laat toch die s.o. moet maken, en dan val je door de mand.'

Rodriguez en Lucca staken het parkeerterrein over en verdwenen naar binnen. Ze waren kletsnat en ze hadden modder aan hun schoenen en broekspijpen.

'Ze hebben vast gegraven,' zei ik.

'Ja, de mannen hebben aangepakt.'

'Denk je dat ze de auto ook hebben begraven?'

'De auto ligt waarschijnlijk op de bodem van het meer.'

Hookers autotelefoon ging. Het was Maf.

'Weet je nog dat gebouw dat je een tijd geleden hebt gekocht om wagens te gaan bouwen?' vroeg Maf.

'Aan Gooding Road?'

'Ja. Daar moest ik een poosje geleden naartoe om mijn dochter af te zetten bij het huis van een vriend. Maar volgens mij waren de mannen naar wie je hebt gevraagd op jouw terrein. Ik weet niet zeker of ze het waren, door de regen en zo, maar ze leken op je beschrijving. De lange had een dreun tegen zijn kop gehad. Ze stonden bij hun auto's. Waarschijnlijk zochten ze jou.'

'Wat voor auto's?'

'Een Taurus en een blauwe Lexus.'

Hooker hing op en bonkte met zijn hoofd op het stuur.

'Wat?' vroeg ik. Toen begreep ik het opeens. 'O mijn god, je denkt toch niet dat ze Bernie op jouw terrein hebben begraven? Hoe kunnen ze weten dat het van jou is?'

'Iedereen weet dat het van mij is. Die machinefabriek heb ik niet gekocht, wel een pakhuis. Ik heb er nog niets mee gedaan, maar er hangt een groot bord aan waarop staat dat hier in de toekomst Hooker Racing gevestigd zal zijn.' Hooker startte de motor. 'We zullen moeten gaan kijken. Het zou een sterke zet zijn om Bernie op mijn terrein te begraven. Daarmee is de zaak rond. Drie mannen vermoord. Een heeft beten waar de tanden van mijn hond precies bij passen en twee zijn er achtergelaten op mijn terrein. Allemaal met hetzelfde wapen om het leven gebracht. En ze rekenen er vast op dat ik te dood zal zijn om me te verdedigen.'

Even later sloeg Hooker af naar een winkelcentrum met een grote Wal-Mart.

Hij parkeerde en gaf me een stapel geld. 'Ga een schop kopen... voor het geval dat. Ik zou het zelf wel doen, maar ik ben bang dat ik word herkend.'

Twintig minuten later duwde ik een winkelwagentje de regen in. Ik had twee spaden, een zaklantaarn en een rol buitenformaat vuilniszakken. Allemaal voor het geval dat. Ik had ook een zak voer voor Berg gekocht en droge kleren voor Hooker. En ik was naar de supermarkt naast de Wal-Mart geweest om een gegrilde kip, koeken en een sixpack bier te kopen. Ik laadde alles uit en stapte haastig in.

Ik deed de zak koeken open en voerde er een aan Hooker. 'Ik hoop dat we niet hoeven te graven. Een kletsnat lijk opgraven staat niet hoog op mijn lijst van leuke dingen om te doen.'

10

De regen was afgenomen tot druilerigheid, het was zwaar be-
wolkt en het licht was iets tussen schemering en tweeduister.
Hookers pakhuis stond op een landweg met allerlei bedrijfjes
op het gebied van de racerij. Het was een klassieke doos van
gasbetonblokken, wat kleiner dan de machinefabriek waar we
eerder waren geweest. Er liep een betonnen laadperron omheen dat aan de voorkant toegang gaf tot een deur en aan de
achterkant tot drie parkeervakken voor vrachtwagens. Voorbij
het laadperron strekte zich onverharde grond uit met borstelig
gras. Daarachter lag bos.

Hooker reed om het gebouw heen en parkeerde aan de
achterkant. We stapten uit om het terrein te inspecteren. We
bleven staan bij een plek in de verste uithoek die recent was
omgewoeld. De grond was iets verhoogd en de geur van pas
gespitte aarde was goed te ruiken. Er waren voetafdrukken en
bandensporen te zien. De regen had de details al weggespoeld.

'Kut,' zei Hooker. Meer een zucht dan een vloek.

Ik was het volkomen met hem eens. 'Hoe kan dit nou allemaal?' vroeg ik. 'Het is een nachtmerrie. Hier heb ik me nooit
voor opgegeven.'

Hooker draaide zich om en sjokte door de modder terug naar de SUV. Ik liep achter hem aan, zonder te kijken waar ik liep. Ik zakte tot aan mijn enkels in de modder. Mijn haar plakte door de eindeloze regen tegen mijn hoofd. Mijn spijkerbroek was doorweekt, mijn ondergoed ook. En ik was totaal verstijfd van de kou.

Berg schoot overeind toen Hooker het portier opendeed. Hij had zijn opgewonden 'wat gaan we nou weer doen'-blik en liet merken dat hij in was voor avontuur.

'Sorry, kerel,' zei Hooker. 'Te veel modder. Je zult binnen moeten blijven.'

Ik greep een spade en de zaklamp en liep achter Hooker aan terug naar het graf. Ik zette me schrap, ramde de spa in de grond en smeet de aarde drie meter verder neer. Ik ging een hele tijd door met rammen en smijten. Toen hield ik op en zag dat Hooker naar me keek.

'Als je zo blijft graven, ga je door je rug,' zei Hooker. 'En je hebt die blik op je gezicht alsof je ondergoed afzakt.'

'Ik heb een string aan. Die zakt niet af.'

'O man,' zei Hooker. 'Had me dat maar niet verteld. Nu kan ik aan niets anders meer denken.'

'Ik ben blij dat ik je kan afleiden, want de andere dingen waaraan we moeten denken zijn minder aangenaam.'

In feite groef ik als een gek omdat ik razend was. Er was geen gerechtigheid in deze wereld. Het was allemaal begonnen met een goede daad en goede daden hoorden niet zo te eindigen. Waar bleef de beloning voor goed gedrag? Waar bleef de voldoening?

Ik stak mijn spa in de grond en raakte iets hards. Geen steen. Steen klonk anders. Van dit zompige geluid kreeg ik een bonzend hart. Ik trok mijn spa omhoog en zag dat er iets rafeligs aan kleefde. Mijn verstand ging op nul en ik verstarde met de spade een handbreed boven de grond. IJzige ontzetting steeg op uit mijn maag, mijn bloed bonkte in mijn oren en toen ging het licht uit. Ik hoorde iemand naar Hooker roepen. Dat moet ik zelf zijn geweest.

Toen ik bijkwam, lag ik op de achterbank van de SUV en Berg stond hijgend over me heen. Hookers gezicht zweefde naast de grote kop van Berg. Ze keken allebei bezorgd.

'Ik geloof dat ik Bernie heb gevonden,' zei ik.

'Weet ik. Je werd wit en viel voorover in de modder. Ik ben me rot geschrokken. Gaat het nu weer?'

'Ik weet het niet. Hoe zie ik eruit?'

'Prima. Een beetje modderig, maar als we je schoonmaken, ben je weer als nieuw. Je kunt toch door je neus ademhalen?'

'Ja. Wat moeten we doen, nu we hem hebben gevonden?'

'We moeten hem verplaatsen,' zei Hooker.

'Nee! Het is zo gruwelijk. De regen en de modder, en het lijk zit waarschijnlijk vol met wormen.'

'Volgens mij is het te vroeg voor maden, maar er zijn daar wel engerlingen. Hele grote engerlingen.'

Ik hoorde de klokken in mijn hoofd weer beieren.

'Ik voel me een grafrover,' fluisterde ik.

'Schatje, we bewijzen hem een gunst. Hij wil niet achter mijn pakhuis begraven liggen. Hij had een hekel aan me. We stoppen hem in een schone nieuwe vuilniszak en brengen hem naar een betere plek. We kunnen zelfs bloemen voor hem kopen.'

'Bloemen, ja, dat is wel passend.'

Ik dacht te zien dat Hooker met zijn ogen rolde, maar ik kan me vergissen. Het was allemaal een beetje onscherp wat ik zag.

'Blijf jij hier bij Berg,' zei Hooker. 'Ik maak het wel af.'

Ik bleef heel stil liggen wachten tot de nevel zou optrekken. Berg ging warm en geruststellend naast me liggen. Toen het gevoel terugkwam in mijn lippen en vingertoppen, kroop ik uit de SUV. Het was donker en het druilde nog steeds. Geen maan. Geen sterren. Geen straatverlichting. Alleen donker en nog donkerder, het verschil tussen hemel en gebouw.

Ik hoorde Hooker nog voor ik hem zag. Hij versleepte Bernie. En het leek of hij Bernie bij een voet had, omdat Bernie in een zak was gestopt die met dik elastiek was dichtgebonden.

'Beetje een rare vorm voor een lijk,' zei ik.

'Ja, ik weet niet hoe dat komt. Hij lag zeker dubbelgevouwen in de kofferbak toen zijn rigor mortis totaal was. Ik kan alleen bedenken dat zijn armen gespreid zijn geraakt toen hij begon op te zwellen.'

Ik sloeg mijn hand voor mijn mond en hield mezelf voor dat dit geen goed ogenblik was om hysterisch te worden. Ik kon later wel hysterisch worden wanneer ik mijn gegil kon dempen door het toilet door te spoelen.

Berg danste in de achterbak van de SUV, blafte en keek strak naar Bernie.

'We kunnen hem niet achterin leggen,' zei ik tegen Hooker. 'Dan wil Berg met hem spelen.'

We keken naar het imperiaal en we keken naar Bernie. Onder het glimmende zwarte plastic had hij een merkwaardige vorm.

'Hij is zwaar,' zei Hooker. 'Je zult me moeten helpen hem op te hijsen.'

Ik voelde voorzichtig aan de zak.

'Dat is zijn hoofd, geloof ik,' zei Hooker. 'Misschien gaat het beter als je hier komt staan en zijn voet pakt.'

Ik klemde mijn tanden op elkaar en pakte, hoopte ik, een

voet; met veel inspanning kregen we Bennie op het imperiaal gehesen. Als hij niet zo stijf was geweest, was het ons misschien niet gelukt. Hooker bond hem vast met het elastiek en we gingen allebei een stap achteruit om te kijken.

'Niet kwaad,' zei Hooker. 'Je ziet niet dat het een lijk is. Het lijkt of we een fiets hebben verpakt, of zoiets. Het lijkt wel iets met een stuur, vind je ook niet?'

Ik sloeg mijn hand weer voor mijn mond.

Hooker legde de spaden achterin en we stapten in de auto. 'Rijden maar.'

Tien minuten later reden we nog altijd, zonder ongelukken. De vuilniszakken klapperden in de rijwind, maar het elastiek was sterk genoeg. We namen de toeristische route en meden de snelweg; Hooker dacht dat hij Bernie gemakkelijker zou kunnen oprapen als hij op een secundaire weg van het dak woei.

'Waar gaan we naartoe?' vroeg ik.

'Terug naar Concord. Mijn oorspronkelijke plan was hem ergens achter te laten waar hij zeker wordt gevonden. Op de stoep van het Huevo-kantoor, of voor zijn eigen huis. Maar inmiddels heb ik bedacht dat ik helemaal niet wil dat hij meteen wordt gevonden. Als de pech me blijft achtervolgen, wordt hij gevonden door Rodriguez en Lucca. En die begraven hem dan weer op dezelfde plek. Ik wil hem niet nog een keer moeten opgraven.

Ik wil hem wel op het terrein van Huevo deponeren, maar ergens waar hij een tijdje blijft liggen. Ik bedacht dat we hem in een bus kunnen achterlaten. Alle bussen staan op het eigen terrein van de teams, met de stekker in het stopcontact. De airco blijft aan zodat de lucht niet bedompt wordt en de gebruikte materialen mooi blijven. Zo doen wij het, en bij Huevo gaat het waarschijnlijk net zo. We kunnen hem in Dickies bus neerleggen. Dickie gebruikt zijn bus waarschijnlijk pas weer in februari. We hoeven alleen de temperatuur lager te zetten.'

Ik keek Hooker met open mond van verbazing aan.

'Nou?' vroeg Hooker. 'Heb je een beter plan?'

Het terrein van Huevo is enorm groot. Hectaren gazon en groepjes uitstekend onderhouden spierwitte bedrijfsgebouwen, twee etages hoog, waarin de kantoren, racewagens, trucks en constructieafdelingen van Huevo zijn ondergebracht. We reden tussen de gebouwen door naar de busgarage en precies zoals Hooker had voorspeld stonden er naast elkaar zes bussen, met de stekker in het stopconctact. De bussen waren donker, alle verlichtingssystemen waren uitgeschakeld. De gebouwen waren voorzien van schijnwerpers voor de beveiliging, maar die bereikten het busterrein nauwelijks.

Hooker parkeerde, we stapten uit en keken omhoog naar Bernie. Hij leek de reis ongedeerd te hebben doorstaan. Zijn vuilniszakken waren onbeschadigd.

'Maak jij het elastiek los, dan pak ik een handdoek,' zei ik tegen Hooker. 'Ik wil Bernie niet drijfnat in de bus van de Banaan leggen.'

Bussen hebben hangsloten, maar alle coureurs gebruiken dezelfde code. Ik hoopte dat het ook zo zou zijn geregeld wanneer de bussen in de opslag stonden. Ik drukte het vaste aantal nullen in en zuchtte van opluchting toen de deur openging. Ik deed mijn zaklamp aan, ging naar binnen en liep naar de wc achterin. Ik greep een paar grote handdoeken, legde er een op het bed en nam de andere mee.

'Aan de slag,' zei Hooker.

We trokken aan Bernie en hij viel op de grond. Veel gemak-

173

kelijker om hem van de imperiaal te krijgen dan erop. Hooker pakte wat, dacht hij, Bernies hoofd was, ik pakte weer Bernies voet en samen probeerden we hem in de bus te werken.

'De ingang is niet breed genoeg,' zei ik na een paar pogingen. 'Draai hem nog eens zo.'

'Schatje, we hebben hem al op alle denkbare manieren gedraaid.'

'Het komt door dit uitsteeksel. Het moet zijn arm zijn. Die kan niet door de deur.'

'Ga in de bus kijken of er iets is waarmee we hem kunnen invetten. Misschien lukt het wel als hij glibberig is.'

Ik pakte de zaklamp om in de kastjes te kijken, maar die waren allemaal leeggehaald. Ik keek net in de koelkast toen ik een geluid hoorde als van een tik met een honkbalknuppel tegen een boomstronk.

Ik liep naar de ingang om naar Hooker te kijken. 'Wat was dat?'

'Weet ik niet, maar volgens mij kan hij er nu wel door.'

'Wat hou je op je rug?'

'Een spa.'

'Dat is walgelijk. Dat is ontheiliging van een dode.'

'Een wanhoopsdaad,' zei Hooker.

We wrikten Bernie door de deur. Op de trap droogde ik de vuilniszak zo goed mogelijk af; daarna versleepten we hem naar het slaaphok en legden hem op de handdoek.

'Misschien moeten we de zak erafhalen,' zei ik. 'Misschien denkt iemand die hem vindt anders dat hij vuilnis is.'

'Nee!' zei Hooker. 'Neem dat nou van mij aan. Dat wil je niet. Hij is veel beter af in de zak. Véél beter.'

Hooker verlaagde de temperatuurinstelling en we deden de deur weer dicht. We lieten Berg uit zodat hij kon piesen en zijn poten strekken, en daarna klommen we allemaal weer in de SUV en reden terug naar de leegstaande fabriek die Hooker niet had gekocht.

De fabriek was precies zoals we hem hadden achtergelaten. Geen arrestatieteams. Geen politiezwaailicht of afzetlint. Ons verstopplekje was nog altijd geheim. Binnen was het aardedonker en koud. Gelukkig was het droog. Er was een toilet dat kon worden gebruikt. Ik nam mijn boodschappentas met kleren en nam die mee naar de wc om me te verkleden. Toen ik terugkwam, was Hooker bezig Berg te voeren.

We gingen in de SUV zitten om de gegrilde kip op te eten. We dronken er bier bij en maakten daarna de zak met koeken leeg.

'Hebben we een plan voor morgen?' vroeg ik.

'Informatie verzamelen. Rodriguez en Lucca meenemen en verrot slaan.'

'En waarom doen we dat?'

'Om aan informatie te komen. En wanneer we de informatie hebben, dwingen we ze tot een volledige bekentenis. Ik zie het al helemaal voor me. Ik kan mijn mobieltje in de filmstand zetten en de bekentenis naar de politie verzenden.'

'Is dat legaal?'

'Waarschijnlijk niet. De politie zal zelf Rodriguez en Lucca moeten bewerken om ze zover te krijgen dat ze een bekentenis afleggen. Onze video wordt meer een leidraad: hoe lossen we een misdrijf op zonder Hooker en Barney te arresteren.'

Ik werd wakker tussen Berg en Hooker in. Het was schemerig in het gebouw waarin Hooker de SUV had geparkeerd, maar achter de openstaande garagedeur was het zonnig. Berg sliep nog, met zijn warme brede rug tegen me aan, en hij haalde regelmatig adem. Hooker had me in een wurggreep. Zijn been lag over het mijne, zijn armen hielden me stevig vast, zijn ene hand omvatte onder mijn bloes mijn borst.

'Hé,' zei ik. 'Ben je wakker?'

'Nee.'

Je hebt je handen in mijn bloes. Alweer.'

'Ik had koude handen,' zei Hooker. 'En je borsten zijn lekker warm.'

'Ik dacht even dat het aardig bedoeld was.'

'Van mij?' En hij streek even heel zacht met zijn duim over mijn tepel.

'Hou op!' Ik worstelde me onder hem vandaan en ging rechtop zitten. 'Ik heb honger.'

Ik kroop uit de SUV en knapte me zo goed mogelijk op bij het fonteintje. Ik waste mijn haar en kamde het met mijn vingers droog. Hooker gebruikte mijn tandenborstel, maar hij waagde het niet mijn roze harkje nog een keer te lenen, zodat hij er ruig uit bleef zien.

We reden naar de McDonald's drive-in in Concord en toen Hooker de bestelling aanpakte, werd hij herkend.

'O mijn god,' zei het meisje aan het loket. 'Jij bent Sam Hooker. De politie zoekt je.'

Hooker gaf de zakjes en de bekers door aan mij. 'Sorry,' zei hij tegen het meisje. 'Dat is mijn neef. We lijken nogal op elkaar. Ze zien me wel vaker voor hem aan. Ik geef zelfs wel eens zijn handtekening weg.'

'Ik heb gehoord dat hij een echte eikel is,' zei het meisje.

Hooker deed zijn raam dicht en reed door.

'Dat ging goed,' zei ik.

Hij stak de Speedway Boulevard over en zocht een schuilplaats. Het was zondagochtend en het parkeerterrein van het winkelcentrum was leeg. Ongeschikt. Uiteindelijk parkeerden we bij een fastfoodrestaurant om te eten.

'Hoeveel weet je eigenlijk van ondervragen?' vroeg ik.

'Ik kijk naar CNN,' zei Hooker.

'Meer niet? Je weet niet meer van ontvoeren en ondervragen dan je op CNN hebt gezien?'

'Schatje, ik ben raceprof. Ik ben niet vaak in de gelegenheid om te ondervragen.'

'En mensen verrot slaan?'

'Daar heb ik wel wat ervaring mee,' zei Hooker.

'Volgens mij hebben we spullen nodig om Rodriguez en Lucca te ontvoeren,' zei ik. 'Misschien touw om ze mee vast te binden. En een stuk rubberslang om mee te slaan.'

'Ik heb geen rubberslang nodig. Maar een touw kan handig zijn. En een paar donuts kunnen we ook wel gebruiken.'

Hooker vond de Dunkin' Donuts en bestelde twaalf gemengde donuts. Toen hij de zak aanpakte, werd hij weer herkend.

'Hé, jij bent Sam Hooker,' zei het meisje. 'Mag ik je handtekening?'

'Tuurlijk,' zei Hooker. En hij signeerde een servetje en reed weg, naar Speedway Boulevard.

'Niet je neef meer?' vroeg ik.

'Dat leek even een goed idee.'

Toen we klaar waren met eten, zette Hooker me af bij een Wal-Mart waar ik touw kocht, wat kettingen en sloten, slopen (omdat CNN terroristen had laten zien met een sloop over hun hoofd) en een tweede zaklamp. Enkele minuten later stonden we weer op het parkeerterrein van het motel met zicht op de achterdeur en de Taurus. En er gebeurde niets.

'Waarom zijn ze niet onderweg om ons te zoeken?' vroeg Hooker.

'Misschien werken ze niet op zondag.'

'Huurmoordenaars hebben geen vrije zondag. Dat weet iedereen. Ik zou op zondag behoorlijk tekeer kunnen gaan. Ik zou me bij de politie kunnen melden. Ik zou een persconferentie kunnen geven.'

'Allemaal omdat je op een zondag wordt genegeerd?'

'Dat kan,' zei Hooker.

'Bel ze op. Zeg dat ze uit hun luie nest moeten komen.'

Hooker grijnsde. 'Hè ja. Dat lijkt me leuk.' Hij belde de receptie en vroeg naar Rodriguez. 'Hallo,' zei Hooker toen Rodriguez opnam. 'Hoe gaat het? Ik vroeg me af wat jullie uitvoeren. Ik dacht dat jullie mij moesten zoeken. Ray zal niet blij zijn als hij hoort dat jullie in je ondergoed zitten te niksen en de hele dag niets uitvoeren.'

'Met wie spreek ik?' vroeg Rodriguez.

'Tjee,' zei Hooker. 'Naar hoeveel mensen zijn jullie op zoek?'

'Waar ben je?'

'In het winkelcentrum. Ik had wel zin om een filmpje te pakken en een punt pizza te halen.'

'Je durft wel, hè?'

'Ik heb nog niets gezien waar ik bang voor zou moeten zijn.'

'Klootzak.'

Hooker hing op.

'Twee van de drie mensen kunnen geen ongelijk hebben,' zei ik tegen Hooker.

We namen er ons gemak van en wachtten af of Rodriguez en Lucca aan het werk zouden gaan. Het was weinig aannemelijk dat Hooker naar de bioscoop wilde of pizza kwam halen, maar ik van mijn kant zou uit morbide nieuwsgierigheid toch even gaan kijken.

Vijf minuten later kwamen Rodriguez en Lucca naar buiten, stapten in de Taurus en reden weg.

'Ze doen de deur open en lopen meteen door naar de wagen,' zei Hooker. 'Niet op- of omgekeken.'

'Waarschijnlijk dachten ze niet dat we zo stom zouden zijn hier te zitten.'

'Dat gebeurt me zo vaak,' zei Hooker. 'De mensen onderschatten hoe stom ik ben.'

De bioscoop telt vierentwintig zalen en staat op de hoek van het winkelcentrum. Hooker keek de Taurus na, die voor het stoplicht wachtte. Toen het op groen sprong, stak de Taurus de Speedway Boulevard over.

'Op naar het winkelcentrum, voor de zoveelste keer,' zei Hooker en reed weg.

Hooker kon zijn bestemming nu waarschijnlijk wel met een blinddoek voor bereiken.

Rodriguez en Lucca waren al uitgestapt en liepen naar de bioscoop toen wij het parkeerterrein op reden.

'Wat nu?' vroeg ik. 'Ga je ze overrijden? Of bedreigen met een vuurwapen?'

'Coureurs mogen geen mensen overrijden. Het kost je geen punten, maar je kunt wel een zware boete en een taakstraf krijgen.'

'Maar je mag ze wel bedreigen met een vuurwapen en ontvoeren?'

Hooker stopte achter de Taurus. 'Kun je iets met hun auto doen waardoor hij niet kan starten?'

'Natuurlijk.'

Ik stapte uit en voelde aan het portier van de Taurus. Hij was niet op slot. Ik zette de motorkap omhoog, trok een slang los en wat kabels. Ik stapte weer in de SUV en Hooker parkeerde een straatje verderop.

'Dat past zeker in je plan? Hun auto saboteren zodat ze niet weg kunnen?' vroeg ik.

'Schatje, ik heb geen plan. Ik wil ze alleen dwarszitten.'

Een halfuur later kwamen Rodriguez en Lucca weer aangewandeld. Ze waren in gesprek en ze hadden allebei een beker frisdrank. Lucca droeg een pizzadoos. Ze stapten in en er verstreken een paar minuten. Hooker zat te grijnzen.

'Niet te geloven dat je dit grappig vindt,' zei ik. 'De politie zoekt ons. We willen twee moordenaars ontvoeren. En jij vindt het vermakelijk.'

'Je moet altijd zorgen dat je je amuseert,' zei Hooker. 'In elk geval moeten ze nu iets verzinnen. Kunnen ze even niet aan ons denken.'

De portieren gingen open en Rodriguez en Lucca stapten uit. Ze zetten de motorkap omhoog om te kijken.

'De techniek stelt ze voor raadsels,' zei Hooker.

Ze lieten de motorkap terugvallen en keken om zich heen, met de handen op de heupen en een zuur gezicht.

Nu begon ik er plezier in te krijgen. 'Ze snappen het niet.'

Rodriguez pakte zijn mobieltje en begon te bellen. Er kwam veel geknik bij te pas. Hij keek op zijn horloge en leek niet blij. Ik ben niet zo goed in liplezen, maar het was duidelijk wat hij in de telefoon zei.

'Onverstandig,' zei Hooker. 'Dat is niet alleen fysiek onmogelijk, daar komt de wegenwacht ook niet sneller door.'

Rodriguez klapte zijn mobieltje dicht en keek weer om zich heen. Toen hij naar de SUV staarde, sloeg mijn hart over tot hij zijn blik op iets anders richtte.

'Hij heeft ons niet herkend,' zei ik.

'Misschien is hij geen ster in zijn vak.'

'Tja, ze hebben twee mannen vermoord. Waarschijnlijk drie.

Denk je eens in hoeveel mensen ze hadden kunnen vermoorden als ze wel goed waren in hun vak.'

'Waarschijnlijk nog drie,' zei Hooker.

Rodriguez streek met zijn hand over zijn kale hoofd en keek weer op zijn horloge. Er volgde overleg. Rodriguez ging achter het stuur zitten en Lucca het Paard liep terug naar het winkelcentrum.

'Verdeel en heers,' zei Hooker. 'Een van de twee kunnen we makkelijker te grazen nemen. Kom mee.'

We stapten uit en liepen naar de Taurus. Hooker had zijn pistool in zijn ene hand en de andere op de portiersluiting van de Taurus. Hij rukte het portier open en richtte zijn wapen op Rodriguez.

'Uitstappen,' zei Hooker.

Rodriguez keek naar Hooker en naar het pistool.

'Nee,' zei Rodriguez.

'Hoe bedoel je, nee?'

'Ik stap niet uit.'

'Als je niet uitstapt, schiet ik je neer.'

Rodriguez staarde Hooker aan. 'Dat denk ik niet. Je kan niet schieten. Ik wed dat je nog nooit hebt geschoten.'

'Ik ben jager,' zei Hooker.

'O ja? Waar jaag je op? Konijntjes?'

'Soms,' zei Hooker.

Ik probeerde mijn gezicht in de plooi te houden. 'Weerzinwekkend.'

'Vrouwen begrijpen niets van de jacht,' zei Rodriguez tegen Hooker. 'Je moet cojones hebben om te kunnen jagen.'

Ik rolde met mijn ogen. 'Tot zover jullie gemeenschappelijke hobby. Stap je nou nog uit?'

'Nee,' zei Rodriguez.

'Oké,' zei ik tegen Hooker. 'Schiet maar neer.'

Hooker zette grote ogen op. 'Nu? Hier?'

'Nu! Schiet hem neer, goddorie!'

Hooker keek om zich heen op het parkeerterrein. 'Er zijn mensen...'

'Allemachtig,' zei ik. 'Geef mij het pistool maar.'

'Nee!' zei Rodriguez. 'Niet doen, niet haar het pistool geven. Ik stap wel uit. Jezus, ze heeft Lucca halfdood geslagen met haar sixpack.'

Hooker en ik gingen een stap achteruit en Rodriguez kwam uit de auto.

'Handen op het dak,' zei Hooker.

Rodriguez legde zijn handen op het dak en ik fouilleerde hem. Ik haalde een vuurwapen uit een schouderholster en een vuurwapen uit een enkelholster en pakte zijn mobieltje af.

Hookers telefoon ging. 'Ja?' zei Hooker. 'Aha. Aha. Aha.' Hij wiebelde wat. 'Aha. Aha. Geen probleem. Ik zal er zijn. Ik stap straks in het vliegtuig.'

'Wie was dat?' vroeg ik nadat Hooker had opgehangen.

'Skippy. Hij drukte me op het hart dat ik naar het galadiner moet. Een beschuldiging van moord is geen excuus.'

Het was zondag en Skippy was waarschijnlijk al in New York om de promotieweek van Nascar voor te bereiden voor de coureurs in de top tien. En het was terecht dat hij zich bezorgd afvroeg of er in het Waldorf maar negen van de tien mannen present zouden zijn. Zijn vingers vlogen waarschijnlijk over zijn BlackBerry om een artikel op te stellen over Hooker en mij dat in geval van nood kon worden uitgedeeld aan de media.

Hooker stak zijn arm in de auto om de kofferbak te ontgrendelen. 'Instappen,' zei hij tegen Rodriguez.

Rodriguez werd bleek. 'Dat meen je niet.'

Rodriguez dacht aan Bernie Miller. Aan hoe gemakkelijk het was om iemand in een achterbak dood te schieten. En ik vond het wel bevredigend dat Rodriguez dat onder ogen moest zien. Dit was geen film. Dit was het leven zelf. En in het echt mensen doodschieten was niet leuk. Zeker niet als er op jou werd geschoten.

'Ik kan je ook nu doodschieten,' zei ik. 'Geen probleem om je in de kofferbak te leggen met een paar kogels in je hoofd.'

Ik geloofde mijn oren niet. Ik moet er iemand anders bij halen om een spin te verwijderen. En ik haat spinnen. Ik zei niet alleen die rare stoere dingen... Ik zou mezelf bijna geloven.

Rodriguez keek in de kofferbak. 'Ik ben nog nooit in een kofferbak geklommen,' zei hij. 'Ik sta voor schut.'

Dit was zeker zo'n situatie waarin het bezit van cojones je niet verder hielp.

Hooker liet een ongeduldig geluid horen en hief zijn pistool, en Rodriguez liet zich voorover in de kofferbak vallen. Met zijn kont in de lucht leek hij op Winnie de Poeh in het konijnenhol en ik moest bijna lachen. Niet omdat het zo grappig was, maar omdat ik bijna hysterisch was.

Een groep scholieren kwam langs op weg naar het winkelcentrum.

'Hé, dat is Sam Hooker,' zei iemand. 'Leuk!'

'Hé man, mag ik je handtekening?'

'Natuurlijk,' zei Hooker en gaf het pistool aan mij. 'Heb je een pen?' vroeg hij aan de jongen.

'Wat is er met die man in de kofferbak?' vroeg een ander.

'Die ontvoeren we,' zei Hooker.

'Zo hé,' zei de jongen.

De jongens liepen door en we deden de kofferbak dicht.

'Neem jij de SUV, dan neem ik de Taurus,' zei Hooker. 'We nemen hem mee naar de fabriek.'

Ik maakte de slang en de kabels weer vast in de Taurus, draafde naar de SUV en reed achter de Taurus met Hooker aan.

11

Het liep tegen het eind van de middag. Ik had boodschappen gedaan bij een kruidenierswinkel terwijl Hooker Berg uitliet. Daarna waren we naar de fabriek gereden en hadden de beide auto's in de donkerste hoek geparkeerd. Nu stonden we ons achter de Taurus af te vragen wat we in vredesnaam verder moesten doen.

'Voorstel,' zei Hooker. 'We halen hem uit de kofferbak en maken hem met de ketting vast aan die pijp daar. We kunnen de ketting om zijn enkel winden en op slot doen. Dan kan hij zich wel bewegen, maar hij kan niet weg.'

Het leek me wel een goed plan, dus lichtte ik Hooker bij terwijl hij de ontgrendeling van de kofferbak zocht. Hij deed het deksel omhoog, keek naar Rodriguez en Rodriguez trapte Hooker met beide voeten tegen zijn borst, zodat hij op zijn achterste viel. Rodriguez sprong razendsnel uit de achterbak en wilde wegrennen. Hij probeerde langs me heen te komen. Ik gaf hem een harde tik met de zaklamp in zijn knieholte en hij zakte als een zoutzak in elkaar.

Hooker stond op handen en voeten met de ketting in zijn hand en probeerde de ketting om Rodriguez' enkel te winden, maar Rodriguez was een bewegend doel; hij rolde over de betonvloer, hield zijn been vast, vloekte en kreunde. Ik liet me op Rodriguez vallen, zodat hij geen adem meer kreeg, en drukte hem zo lang tegen de grond dat Hooker het hangslot door twee schakels van de ketting kon halen.

Ik rolde van Rodriguez af en keek naar Hooker, nog op handen en voeten. 'Gaat het?'

Hooker richtte zich moeizaam op. 'Ja, afgezien van twee forse voetafdrukken op mijn borst gaat het prima, hoor. De volgende keer dat ik een kofferbak met een moordenaar erin openmaak, ga ik een stap achteruit.'

We wachtten tot Rodriguez zou ophouden met vloeken en kronkelen van pijn; toen versleepten we hem naar de buis om hem daar met de ketting aan vast te maken.

Rodriguez hees zich rechtop tegen de muur aan, met zijn ene been gestrekt voor zich uit. 'Godsamme, je hebt mijn knie gebroken.'

'Alleen gekneusd,' zei ik. 'Als ik iets had gebroken, zou je zien dat hij dik was.'

'Hij voelt dik.'

'Ik vind hem helemaal niet dik.'

'Godverdomme, hij is wel dik. Je hebt godverdomme mijn knie gebroken.'

'Hé,' zei Hooker. 'Hou eens op over die knie. We hebben een probleem en jij moet antwoord geven op een paar vragen.'

'Ik zeg niets. Al hak je mijn ballen af, ik zeg niets.'

'Dat is een idee,' zei ik tegen Hooker. 'Ik heb nog nooit iemands ballen afgehakt. Misschien is dat wel leuk.'

'Het geeft troep,' zei Hooker. 'Veel bloed.'

'We kunnen hem ook ondersteboven hangen zodat het bloed naar zijn hoofd loopt, en dan zijn ballen afhakken.'

Hooker grijnsde me toe. 'Misschien werkt dat wel.'

Rodriguez kreunde en boog zijn hoofd naar zijn kruis.

'Hij is misselijk, geloof ik,' zei ik.

'Misschien moeten we hem niet te hard aanpakken,' zei Hooker. 'Waarschijnlijk is het geen kwaaie vent. Gewoon iemand die zijn werk doet.'

'Slapjanus,' zei ik tegen Hooker.

'Ik probeer redelijk te blijven.'

Ik had de zaklamp nog in mijn hand en zwaaide er even mee. 'Kunnen we hem niet gewoon verrot slaan?'

'Dat was ons oorspronkelijke plan,' zei Hooker, 'maar ik vind dat we hem de kans moeten geven om er onderuit te komen. Als hij ons wat interessants vertelt.'

We keken allebei op Rodriguez neer.

'Shit,' zei Rodriguez. 'Jullie belazeren me.'

'Inderdaad,' zei ik. 'Maar dat neemt niet weg dat we je veel pijn kunnen doen als je niet meewerkt.'

'En als ik wel meewerk?'

'Geen pijn,' zei Hooker.

'Wat wil je weten?'

'Ik wil alles weten over Oscar Huevo.'

'Het was niet zo'n goeie kerel. En nou is hij dood,' zei Rodriguez.

'Ik wil weten hoe het komt dat hij dood is.'

'Het was per ongeluk.'

Ik had de brandende zaklamp op Rodriguez' gezicht gericht, zodat hij met bijna dichtgeknepen ogen langs de bundel moest kijken.

'Hij had een groot gat in het midden van zijn voorhoofd,' zei ik tegen Rodriguez. 'Dat leek me niet per ongeluk.'

'Nou goed, het was geen ongeluk. Het was meer een toevalstreffer. Oscar en Ray hadden enorme ruzie, ik weet niet waarover, maar daarna was Ray zo kwaad dat hij Oscar weg wilde hebben. Lucca en ik moesten daarvoor zorgen. Het probleem was dat Oscar zijn eigen beveiliging had, zodat er maar weinig mogelijkheden waren om Oscar netjes te laten verdwijnen, als het ware. We hielden Oscar een paar dagen in de gaten en maakten ons zorgen of het wel zou lukken, en toen kregen we de oplossing als het ware in de schoot geworpen.

Oscar had namelijk een vriendin in South Beach. Terwijl hij in een hotel aan Bracknell logeerde, verdween hij stiekem om de nacht bij zijn vriendin door te brengen, en Manny bracht hem dan 's morgens heel vroeg weer terug. Manny zette Oscar op een paar straten van zijn hotel af, zodat het leek of Oscar was wezen joggen. Oscar hield zich gedeisd omdat hij in scheiding lag. Wilde niet nog meer gezeik aan zijn kop. Dus Manny moest Oscar gaan halen, maar Manny was ziek omdat hij een verkeerde oester had gegeten of zoiets, waardoor hij zo dicht mogelijk bij de plee moest blijven. Daarom werden Lucca en ik gebeld dat we Oscar moesten ophalen.

Toen we aanbelden, werd het nog mooier. Zijn vriendin doet open en zegt tegen ons dat Oscar in de badkamer is omdat hij een probleem heeft. Blijkt dat hij wat heeft geslikt om je weet wel, langer in actie te kunnen blijven, maar nu komt hij er niet meer vanaf. Hij is in de badkamer bezig om een slappe te krijgen, maar dat lukt niet. Dus hebben we hem doodgeschoten.'

'Dat verklaart veel,' zei Hooker.

'Ja, ik dacht echt dat het in zijn situatie zou helpen, maar toen we hem hadden doodgeschoten, had hij nog altijd een stijve,' zei Rodriguez. 'Mij niet gezien met die pillen.'

'En zijn vriendin?'

188

'Die hebben we ook doodgeschoten. Er zat niets anders op. Jammer, maar helaas.'

'Dat moet een flinke smeerboel hebben gegeven,' zei ik.

'Hoor eens, Lucca en ik zijn vakmensen. De professionele aanpak. We hebben ze allebei in de badkamer doodgeschoten. Overal marmer. Makkelijk schoon te maken. Er moest wel een harde borstel aan te pas komen, maar het viel niet tegen.'

We hadden het over een lugubere dubbele moord en Rodriguez praatte erover alsof het over zijn favoriete lasagnerecept ging. En ik reageerde met het enthousiasme van iemand die pas leert koken. Ik was tegelijkertijd ontzet en trots op mezelf.

'Vertel eens over het plasticfolie,' zei ik. 'Waarom was dat?'

'Ray dacht een manier te hebben om zowel Oscar als Suzanne te laten verdwijnen. Hij wilde Oscar meenemen naar Mexico en hem ergens begraven waardoor de weduwe Huevo verdacht zou lijken... bijvoorbeeld in een bloembed ergens op de hacienda. Ray wilde de schijn ophouden dat Oscar weer naar Mexico was gegaan en bonje met zijn ex had gekregen. En de beste manier om hem naar Mexico te brengen was met de truck, want die moest toch al terug naar de researchafdeling. Alleen had Ray gezegd dat hij geen bloedvlekken wilde in de truck. En hij wou ook niet dat die door Oscar ging stinken.

We hadden hem in een vuilniszak willen doen, maar de vriendin had er nog maar één liggen en die hebben we voor de vriendin gebruikt. Dus toen moesten we wel plasticfolie nemen. Gelukkig was dat ruim voorhanden. Een paar gigantische rollen. Ik weet niet wat ze daarmee deden. Waarschijnlijk kinky spelletjes. Oscar had een wat vreemde smaak. Maar goed, we vonden wat dozen bij de container achter het huis en droegen ze daarin naar buiten alsof we ze gingen opslaan. We mikten de doos met de vriendin in de container en laadden die met Oscar aan boord van de truck. We dachten dat we hem beter in de kast konden verbergen, dus gooiden we de doos weg en stopten hem in de kast.

Oorspronkelijk waren we van plan Oscar in de truck over te laden tijdens een stop onderweg, maar omdat er aan de truck gesleuteld moest worden, konden we hem op het circuit al inladen. Toen we kwamen aanrijden, ging iedereen al weg. De chauffeurs moesten nog even naar de wc, dus haalden we de doos uit de SUV waarin we reden en brachten hem over naar de truck. Het ging allemaal gesmeerd... Tot jullie de truck stalen.'

'Dus wij hebben alles verziekt,' zei Hooker.

'Absoluut. En jullie hebben dat gevalletje. Dat vindt Ray heel vervelend. Hij moet hem terug. Hij is door het dolle.'

'Wat is er zo bijzonder aan dat gevalletje?'

'Dat weet ik niet precies. Ik geloof dat het uniek is.'

Hooker had zijn mobieltje in zijn hand. 'Nu hoef je dat alleen nog maar allemaal aan de politie te vertellen.'

'Ja, natuurlijk,' zei Rodriguez. 'Hoeveel moorden moet ik bekennen? Misschien krijg ik een lichte straf, een keer de stoel en een keer de naald.'

Hooker keek mij aan. 'Daar zit iets in.'

'Je kunt je verhaal toch een beetje bijstellen,' zei ik tegen Rodriguez. 'Je kunt zeggen dat Ray Oscar heeft doodgeschoten. Wij vinden het niet erg als je de waarheid wat geweld aandoet.'

'Uitstekend,' zei Hooker. 'Wij willen alleen maar een schone lei, zodat we verder kunnen.'

'Ray heeft altijd mensen om zich heen,' zei Rodriguez. 'Die kunnen zijn alibi bevestigen.'

'Dan zeg je toch dat Lucca Oscar heeft doodgeschoten? Dan kun je onderhandelen over je straf,' zei Hooker. 'Op tv zie je dat zo vaak.'

Rodriguez had zijn armen voor zijn borst gekruist en zijn mond was een streep. Hij was voorlopig uitgepraat.

Hooker en ik liepen een eind bij hem vandaan voor overleg. 'We hebben een probleem,' zei Hooker. 'Rodriguez wil geen bekentenis afleggen voor de politie.'

'Niet echt verrassend.'

De kwestie is dat ik als kind nooit de ambitie heb gehad om misdadigers te ontmaskeren. Ik wilde racewagens bouwen en besturen. Misdrijven oplossen is niet echt mijn ding. En voor zover ik Hooker ken, is het ook niet zijn ding. Dus je kunt wel zeggen dat we ons in de nesten hadden gewerkt.

'Voorstel,' zei ik tegen Hooker. 'We melden anoniem bij de politie dat ze hem kunnen ophalen. En wanneer ze dan hier komen, heeft hij het moordwapen bij zich.'

Hooker bekeek me. 'Is dat soms het wapen dat uit je broekzak steekt? Bezaaid met jouw vingerafdrukken?'

Voorzichtig haalde ik het uit mijn zak. 'Ja, dat bedoel ik.'

'Het zou kunnen,' zei Hooker. 'En ik heb het ideale plekje voor hem.'

Een dik halfuur later hadden we Rodriguez opgesloten in de bus van de Banaan. We hadden hem naar binnen geduwd, met de ketting aan de stang naast het trapje vastgemaakt en hem zijn lege, zorgvuldig schoongeveegde, vingerafdrukloze wapen teruggegeven.

Hooker had de deur van de bus dichtgedaan. We waren in de SUV gesprongen, het terrein van Huevo af gereden en hadden geparkeerd op het terreintje bij het vliegveld waar we, hoopten we, niet zouden opvallen. We hadden vrij zicht op de weg naar het Huevo-complex. Nu hoefden we alleen maar op de politie te wachten en dan konden we op ons gemak naar het spektakel kijken.

Ik wilde net het terrein oversteken om te gaan bellen toen de bus van de Banaan met brullende motor over de weg kwam aanrijden en ons passeerde.

Hooker en ik keken er verbijsterd naar.

'Zeker de ketting niet kort genoeg gehouden,' zei Hooker.

'We moeten ons echt tot het racen gaan beperken,' zei ik. 'Allebei gezakt voor het politie-examen.'

Hooker startte en reed achter de bus aan. 'Ik zie het liever als een leercurve.'

Rodriguez kwam slingerend tot stilstand aan het einde van de weg naar het vliegveld. Hij maakte een ruime bocht naar links en reed door naar de Speedway Boulevard.

Een gemiddelde bus is een meter of vier hoog, drie meter breed en vijftien meter lang. Hij weegt tien ton en heeft een draaicirkel van twaalf meter. Hij is niet zo lastig te besturen als een negenasser, maar het is een log gevaarte dat met kennis van zaken moet worden gereden.

Rodriguez reed roekeloos. Rodriguez deed maar wat. De deinende bus slingerde heen en weer over de witte streep van de tweebaansweg. Hij wipte de berm in, nam de brievenbus van een woonhuis mee en zwabberde weer de rijbaan op.

'Het is maar goed dat hij mensen kan vermoorden,' zei Hooker, die meer afstand nam, 'want rijden kan hij niet.'

We volgden de bus naar de Speedway en hielden onze adem in terwijl Rodriguez invoegde. Alle rijstroken van de Speedway worden intensief gebruikt. Het schemerde en auto's reden bij het winkelcentrum vandaan en sloegen af naar fastfoodtenten. Normaal gesproken wordt er op de Speedway fatsoenlijk gereden. Vanavond veroorzaakte Rodriguez een chaos. Hij nam twee rijstroken tegelijk in beslag, met schuivers naar beide kanten, en joeg zijn medeweggebruikers de stuipen op het lijf.

Hij schuurde langs een oplegger die van de weg raakte. Een blauwe personenwagen botste tegen de oplegger en waarschijnlijk raakten er nog meer auto's bij betrokken, maar dat gebeurde allemaal achter ons.

'Denk je dat hij weet dat hij die vrachtwagen heeft geraakt?' vroeg ik.

'Waarschijnlijk niet. Hij rijdt niet meer zo hard, maar het lukt hem nog steeds niet in zijn rijbaan te blijven.'

We naderden een groot kruispunt waar het verkeer voor rood stond te wachten. De bus reed zestig kilometer per uur en ik zag geen remlichten.

'O jee,' zei ik. 'Dit gaat mis. We hadden Bernie een gordel moeten omdoen.'

Hooker minderde vaart om de onderlinge afstand te vergroten.

'Remmen!' brulde ik tegen Rodriguez. Niet dat ik dacht dat hij me kon horen. Ik kon alleen niet anders. *'Remmen!'*

Toen de rode lichten eindelijk aangingen, was het te laat. Zijn achterkant zwaaide uit en met de rechterzijkant schraapte de bus langs een vrachtwagen die schroot vervoerde. De rechterzijkant van de bus werd afgesneden als het deksel van een conservenblik, vier auto's ramden de linkerzijkant en de hele zaak schoof door als een naderende gletsjer of lavastroom of wat je maar voor natuurramp kunt verzinnen. Er klonk nog een laatste geknars toen de lompe bus over een Hummer schoof.

Er schoot een vette kop door mijn hoofd: Bonnano-bus bestijgt Hummer op Speedway Boulevard.

We hadden vijftien tot twintig auto's tussen de bus en onze auto, de direct bij het ongeluk betrokken wagens niet meegerekend, en achter ons stond het verkeer vast.

'Ik wil echt graag kijken wat er is gebeurd,' zei Hooker, 'maar ik durf de wagen niet uit.'

'Ja,' zei ik, 'anders moet je weer signeren. En dan pakt de politie je op om je tot in je lichaamsholten te fouilleren.'

Ik stapte uit en klom op de SUV om beter te kunnen kijken. Gevangen in de bundels van koplampen en nevelflarden rende een man tussen de verongelukte auto's door. Hij had een ketting en een stuk van een beugel aan zijn enkel. Vanuit mijn positie kon ik moeilijk zien of hij gewond was. Hij holde naar een auto die stilstond voor de kruising, rukte het portier open en sleurde de bestuurder naar buiten. Hij wrong zich achter het stuur en reed weg terwijl de beugel nog uit het portier stak en de ketting over het wegdek sleepte. De bestuurder van de gestolen auto bleef verlamd van verbijstering staan. In de verte gilden sirenes.

Ik stapte weer in en schoof naast Hooker. 'Rodriguez heeft een zilverkleurige personenwagen gekaapt en is doorgereden.'

'Nietes.'

'Welles. Met de ketting en de instapbeugel van de bus en al.'

Hooker begon te lachen. 'Ik weet niet wie de grootste stommeling is.'

Ik zakte onderuit. 'Die wedstrijd winnen we, denk ik.'

Berg ging rechtop zitten en keek om zich heen. Hij loosde een diepe sint-bernardzucht, draaide twee rondjes en liet zich weer op de bank zakken.

'Het kan wel een tijdje duren,' zei ik. 'Dit hebben ze niet in een kwartier uitgezocht.'

Hooker liet zijn vingertop over mijn nek dansen. 'Zin om te vrijen?'

'Nee!' Jawel. Maar niet hier en niet nu. Niet aan de openbare weg. Als we het goed gingen maken, dan in stijl. En zeker niet op de achterbank van een SUV.

'Alleen kussen,' zei Hooker. Hij legde zijn hand op zijn hart. 'Dat zweer ik.'

'Je was niet van plan ook nog iets aan te raken?'

'Nou ja, dat misschien wel.'

'Nee.'

Hooker zuchtte. 'Schatje, je bent keihard. Je bent verdomd frustrerend.'

'En je schiet er niets mee op als je je Texaanse accent er zo dik op legt,' zei ik.

Hooker grijnsde. 'Toen ik je leerde kennen, had het wel het beoogde effect.'

'Ja, nou, deze keer bereik je er niets mee.'

'Dat zullen we nog wel eens zien,' zei Hooker.

Ik keek hem dreigend aan.

'Geef maar toe,' zei Hooker. 'Je hebt erge zin in me.'

Ik lachte hem toe en hij lachte terug en we wisten allebei wat dat betekende. Hij pakte mijn hand en samen staarden we door de voorruit naar het spektakel alsof het een tv-programma was.

Er waren brandweerwagens en ambulances uit drie regio's en genoeg zwaailichten om een gezond mens een tia te bezorgen. De ziekenhuisheli viel niet uit de lucht en niemand leek als bezeten in de weer om een leven te redden. Ik hoopte maar dat ik daaruit de conclusie kon trekken dat niemand zwaar gewond was geraakt. Eén brandweerauto bleef staan, de andere reden weg. En ook de ambulances vertrokken, sommige met zwaailicht. Geen enkele ambulance reed met gillende sirene weg; ook een goed teken.

Sleepwagens en de politie waren aan de buitenkant van de ravage begonnen met auto's weghalen. De doorgang was nog geblokkeerd, maar het probleem werd kleiner. Een sleepwagen reed voorzichtig naar het hart van de kettingbotsing.

'Ze gaan proberen de bus van de Hummer te trekken,' zei ik. 'Ik stap uit om het beter te kunnen zien.'

Ik durfde niet nog eens op de SUV te klimmen. Te veel licht. Te veel nieuwsgierigen. Ik ging naast de SUV staan met de capuchon van mijn sweatshirt over mijn hoofd en mijn handen in mijn zakken, gebogen tegen de kou.

Na veel delibereren maakte de sleepwagenchauffeur een ketting vast aan de bus en haalde die langzaam in. De achterkant van de Hummer was geplet tot ongeveer één meter ingedrukt fiberglas en staal, dus de bus hoefde niet heel diep te vallen. Er klonk een luid geknars; toen kwam hij met een bevredigende plof op de rijbaan neer. Hij deinde nog wat na en bleef toen stoïcijns staan, in stille schaamte.

Nu de bus van de Hummer was gehaald, werd duidelijk hoe Rodriguez had kunnen ontsnappen. Rechtsvoor was de zwaarste schade aangericht en het omhulsel van de bus was naar achteren omgekruld, zodat er een gat gaapte waar de deur had gezeten. Rodriguez was waarschijnlijk van zijn stoel geslingerd en had toen gezien dat de instapbeugel was losgeraakt.

Hooker stak zijn hoofd naar buiten. 'Wat gebeurt er?'

'Ze hebben de bus van de Hummer getrokken. En nu gaan ze geloof ik naar binnen om te kijken. Waarschijnlijk om te controleren of er passagiers zijn.'

Hooker trok zijn hoofd terug en dook weg. Ze zouden die arme Bernie in de slaapkamer van de bus vinden. En hij was niet echt de Schone Slaapster.

Ik zag twee agenten met zaklampen naar binnen gaan. Ik hield mijn adem in. Het duurde en duurde maar. De agenten kwamen naar buiten en bleven bij de bus staan. De ene praatte in zijn portofoon. Er kwamen nog meer agenten bij. Rechercheurs in burger wrongen zich naar hun collega's toe. Een uniform wikkelde geel tape af om de plaats delict af te sluiten. Ik stak mijn hoofd naar binnen. 'Ze hebben hem gevonden,' fluisterde ik.

Hooker keek me aan. 'Waarom fluister je?'

'Het is te akelig om hardop te zeggen.'

Een neutrale politiewagen met losse, brandende Kojakpit op het dak kwam aangereden en stopte bij de rand van de puinhoop. Twee mannen in burger stapten uit, gevolgd door de Banaan en Delores. Ze marcheerden naar de bus en ondanks de afstand zag ik dat de Banaan grote ogen opzette. Hij bleef met open mond staan, met slap afhangende armen. Als ik dichterbij had gestaan, had ik zeker ook kunnen zien dat het bloed wegtrok uit zijn gezicht en kunnen horen dat zijn ademhaling oppervlakkig werd. Hij stond wankel op zijn benen en een van de agenten voerde hem mee naar de bus. Bij de deur bleven ze staan praten. Een van de agenten gebaarde naar de bus en de Banaan leek naar hem te luisteren, maar volgens mij drong er niets tot hem door.

Ik stapte weer in de SUV en graaide een tas uit de kofferbak. 'Hier moet een kijker in zitten,' zei ik. 'Ik moet dit zien. Ik denk dat de Banaan mee de bus in moet. Ik wed dat hij moet zeggen van wie het lijk is!'

Hooker zette zijn capuchon op en trok hem strak. 'Dit wil ik niet missen.'

Ik vond de kijker, we stapten allebei uit en bleven naast de SUV staan. De Banaan was kennelijk met de politie de bus in gegaan. Delores stond op enige afstand tussen twee agenten in. Een journaalhelikopter hing boven de puinhoop en een van de mobiele zendwagens van een zender in Charlotte reed stapvoets naar de verwrongen autowrakken toe.

Ik had mijn kijker gericht op het gat waarin de deur had gezeten, in afwachting van de terugkeer van de Banaan. Eerst zag ik een agent, toen de Banaan. Een normaal mens zou ontzet zijn door de aanblik van zijn waarnemer, dood in zijn bed. En Bernie zag er wel heel weerzinwekkend uit na zijn opgraving. Na ontzetting zou je verdriet verwachten of op zijn minst enig respect voor de dode. Dickie toonde zijn ware aard: hij was pissig. En het leek erop dat hij niet pissig was omdat iemand Bernie had vermoord. Dickie was pissig omdat zijn bus in de prak was gereden. Ik heb nooit een cursus liplezen gevolgd, maar dit was een makkie. De Banaan tierde en stampvoette met zijn handen op zijn heupen, schreeuwde obsceniteiten en had een agressief naar voren gestoken knalrood hoofd.

'Fuckerdefuck!' Hij stak zijn handen in de lucht en wees naar zijn vernielde bus. 'Hoe kan dat nou, godverdomme? Wie heeft dit gedaan, godverdomme? Weet je godverdomme wel wat zo'n ding kost?' vroeg hij een agent.

Hij ijsbeerde en gebaarde, en opeens keken we naar elkaar. Ik zag dat hij ons herkende. Een ogenblik leek hij aan de grond genageld. Hij wist niet wat hij moest denken. Hij wist niet wat hij moest doen. Ten slotte klapte hij zijn mond dicht, draaide zich om en liep met grote stappen terug naar de wagen van de recherche. Hij rukte het portier open en liet zich op de achterbank vallen. Delores kwam op laarzen met hoge hakken aangetrippeld. Daarna kwamen de twee rechercheurs naar buiten. Ze keken alsof ze zich afvroegen of ze genoeg kogels hadden om de Banaan buiten gevecht te stellen.

'Dit lijkt me een goed moment om te proberen weg te komen,' zei ik tegen Hooker. 'Ik geloof dat de Banaan ons heeft herkend.'

Het verkeer was nog niet weer op gang gekomen, maar enkele auto's waren over de middenstreep gegaan en een paar

SUV's hadden hun terreinding gedaan door trottoirbanden op te wippen en dwars door de berm te gaan om parkeerplaatsen en uiteindelijk een dwarsweg te bereiken. De opstopping was aanzienlijk geslonken en het lukte ook Hooker om zich een weg door de opstopping te banen.

De SUV schommelde door veld en beemd en kwam – stomtoevallig – uit bij een fastfoodtent. We kochten een zak eten, stopten bij een benzinestation om te tanken, kochten nog meer eten in de winkel bij het benzinestation en gingen ervandoor.

Uit gewoonte reed Hooker naar het noorden. We konden niet terug naar het pakhuis. We durfden niet naar een motel. We wilden niet bij vrienden aankloppen. Dus parkeerden we bij een supermarkt, voerden Berg en begonnen aan een zak donuts. Ik was aan mijn tweede donut bezig toen Hookers telefoon ging. Het was de Banaan, en Hooker hoefde de luidsprekerfunctie niet in te schakelen. De Banaan brulde in de telefoon.

'Vuile klootzak,' tetterde de Banaan. 'Ik weet dat jij hierachter zit. Ik heb je wel zien kijken. Jij vindt het allemaal om je rot te lachen, hè? Je hebt het allemaal gedaan om mijn week te verzieken. Je wist dat ik een betere bus had dan jij. Daarom heb je hem laten vernielen. En het was niet genoeg om Oscar om te leggen en die arme debiele detective, je moest zo nodig Bernie in mijn bed leggen. Wat ben jij een zieke etterbak.'

'Wacht even,' zei Hooker. 'Dus jij denkt dat ik drie mensen heb vermoord en je bus in de prak heb laten rijden omdat...?'

'Omdat je jaloers op me bent. Je kunt niet hebben dat ik kampioen ben geworden. En ik weet dat je Oscar in mijn nieuwe truck hebt gestopt. Ik laat het niet over mijn kant gaan. Ik neem je te grazen, reken daarop.'

Hooker maakte een einde aan het gesprek. 'Dickie is een idioot.'

Hookers telefoon ging opnieuw. 'Aha, aha, aha.'

'Wat nu?' vroeg ik toen hij klaar was.

'Dat was Skippy. Hij wilde nog even zeggen dat het gala in smoking is.'

'Het is nu zondag en het gala is vrijdag. Het gaat echt niet lukken.'

'Kennelijk ben jij nooit in de Nascar-bus ontboden om na een verprutste race door Skippy te worden stijfgevloekt. Weet je nog die keer dat ik Junior mijn middelvinger had laten zien, wat op de nationale tv is uitgezonden? Of die keer dat ik kwaad was en de Hulk tegen de muur drukte, waardoor zeven wagens crashten? Reken maar dat ik zal opdraven op het gala.'

'Waar gaan we naartoe?' vroeg ik. 'Waar moeten we vannacht slapen?'

'Ik wou naar Kannapolis. Ik denk niet dat ze ons daar zullen zoeken. Niemand gaat voor de lol naar Kannapolis.'

'Is dit het?' vroeg ik. 'Moeten we hier slapen?'

'Je vindt het niks?'

'We staan voor een huis geparkeerd.'

'Ja, we staan tussen allerlei auto's in die hier thuishoren. Daardoor zijn we onzichtbaar. En mijn vriend Ralph woont twee huizen verderop. Hij woont alleen in een van die gammele huisjes en morgen gaat hij om zes uur naar zijn werk. En hij doet zijn deur nooit op slot. Er valt toch niets te halen, afgezien van een koelkast vol bier. Dus we kunnen zijn sanitair gebruiken zonder dat de politie ons pakt.'

'Dat is fijn, maar ik moet nú naar de wc.'

'Twee straten verderop is een stukje bos. Daar wou ik Berg uitlaten en me achter een boom verstoppen. Ga gerust mee.'

'Dat meen je niet. Vrouwen kunnen zich niet achter een

boom verstoppen. Daar zijn we niet op gebouwd. Dan worden onze sokken nat.'

Hooker keek de straat in naar het huis van Ralph. 'Waarschijnlijk vindt Ralph het wel goed als we bij hem blijven slapen. Ralph is de laatste die van medeplichtigheid zal worden beschuldigd. Niemand denkt dat Ralph weet wat hij doet. Het is een prima kerel, maar zijn grootste talent is het openmaken van een blikje Bud.'

Hooker zocht Ralphs naam op en toetste het nummer in. 'Hé man,' zei Hooker. 'Hoe gaat het? Ben je alleen? Ik moet vannacht ergens maffen.'

Vijf minuten later stonden we voor Ralphs achterdeur, Hooker, Berg en ik. Ik had een tas met kleren. Hooker had een zak fastfood. Berg had zichzelf.

Ralph deed de deur open en keek naar buiten. 'Hallo zeg, je hebt een gezin.' Hij ging opzij. 'Doe alsof je thuis bent.'

Ralph bleek graatmager. Zijn warrige haar viel op zijn schouders. Zijn wijde spijkerbroek hing angstaanjagend laag over een geruite boxer. Zijn openhangende overhemd was gekreukt. Hij had een blikje bier in zijn hand.

Hooker stelde ons voor en werkte vervolgens met Ralph zo'n ingewikkeld begroetingsritueel af waar mannen voor kiezen die elkaar niet willen omhelzen.

'We houden ons schuil, zeg maar,' zei Hooker tegen Ralph. 'Niemand mag weten dat we hier zijn.'

'Ik snap 'm,' zei Ralph. 'Haar kerel zoekt haar, zeker?'

'Ja,' zei Hooker. 'Zoiets.'

Ralph legde zijn arm om mijn schouders. 'Schatje, je kan wel wat beters vinden dan die vogel. Hij doet boodschappen bij de Wal-Mart, als je me kan volgen. Daar hangt hij op vrijdagavond rond met zijn zak snoep.'

Ik keek Hooker onderzoekend aan.

'Dat heb ik al een paar weken niet meer gedaan,' zei Hooker. 'Ik ben een nieuw leven begonnen.'

Ralph krabbelde Berg over zijn kop en Berg drukte zich liefdevol tegen Ralph aan, zodat hij tegen zijn koelkast werd geklemd.

'Ralph en ik zijn al vrienden sinds de basisschool,' zei Hooker. 'We zijn samen opgegroeid in Texas.'

'We deden allebei aan races mee,' zei Ralph. 'Alleen was Hooker er goed in en heb ik nooit het killerinstinct gehad.'

Hooker pakte een paar blikjes bier uit de koelkast en gaf er een aan mij. 'Ja, maar Ralph is beroemd,' zei Hooker. 'Hij won in de vierde de spelwedstrijd.'

'Ja, toen was ik best pienter,' zei Ralph. 'Ik kon alles spellen. Allemaal weggepist. Tegenwoordig kan ik amper mijn naam meer spellen. Maar ik leef wel *la vida loca*.'

'Ralph had al heel vroeg een contract met DKT Racing en zo is hij in de wereldhoofdstad van de stockcarracerij terechtgekomen. En hij zit nog altijd bij DKT.'

'Waar ik waarschijnlijk een briljante toekomst tegemoet ging,' zei Ralph, 'maar ik doe liever stom.'

De keukenapparatuur was avocadogroen en minstens dertig jaar oud. Een zwartgeblakerde pan leek verkleefd aan het fornuis. De gootsteen lag vol platgedrukte bierblikjes. Moeilijk te zeggen welke kleur de muren en de vloer hadden. Er was geen ruimte in de keuken voor een tafel.

We gingen naar de eetkamer. Biljart in de eetkamer. Ralph had een stoel bij het biljart neergezet en er lag een openstaande pizzadoos op het vilt. Er zat nog een punt pizza in. Zo te zien lag die er al een tijdje.

'Je biljart niet meer zo vaak?' vroeg ik.

'Bij vlagen,' zei Ralph. 'Ik gebruik hem graag als eettafel omdat de banden voorkomen dat het eten op de vloer valt.'

Berg liep naar het biljart en rook de pizza. Hij draaide zijn kop om naar Hooker te kijken, wierp een blik op mij, zette zijn voorpoten op de band en at de pizza op.

Het meubilair in de huiskamer bestond uit een sleetse bank met een groot brandgat in een van de zitkussens, een salontafel die bezaaid lag met bierblikjes, meeneemkoffiebekers, verfrommelde hamburgerzakjes, lege vettige patatbekers en bekers waarin gefrituurde kip had gezeten, en een grootbeeld-tv die een hele muur in beslag nam.

'Waar is de wc?' vroeg ik.

'In de gang. Eerste deur links.'

Ik stak mijn hoofd naar binnen voor een snelle inspectie. Niet brandschoon, maar er lagen geen dode mannen in, dus vond ik dat ik dankbaar moest zijn. Er lag een stapel beduimelde tijdschriften op de vloer. Auto's en blote meiden. Een flesje Johnson-babyshampoo op de rand van het bad. Plastic douchegordijn met sopstrepen en schimmel. Een enkele handdoek aan een haakje. Waarschijnlijk de enige handdoek die Ralph in huis had.

Hooker, Berg en Ralph keken naar een wedstrijd op tv toen ik terugkwam in de huiskamer. Ze maakten haastig een plaatsje voor me vrij en zo bleven we zitten tot bijna twaalf uur. We dronken bier en deden alsof we normaal waren.

'Ik moet naar bed,' zei Ralph ten slotte. 'Ik moet morgen werken. Waar slapen jullie?'

'Hier?' zei Hooker.

'O ja,' zei Ralph. 'Nou weet ik het weer.' En hij schuifelde door de gang, langs de badkamer. Een deur ging open en dicht en toen bleef het stil.

'Hoeveel slaapkamers heeft Ralph?' vroeg ik.

'Twee. Maar in zijn andere slaapkamer heeft hij zijn Harley staan. Hij reviseert zijn motor en hij heeft geen garage.'

'Dus we moeten op deze bank slapen?'

'Ja.' Hooker rekte zich uit. 'Kom maar op. We kunnen op elkaar slapen. Je mag zelfs bovenop.'

Ik rolde op hem en hij kreunde.

'Waarom kreun je?' vroeg ik.

'Zomaar.'

'Er moet toch iets zijn.'

'Ik kan me alleen niet herinneren dat je zo zwaar bent. Misschien moeten we minder donuts eten.'

'Nou zeg.'

Berg kwam onderzoekend naar ons toe. Hij keek naar ons met zijn geloken bruine ogen en klom toen op ons. Zuchtend ging hij liggen, met zijn enorme hondenkop op mijn hoofd.

'Help!' piepte Hooker. 'Ik stik. Ik word geplet. En ik voel een veer in mijn rug. Duw hem weg.'

'Hij is eenzaam.'

'Als hij er niet af gaat, wordt hij wees.'

Vijf minuten later lagen we allemaal op het biljart.

12

Hooker, Berg en ik waren wakker, maar lagen nog op het biljart toen Ralph voorbij strompelde op weg naar de keuken.

'Morgen,' zei Ralph.

Ik keek op mijn horloge. Half zeven. Ik had geen goede reden om op te staan, maar ik lag zo beroerd dat ik niet wou blijven liggen. Ik kroop over Hooker heen en wurmde me over de band. Ik dacht dat Ralph koffie zou zetten en ontbijt zou maken, maar hij sjokte de keuken door en ging naar buiten. Hij stapte in de truck die zijn achtertuintje vulde en reed weg zonder op of om te kijken.

Hooker kwam achter me staan. 'Ralph is geen ochtendmens. Hij slaapt in zijn kleren om niet te hoeven beslissen wat hij aan moet trekken wanneer hij uit bed rolt.'

'Verbaast me niks. Denk je dat hij koffie in huis heeft?'

'Ralph heeft alleen bier in huis en meeneemvoer.'

Ik voelde dat ik moedeloze schouders kreeg. Ik had echt behoefte aan koffie.

Hooker drukte me tegen zich aan en gaf me een kus op mijn hoofd. 'Je bent ontgoocheld. Trek het je niet aan. Ga jij maar douchen, dan gaan Berg en ik koffie halen.'

'Denk je dat het ongevaarlijk is om hier te douchen?'

'Ja hoor. Als je je sokken aanhoudt.'

Toen ik uit de badkamer kwam, had Hooker hazelnootkoffie voor me gehaald. Mijn favoriet. En ook nog vruchtensla en een bagel met magere roomkaas. Niet subtiel, wel attent. Hij had ook kranten gekocht.

'"Lijk in miljoenenbus van racekampioen",' las ik. '"Politie weigert naam te noemen tot de familie is ingelicht, maar volgens bronnen in de omgeving van de coureur maakte het slachtoffer deel uit van het Huevo-raceteam. Het lijk is ontdekt als gevolg van een bizarre kettingbotsing waarbij zeventien auto's betrokken waren. De bestuurder van de bus is te voet gevlucht en heeft vervolgens de auto van een onschuldige weggebruiker gestolen. De bus is zwaar beschadigd geraakt."'

Hooker nam een slok koffie. 'Staat er iets over de bestuurder? Staat zijn naam erbij?'

Ik las het artikel door. 'Zijn naam wordt niet genoemd, maar er staat een goed signalement bij. Er staat dat hij met zijn been trekt en misschien gewond is geraakt. Het stuk eindigt met een citaat van de Banaan die jou ervan beschuldigt dat je de hele ramp hebt geregisseerd.'

'Fijne kerel. Ik wou dat ik ons uit deze ramp kon regisseren.'

'Ik rekende op een briljant plan van jouw kant.'

'Ik heb geen plannen meer. Ik ben uitgepraat.'

'Moeten we geen mensen verrot slaan?'

'Dat blijkt niet echt veel op te leveren. En het is beschamend dat jij er beter in blijkt te zijn dan ik.'

'Een deel van het probleem is dat het beter zou zijn als Ray de moorden had gepleegd. Vroeg of laat had Rodriguez dan Ray wel verraden. Jammer genoeg hoeft Ray zich niet zodanig bedreigd te voelen dat hij de politie gaat inlichten over Rodriguez.'

Hookers telefoon ging en ik keek op mijn horloge. Het was nog erg vroeg voor een telefoontje.

'Hallo,' zei Hooker. 'Aha, aha, aha. Bedankt, maar dat regel ik zelf wel.' Hij maakte een einde aan het gesprek en grijnsde me toe. ''s Heren wegen zijn wonderbaarlijk, schatje.'

'Hoezo?'

'Dat was Ray. En hij leek... zenuwachtig. Hij wil de chip uit de knop van de versnellingspook. Zei dat we misschien tot een deal konden komen. Hij wilde dat we met zijn vliegtuig naar Miami zouden komen om daar te onderhandelen, maar dat heb ik afgewimpeld. Het lijkt me niet gezond om in Ray's privé-vliegtuig te stappen.' Hooker toetste een nummer in. 'Je moet iets voor me doen,' zei hij. 'Ik heb vervoer naar Miami nodig.'

Ik piekerde tot hij ophing. 'Maf?'

'Ja. Volgens hem kijkt de politie naar ons uit op het vliegveld van Concord. Hij stelt voor dat we naar Florence rijden en daar zijn vliegtuig pakken. Niemand zal op het idee komen om Florence in de gaten te houden. Het is drie uur rijden, dus we mogen wel opschieten.'

Onderweg belde ik Felicia. 'We komen terug naar Miami,' zei ik. 'Ik vroeg me af of we weer bij jou kunnen logeren. En het is geheim. Niemand mag weten waar we zijn. We proberen onzichtbaar te blijven.'

'Natuurlijk kunnen jullie hier logeren,' zei Felicia. 'Mijn buurjongen zal het enig vinden om Hooker terug te zien. En mijn neef Edward was vorige keer de stad uit. Ik zal petten moeten kopen om te laten signeren. Ik heb een lijst gemaakt.'

Hooker keek naar mij nadat ik het gesprek had beëindigd. 'Ze zegt het tegen niemand, toch?'

'Tuurlijk.'

Na een uur rijden ging Hookers telefoon en hij trok een bedenkelijke frons toen hij het venstertje las. Het was Skippy. Hooker had hem nog op de luidsprekerfunctie staan.

'Waar ben je?' brulde Skippy. 'Weet je wel welke dag het is?' 'Maandag?' antwoordde Hooker.

'Precies. En woensdag moet je met je wagen in Manhattan rondrijden. En ik zeg niet dat het door jou komt, maar dat lijk in de truck was een leuke move. Ik heb gehoord dat Dickie het in zijn broek heeft gedaan toen hij het zag. Als je wordt aangehouden en je mag één telefoontje plegen, bel je mij.' En Skippy hing op.

Florence is een aardig stadje met een leuk klein vliegveld waar 's ochtends weinig lijntoestellen landen of opstijgen. Het vliegveld is in gebruik bij de Nationale Garde en er staan wat privétoestellen geparkeerd. En een keer per jaar, als er races zijn op Darlington, is het druk op het vliegveld.

Het liep tegen elven toen Hooker het parkeerterrein op reed en parkeerde. We lieten Berg uitstappen, grepen onze tassen met kleren en liepen van de auto meteen door naar de Citation van Maf. Het was het enige toestel op het platform. Het was hetzelfde model dat Hooker had. Ik had vooruit gebeld en ze konden opstijgen zodra we aan boord waren.

Een privévliegtuig lijkt een uitzinnige luxe, maar het schema voor de topcoureurs is zo druk dat het anders nauwelijks te doen is. Er zijn allerlei publicitaire verplichtingen, opnamen voor reclamespots, charitatieve optredens en natuurlijk de races. Veertig wedstrijden per jaar op tweeëntwintig verschillende circuits door het hele land. Bovendien hebben al die coureurs vrouwen en vriendinnen en kinderen en honden en trotse, geschifte ouders die bezocht moeten worden.

Net als Hookers toestel telt het vliegtuig van Maf zeven passagiersplaatsen en er zijn twee piloten. Hooker en ik gingen tegenover elkaar zitten. Berg probeerde zich op een stoel te installeren, maar kon zijn draai niet vinden en ten slotte koos hij een plekje in het middenpad.

Een Citation stijgt snel op. Het ene ogenblik sta je nog op de startbaan en dan ben je *vroeoeoem* boven de wolken, waar de kist wordt rechtgetrokken. De stoel in de Citation was heel wat comfortabeler dan het biljart van Ralph. Ik viel onmiddellijk in slaap en werd pas wakker toen we de landing in Miami al hadden ingezet. Ik hoorde de wielen neerkomen en zag buiten de rode pannendaken en glinsterende waterwegen van Zuid-Florida. Vreemd hoe de geest werkt. Ik werd gezocht door de politie en twee beroepsmoordenaars en toch kon ik aan niets anders denken dan het gala in New York dat aan de einder dreigde. Ik moest mijn nagels laten doen. Ik moest naar de kapper. Ik moest een jurk hebben. Als ik niet naar mijn flat kon, had ik niet eens de juiste make-upspulletjes.

We stapten uit en vormden een sjofel groepje in de lounge van Signature Aviation: onze hond aan de riem en al onze wereldse bezittingen in supermarkttassen en een reistas. Hooker had een volle baard en naast hem voelde ik me een straatkind.

Ik keek naar de balie van de autoverhuurder. 'Denk je dat ze ons een wagen zullen verhuren?'

'Vast wel,' zei Hooker. 'Maf heeft zijn creditcard in het vliegtuig laten liggen. Ik moet alleen zorgen dat ik niet mijn rijbewijs hoef te laten zien.'

Tien minuten later reden we weg in een SUV.

'Gaan we nu naar Ray toe?' vroeg ik.

'Nee,' zei Hooker. 'We gaan naar Little Havana om de chip uit de knop van de versnellingspook in Felicia's huis te verstoppen. Dat schijnt de enige chip te zijn die Ray wil hebben. Daarna gaan we naar Ray toe.'

Er was niemand thuis bij Felicia, maar de sleutel lag in de bloempot naast de deur, zoals altijd. We gingen naar binnen en Berg danste opgewonden voor ons uit naar de keuken, waar hij uitgleed op het zeil. Waarschijnlijk had hij een goede herinnering bewaard aan Felicia's poffers en varkensgehakt. We gingen de trap op naar de kleine slaapkamer, waar Hooker de chip aan de achterkant van het portret van Jezus vastplakte.

'Geen veiliger plek,' zei Hooker.

Na slapen in de auto en op een biljart leek het slaapkamertje in mijn ogen het paradijs. Het zachte bed met de schone lakens, de smetteloze badkamer een deur verderop...

'Misschien moeten we het bed testen,' zei Hooker. 'Kijken of het nog steeds te smal is.'

'Lieve help.'

'Ja, maar je keek zo.'

'Ik dacht aan de badkamer.'

'Dat lijkt me wel wat,' zei Hooker. 'Warm water, glibberig schuim...'

'Lieve help.'

'Dat zeg je telkens. Het klinkt hopeloos. Ik heb iets nodig om me aan vast te klampen. Geef me houvast.'

Ik zuchtte overdreven diep. 'Misschien kunnen we later ergens samen iets doen.'

Hooker keek of de geluksfee net de deur van de bakkerij had opengedaan. 'Meen je dat nou? Hoeveel later?'

'Zodra we niet meer worden verdacht van moord en truckroof.'

'Denk je dat je dat kunt inkorten tot... over een kwartier?'

'Ik dacht dat je een stimulans nodig had.'

'Denk je dat ik meer stimulans nodig heb dan de wens niet de rest van mijn leven in de gevangenis door te brengen?'

'Goed. Best. Laat maar zitten dan. Ik meende het trouwens toch niet.' En ik draaide me om, huppelde de kamer uit en ging naar beneden. Ik was niet kwaad, maar het leken me geschikte laatste woorden.

Hooker kwam achter me aan. 'Het is te laat om het terug te nemen. Je hebt het beloofd.'

'Ik heb het niet beloofd, ik heb misschien gezegd.'

We stonden in de eetkamer en Hooker duwde me tegen de muur, boog zich naar me toe en kuste me. Er kwam veel tongwerk aan te pas en Hooker drukte zich tegen me aan tot er geen ruimte meer tussen ons in was, en het was duidelijk dat er meer Hooker was dan er vijf minuten eerder was geweest.

'Vertel eens over dat misschien,' zei Hooker. 'Was dat een misschien wel of een misschien niet?'

'Dat weet ik niet. Daar ben ik nog niet uit.'

'Ik word gek van je,' zei Hooker. 'Je bent een grotere bedreiging dan Ray Huevo. En trouwens, je hand op mijn kont bevalt me wel.'

Ai! Hij had gelijk, ik had mijn hand op zijn kont.

'Sorry,' zei ik. 'Dat was per ongeluk.'

Hooker grijnsde. 'Absoluut niet per ongeluk, schatje. Je hebt zin in me.'

Ik grijnsde terug en duwde hem weg. 'Je hebt gelijk, maar het blijft bij misschien.'

In de keuken zette Hooker een kom water voor Berg neer. Berg stak er zijn neus in en begon luidruchtig te slobberen. Het water liep over de rand terwijl hij dronk en toen hij zijn kop optilde, lekte het water uit zijn bek en droop van zijn lippen.

Ik nam het water op met keukenpapier terwijl Hooker Ray Huevo belde.

'Ik ben in de stad,' zei Hooker. 'Wil je praten?'

Er werd onderhandeld en daarna hing Hooker op.

'Ik heb over een halfuur op het strand afgesproken,' zei Hooker. 'Bij de Lincoln Road. Ik wilde niet afspreken op de boot. Ik wil niet weer overboord worden gegooid. En het gesprek is tussen Ray en mij. Ik wil dat jij en Berg hier blijven.'

'Waarom?'

'Ik vertrouw Ray niet. Ik wil je niet in gevaar brengen.'

'Dat waardeer ik in je, maar je gaat er echt niet in je eentje heen. We doen dit samen. En stel dat er iemand verrot moet worden geslagen? Denk je dat ik dat wil missen?'

'Waar ik bang voor ben is dat ik dat zal zijn,' zei Hooker.

Het compromis dat we bereikten was dat we Berg in Felicia's huis achterlieten en dat ik met Hooker meeging. Hooker was overgegaan op een T-shirt en spijkerbroek zodra we in Miami aankwamen. Ik was vertrokken in spijkerbroek met een pullover met lange mouwen en een omslagboord, wat in South Beach een nogal merkwaardig tenue was. Je kon naaktlopen in South Beach zonder opzien te baren. Een pullover met lange mouwen en omslagboord: dat was een toerist, zo uit het vliegtuig. Hooker parkeerde de huurauto en ik wipte een winkel binnen om mijn pullover te verruilen voor een tanktop.

Het Ritz-Carlton staat aan het einde van de Lincoln Road en een fraai golvend klinkerpad, dat langs het hotel loopt, biedt iedereen toegang tot het strand. We namen het voetpad en liepen naar het harde natte zand. Het was adembenemend strakblauw weer in Miami. Zesentwintig graden en een briesje. Het strand is hier een breed wit zandstrand. De koningsblauwe terrasstoelen van het Ritz stonden opgesteld in ordelijke rijen. Naast een rij kleedhokjes. Op de ligstoelen waren gebruinde en ingevette lichamen te zien. Kelners liepen van ligstoel naar ligstoel om bestellingen te brengen en handdoeken uit te delen. De zee spoelde aan in schuimende rollers. Geen zwemmer te zien.

Ik keek over Hookers schouder en zag drie mannen van het voetpad in het zand stappen: Ray Huevo, Rodriguez en Lucca. Rodriguez liep met krukken. Hij had een pleister over zijn neus en twee blauwe ogen. Lucca's buil van mijn sixpack begon naar groen te verkleuren. Ray Huevo oogde uiterst zelfverzekerd.

Huevo kwam op ons toe. Rodriguez en Lucca bleven achter.

'Hoe gaat het met zijn knie?' vroeg ik aan Huevo.

'Hij overleeft het wel.' Hij keek even om naar Rodriguez. 'Voorlopig.'

Hooker en ik wisselden een blik van jakkes.

'Voor de zekerheid praat ik liever onder vier ogen,' zei Huevo.

Ik knikte en Hooker en Huevo liepen een eindje bij me weg. Ze bleven staan bij de vloedlijn, waar hun gesprek door de branding werd overstemd. Na een paar minuten draaiden ze zich om en liepen terug.

Huevo hield zijn hoofd schuin toen hij langs me liep. 'Ik heb plaats voor beveiligers als je wilt opklimmen.'

Ik keek naar Hooker. 'Wat bedoelde hij daarmee?'

'Hij is niet blij met Rodriguez en Lucca. Ze schieten telkens mensen dood. Erger nog, ze laten zich verrot slaan door een meisje.'

'Dat ben ik dan zeker.'

'Ja. Dus nu biedt hij ze aan in ruil voor de chip die we in de versnellingspook hebben gevonden. Als we Ray de chip geven, levert hij Rodriguez en Lucca bij de politie af en doet alsof de truck niet is gestolen.'

'Nauwelijks te geloven dat de chip dat allemaal waard is. Zeker nu Oscar niet langer in beeld is. Ray kan in feite doen wat hij wil.'

Hooker haalde zijn schouders op. 'Dat zei hij zelf ook. Als bewijs van vertrouwen geeft hij Rodriguez en Lucca aan voordat we hem de chip hebben gegeven.'

'Wat aardig.'

'Niet echt. Hij heeft Schrok.' Hooker gaf me een foto van Schrok met zijn handen op zijn rug gebonden die ongelukkig keek en werd geflankeerd door Rodriguez en Lucca. 'We krijgen Schrok terug wanneer Ray de chip in handen heeft en heeft kunnen testen of het de echte is.'

'We hadden Schrok nooit uit onze ogen moeten laten.'

'Als je alles van tevoren weet,' zei Hooker. 'In elk geval krijgen we hem terug wanneer we Ray de chip geven.' Hooker zoende me in mijn nek en achter mijn oor. 'Ik vind dat we het moeten vieren.'

'Er valt nog niets te vieren, volgens mij.'

'Schatje, ik ben hard toe aan een verzetje. Ik heb al heel lang niets meer gevierd. Al zo lang zelfs dat het waarschijnlijk gepast is, zelfs als het prematuur is, omdat het prematuur is...'

'Stop!' Ik stak mijn hand op. 'Laten we het maar vieren met uienringen aan de bar.'

Hooker staarde me alleen aan.

'Aarde aan Hooker.'

'Uienringen aan de bar,' herhaalde hij. 'Ja, dat is ook wel leuk. Dat was mijn tweede keus.'

Het Ritz heeft een fantastische bar op het strand. Net voorbij het voetpad, in een betonnen grot en versierd met palmbomen. Schaduwrijk en South Beach chic. Niet echt stervensdruk om drie uur 's middags; we konden aan de bar zitten. Halverwege onze uienringen en Bud kwam een bekende figuur het voetpad af. Het was Suzanne die Itsy Poo uitliet.

'Het kan lopen,' zei Hooker. 'Wie had dat gedacht?'

Suzanne keek over haar zonnebril heen naar mij. 'Barney? Hé wat leuk, ik dacht dat je was vertrokken.'

'Teruggekomen. Miste de warmte.'

Suzanne stopte Itsy Poo in haar tas en kwam bij ons aan de bar zitten. 'Jullie hebben in de krant gestaan.'

'Het is allemaal een misverstand.'

'Onze gemeenschappelijke vriend Dickie Bonnano schijnt te denken dat Hooker verantwoordelijk is voor al het kwaad in de wereld.'

'Ik doe mijn best,' zei Hooker, 'maar ik kan geen verant-woordelijkheid nemen voor álles.'

'Ik dacht niet dat je Oscar had omgelegd,' zei Suzanne, 'maar ik hoopte eigenlijk dat je Dickie dat lijk had bezorgd en de bus in de prak had laten rijden.'

Suzanne was helemaal in Dolce & Gabbana in een flinterdun luipaardbloesje, brede ceintuur met blingsteentjes, strakke witte broek en gouden sandaaltjes met dunne riempjes. Ik was Wal-Mart en Gap. Hooker had zich nog altijd niet geschoren. Hoo-ker was een dakloze uit Detroit, grootgebracht door wolven.

'Ik dacht dat je allang weg was uit South Beach,' zei ik tegen Suzanne.

'Het bevalt me hier wel. Ik blijf een poosje.' Ze stak een si-garet op, inhaleerde diep en liet de rook uit haar neus opkrul-len zodat ze op een draak leek.

'Zit je nog in Loews?' vroeg ik.

'Ik ben verhuisd naar een appartementencomplex, Majestic Arms.' Ze nam weer een trek. 'Bedrijfsflat, dus steriel, maar de locatie is uitstekend en alles wordt voor me gedaan. En het be-langrijkste is nog dat Itsy Poo het er heerlijk vindt.' Suzanne stak haar neus in de tas. 'Ja toch, Itsy Poo? Je vindt het er enig. Je vindt het énig in de nieuwe flat.'

Hooker at de laatste uienring op en keek naar me alsof hij wilde zeggen dat hij zou gaan braken als ik Berg ooit vroeg of hij iets énig vond.

Ik richtte mijn aandacht weer op Suzanne. 'Hoe gaat het met de strijd om de boot?'

'Hard tegen hard, maar het zal wel lukken. Mannen zoals Oscar en Ray onderschatten vrouwen altijd.' Suzannes mond plooide zich in een vreugdeloos lachje. 'Niet verstandig als je met zo'n kreng als ik te maken hebt.'

Instinctief sloeg Hooker zijn benen over elkaar.

'Zo te horen heb je een plan,' zei ik tegen Suzanne.

Ze nam een hijs, legde haar hoofd in haar nek en blies een volmaakte rookring uit. 'Ik heb grote plannen.' Ze liet zich van de barkruk glijden. 'Ik moet weg. Ik heb een taart in de oven staan. Je weet het, hè? Ik ben in het Majestic als je wat leuks wilt doen.'

'Denk je echt dat ze een taart in de oven heeft staan?' vroeg ik aan Hooker toen Suzanne over het voetpad terugliep.

'Als dat zo is, haal je mij niet over ervan te eten.'

'Wat gebeurt er nu?'

'Ray had een afspraak die niet lang zou duren, dacht hij, en daarna ging hij zich wijden aan Rodriguez en Lucca. Er schijnt vanavond een koper voor de chip te landen en Ray wil hem niet teleurstellen. Dus we zouden de nachtmerrie voor morgen recht gebreid moeten hebben.'

Ik liet mijn voorhoofd op de bar rusten en haalde diep adem. Ik was zo opgelucht dat ik wel kon huilen. 'Moeten we terug om de chip te halen?'

'Nee. Ik wil niet dat we hem bij ons hebben zolang we nog niet vrijuit gaan. Ray zou me bellen wanneer hij alles heeft geregeld. Uiterlijk om acht uur, dacht hij.'

Hookers telefoon ging. 'Natuurlijk,' zei Hooker. 'Kip op de barbecue is precies waar we zin in hebben. Maar alleen wij tweeën, toch? Verder mag niemand weten dat we er zijn.'

'Felicia?' vroeg ik.

'Ja,' zei Hooker en borg zijn telefoon weer op. 'Ze wilde weten of we komen eten.'

We bleven nog een poosje aan de bar zitten en reden toen terug naar Little Havana. Alle lampen brandden in Felicia's huis toen we kwamen aanrijden. De straat stond vol dubbel geparkeerde auto's en mensen verdrongen elkaar op de stoep voor haar kleine voortuin. Hooker minderde vaart en voor het huis ging een gejuich op.

'Gelukkig dat we tegen Felicia hebben gezegd dat ze het niemand mocht vertellen,' zei Hooker. 'Anders had ze de Orange Bowl moeten afhuren voor het avondeten.'

We reden een blokje om en parkeerden op een plaats die met een bord op een vuilnisbak was vrijgehouden. Op het bord stond GERESERVEERD VOOR SAM HOOKER.

'Attent,' zei Hooker met een vermoeide zucht.

Felicia stond bij de achterdeur. 'We hebben op jullie gewacht! Ik heb net de kip van de grill gehaald. En ik heb warm gefrituurd brood.'

Achter Felicia zag ik Berg zijn dansje doen. Hij zag Hooker uitstappen, wurmde zich langs Felicia en denderde het trapje af. Hij blafte en stortte zich op Hooker, die op zijn achterste viel.

'Hij heeft je zeker gemist,' zei ik tegen hem.

'Kijk dan, hondje!' zei Felicia die met een stukje brood zwaaide. 'Ik heb een lekker hapje voor je.'

Berg zette zijn oren op en keek om naar Felicia. Zijn neus trilde, hij stapte van Hooker af en galoppeerde naar Felicia. Felicia gooide het brood de keuken in en Berg stoof naar binnen.

Hooker krabbelde overeind en liep op zijn gemak naar de keuken. 'Je hebt hier heel wat mensen,' zei hij tegen Felicia.

'Alleen familie. En niemand zal zeggen dat je hier bent. Dat is geheim.'

'Een hele opluchting,' zei Hooker.

'Hooker is er!' riep Felicia naar binnen.

Er klonk weer gejuich.

'We hebben een buffet gemaakt,' zei Felicia. 'Het is zelfbediening.'

Overal stond eten. Ik vulde een bord voor mezelf en keek naar Hooker. Hij had een stuk kip in zijn ene hand en een pen in de andere. Hij signeerde petten en voorhoofden en nam tussendoor telkens een hap. Wie zegt dat mannen niet kunnen multitasken?

'Moet je hem nou toch zien,' zei Felicia. 'Het is zo'n schatje. Hij is zelfs aardig tegen oom Mickey. Iedereen loopt met hem weg. Hij denkt dat ze gek met hem zijn omdat hij een goede coureur is, maar iedereen is gek met hem omdat hij zo'n aardig iemand is.'

Rosa stond naast Felicia. 'Ik ben gek met hem omdat hij een lekker kontje heeft.'

Ze keken me allebei aan.

'Wat?' zei ik.

'Waarom ben jij gek met hem?'

'Wie zegt dat ik gek met hem ben?'

Rosa nam een hap gestoofd varkensvlees. 'Als je niet gek met hem bent, ben je gek.'

Ik kon me herinneren dat ik op de middelbare school stapelverliefd was op iemand die bij mijn vader in de garage werkte. Ik kwam na school langs en dan flirtte hij met me en zei dat hij me zou bellen. Dan ging ik naar huis om op zijn telefoontje te wachten, dat niet kwam. Al wachtte ik nog zo lang. En op een dag hoorde ik dat hij ging trouwen. Al die tijd dat hij beloofde me te zullen bellen, was hij verloofd. Zo voelde ik me nu ook. Ik wachtte op het telefoontje. Tien procent van mijn aandacht was bij Rosa, maar de andere negentig procent was bij de toenemende paniek door mijn verwachting dat er niet zou worden gebeld. In mijn binnenste was ik een kat die op een muis loerde. Zwiepstaart, starre blik, trillend lichaam terwijl ik loerde op het telefoontje waardoor mijn leven weer normaal zou worden.

Acht uur en geen telefoontje. Aan de overkant van de kamer keek Hooker me aan. Hooker was hier beter in dan ik. Hij kon dingen van elkaar scheiden. Hij kon zich op één ding tegelijk concentreren en alle andere dingen van zich af zetten. Op de baan was Hooker uitsluitend gericht op winnen. Hooker had maar één gedachtegang tegelijk. Hoe kom ik vooraan en hoe handhaaf ik me daar. Zelf had ik op de baan last van andere binnensluipende gedachten. Ik had er geen greep op welke gedachten mochten blijven en welke ik beter voor een andere gelegenheid kon bewaren. Waarom belde die leuke jongen van de garage niet? Stel dat ik verongelukte en mijn neus brak? En altijd waren er lijstjes. Huiswerk voor algebra, de vuile was, mijn kamer opruimen, mijn huissleutel zoeken, Maureen bellen, Franse woordjes leren... Hooker had ervoor gekozen om te genieten van het ogenblik, waarin nu Felicia's dierbaren en eten belangrijk waren, en ik had kopzorgen over het telefoontje.

Acht uur! mimede ik Hooker toe. Hooker keek op zijn horloge en maakte zich los van de mensen om hem heen. Hij kwam naar me toe en bleef staan omdat zijn mobieltje ging.

Mijn adem werd afgesneden. Nu ging het gebeuren.

Hooker stond met gebogen hoofd te knikken naar zijn gesprekspartner... ja, ja, ja. Zijn hoofd kwam omhoog, we keken elkaar in de ogen en wat ik zag, beviel me niets. Hooker spande zich in om de beller te verstaan door het geroezemoes in de kamer heen en praatte in zijn telefoon. Hij beëindigde het gesprek en beduidde me dat ik mee moest lopen naar de keuken. Ik wrong me tussen de mensen door en voegde me bij Hooker op het trappetje. Er stonden wat mensen in de tuin te praten en te lachen. Rokers die uit Felicia's huis waren verbannen. Ze keken ons vriendelijk aan, maar kwamen geen handtekening vragen. Roken was belangrijker.

Hooker voerde me mee naar de SUV. Hij schoof achter het stuur, ik ging naast hem zitten en stelde de vraag. 'Het telefoontje?'

'Dat was Rodriguez. Ray Huevo is verdwenen. Rodriguez en Lucca moesten in de auto op hem wachten terwijl hij een afspraak nakwam. Hij zou hoogstens een halfuur wegblijven. Hij kwam niet opdagen. Ze weten niet met wie hij had afgesproken of waar. Ze belden op omdat ze dachten dat wij Ray hadden ontvoerd. Ik denk dat ze ons overal hebben gezocht en uiteindelijk ons maar hebben gebeld. Ze zijn in paniek omdat de koper om negen uur wordt verwacht. Ik weet niet wie de koper is, maar Rodriguez en Lucca zweten peentjes.'

Ik was verbijsterd. Wat ik ook had gedacht te zullen horen, dit zeker niet. 'Raar,' zei ik.

'Sterker nog,' zei Hooker, 'het is érg raar.'

'Misschien heeft Ray het benauwd gekregen. Misschien is hij naar Rio gevlucht.'

'Dat kan, maar het leek of hij andere plannen had toen hij met ons praatte.'

'Er moet iets mis zijn gegaan bij zijn ontmoeting,' zei ik.
'Misschien zwemt hij tussen de vissen.'
'God, dat hoop ik niet. We hebben hem nodig om uit deze toestand te komen.'
'En Schrok?'
'Ik heb Schrok ook gesproken,' zei Hooker. 'Hij was bij Rodriguez en Lucca. Hij klonk benauwd.'
'Hij leeft tenminste nog.'
'Dat wel, maar ik ben er niet gerust op. Rodriguez en Lucca hebben een geschiedenis van problemen oplossen door mensen dood te schieten.'
'Het is raar dat niemand wist met wie Ray had afgesproken. Hij heeft personeel. Zijn agenda wordt voor hem bijgehouden, er wordt voor hem getelefoneerd, zijn e-mail wordt voor hem gelezen. Zelfs boeven met geheimen hebben mensen om zich heen met wie vertrouwelijke informatie wordt gedeeld. Dus volgens mij was zijn afspraak met iemand die niet belangrijk genoeg was om zijn staf van op de hoogte te stellen, of iemand met wie spontaan op het laatste moment iets was geregeld. Heeft Rodriguez nog iets over de koper van de chip gezegd? Wie het is? Waarom de chip zo belangrijk is?'
'Nee,' zei Hooker. 'Alleen dat de koper om negen uur zou aankomen. Misschien wil hij de chip aanbieden aan een vijandig staatshoofd. Of misschien is de chip een ontvangertje voor een signaal uit de ruimte.'
'Dat heb je van *Star Trek*.'
'Ja, dat was een geweldige film. Met walvissen en alles.' Hooker stak het sleuteltje in het slot en startte. 'Op naar het vliegveld. Ik wil wel eens zien wie er vandaag aankomt.'

13

Hooker lag languit in zijn stoel, met zijn handen achter zijn hoofd verstrengeld en zijn ogen gesloten tegen het licht in de terminal.

'Observeren lukt minder goed met je ogen dicht,' zei ik.

'Heb jij je ogen open?'

'Ja.'

'Dat is voldoende.'

We stonden terzijde van de Signature-terminal en er gebeurde erg weinig.

'Het vliegtuig is vertraagd,' zei ik.

'Als ze uit het buitenland komen, moeten ze door de douane en de controle van de immigratiedienst, in een ander gebouw. Na de douane moeten ze weer instappen en dan taxiet het vliegtuig hierheen. Ik ben hier wel vaker geland en meestal gaat het vlot, maar het vliegtuig moet wel van A naar B.'

Om vijf over half tien kwamen drie mannen in pak en twee mannen in uniform naar buiten. De mannen in uniform en twee mannen in pakken hadden bagage bij zich. Drie rolkoffertjes en een laptoptas. Geen gesjouw. De derde man had niets bij zich. Ze waren allemaal blank. De mannen in uniform waren jong, in de twintig. Stewards. De drie mannen in pak waren in de veertig of vijftig. Ik herkende niemand. Dat zei op zichzelf niet veel, omdat ik nooit iemand herken. Nou goed, misschien zou ik Brad Pitt herkennen. De Russische premier, de koningin van Engeland, onze eigen vice-president (wie is dat ook weer), de ambassadeur van Bulgarije: allemaal niets van mij te duchten.

'Denk je dat dit onze man is?' vroeg ik.

'Er schijnt maar één vliegtuig om negen uur te zijn geland.'

'Herken je een van die mannen?'

'Nee. Het lijken me doodgewone zakentypes.'

Een zespersoons limousine kwam aanrijden, bagage werd ingeladen, de drie pakken stapten in en de limo reed weg. Wij volgden, op enige afstand. De limo ging naar het zuiden, over Route 95 en naar het oosten over de 395, tot voorbij de Mac-Arthur Causeway. Recht voor ons waren de lichtjes van South Beach. Vier gigantische schepen lagen rechts van me voor anker in de cruisehaven in Biscayne Bay. Ik had verwacht dat de limo Collins in zou gaan naar Loews of het Delano of het Ritz. In plaats daarvan ging de limo rechtsaf naar Alton.

'Hij gaat naar de boot,' zei ik. 'Wat wil dat zeggen?'

'Ik denk dat niemand hem heeft verteld dat Ray weg is,' zei Hooker.

De limo reed naar de jachthaven en bleef met stationair draaiende motor voor de promenade langs de steigers staan. Hooker doofde zijn koplampen en schoof naar een plekje in de schaduw op het parkeerterrein.

Twee mannen in scheepsuniform kwamen aangedraafd. Ze werden gevolgd door iemand die ook in uniform was, maar kennelijk een hogere positie had veroverd. Misschien de schipper of de purser. De chauffeur van de limo stapte uit en deed de kofferbak open. De drie mannen in pak stapten uit en na een kort gesprek werd de bagage overgedragen aan de bemanningsleden, en het gezelschap liep naar de boot. De chauffeur van de limo stapte in en reed weg.

'De heren waren op de boot uitgenodigd en kennelijk geldt de uitnodiging nog steeds,' zei Hooker.

Hooker en ik stapten uit, drukten zachtjes de portieren dicht, liepen langs de rand van het parkeerterrein en vonden een donkere bank op de promenade vanwaar we konden zien wat er in de jachthaven gebeurde. Het probleem was dat er heel weinig leek te gebeuren. De drie mannen waren naar binnen gegaan en verder was het stil.

'Zo is het saai,' zei Hooker. 'We moeten iets doen.'

'Waar denk je aan?'

Hij schoof naar me toe.

'Nee,' zei ik.

'Heb je een beter idee?'

'Ik wil kijken wat er aan boord gebeurt. Laten we de steiger op gaan om naar binnen te kijken.'

Wie passeerden het hek waarop ALLEEN EIGENAARS EN GASTEN stond en liepen naar het uiteinde van de houten steiger. Daar lag het Huevo-jacht nog altijd aangemeerd. Op beide dekken brandde licht, maar de salonramen en de patrijspoorten waren van getint glas waardoor we niet veel konden zien. Een bemanningslid in uniform stond op wacht.

Hooker pakte zijn mobieltje om de boot te bellen. Heel zachtjes hoorden we binnen Huevo's telefoon overgaan. Een man nam op en zei dat Ray Huevo niet te spreken was. Hooker liet geen bericht achter.

'Hij kan ergens aan boord zijn,' zei ik. Tegen beter weten in.

'Onwaarschijnlijk.'

'Maar niet onmogelijk. Misschien is er aan de andere kant meer te zien.'

'Schatje, aan de andere kant is het water.'

'Ja, we moeten een boot hebben.'

Hooker keek op me neer. 'En hoe wil je daaraan komen?'

'We kunnen er een lenen. Er zijn hier allemaal bootjes. Ik wed dat niemand het merkt als we even zo'n bootje lenen.'

'Je wilt een boot stelen?'

'Lénen,' zei ik.

'Goed,' zei Hooker en pakte mijn hand. 'Laten we maar eens kijken.'

Bij de laatste steiger bleef Hooker staan bij een middelgroot kajuitmotorjacht. Het interieur was donker. Niemand aan boord.

'Ik ken de eigenaar van deze boot,' zei Hooker. 'Hij is hier alleen in het weekend. En er hangt een bijbootje aan. Dat zouden we kunnen lenen.'

We gingen aan boord en zagen het bijbootje dat aan de achterkant was vastgebonden, zoals Hooker had gezegd. We klommen erin. Hooker maakte het touw los en draaide de sleutel om. De motor begon te zoemen en Hooker duwde af.

'Kijk goed uit,' zei Hooker. 'Ik wil niet ergens tegenaan varen.'

Er was alleen een dun maansikkeltje. De steigers waren verlicht en op sommige boten brandde de buitenverlichting, maar het zwarte water weerkaatste niet veel. De lucht was stil. Er was geen wind. Er was weinig stroming.

Af en toe voer hier een boot uit of zocht de haven op, maar op dit ogenblik was er niemand op het water. Behalve wij. We voeren naar het Huevo-jacht en bleven op enige afstand kijken. Er gebeurde weinig. Ramen en deuren waren dicht en er viel niets te horen.

'Nou zeg,' zei ik. 'Dat valt tegen.'

Hooker verkende het bootje. Hij rommelde in het water-dichte vak achterin. 'Misschien kan ik voor wat actie zorgen. Of in elk geval zorgen dat iedereen aan dek gaat, zodat we de koppen kunnen tellen.'

Ik keek over zijn schouder mee in het kastje. 'Wat ben je van plan?'

Hooker pakte een stomp vuurwapen met een dikke loop. 'Voor lichtspoormunitie. Ik kan over de boot heen schieten om hun aandacht te trekken.' Hij hield het wapen met beide handen en gestrekte armen vast, richtte de loop omhoog opdat de lichtkogel een hoge boog zou beschrijven en haalde de trekker over. Er klonk een luid *fffunf* en de kogel zeilde de nachtlucht in. Hij beschreef een sierlijk gebogen baan van ons af, bereikte zijn hoogste punt en viel in een baan die moest uitkomen op het Huevo-jacht... en doorboorde een raam op het eerste dek.

'Oeps,' zei Hooker.

De kogel explodeerde in een lichtflits die door de grote salon danste als vuurwerk op de Vierde Juli. Door het gapende gat in het getinte glas hoorden we het sissen van de kogel en ge-schrokken stemmen.

Hooker en ik staarden verbijsterd naar het schouwspel. Er klonk een harde knal en er knetterde iets dat in brand stond en geel vuur vlamde op aan de zijkant van de salon.

'O shit,' fluisterde Hooker. 'Het zit me ook altijd tegen.'

'Het zit je niet altijd tegen. Je hebt mij toch.'

'Ik heb je helemaal niet. Je wilt niet eens met me naar bed.'

'Dat is waar, maar ik ben nu toch bij je.'

Hooker kreeg die bepaalde blik in zijn ogen.

'Nee,' zei ik.

'Bind het anker maar aan mijn enkel en gooi me overboord.'

'Ik heb een beter idee. Zullen we er tussenuit knijpen voordat iemand ons hier ziet zitten?'

Vijf minuten later voeren we rustig op het motorjacht af, maakten het touw weer vast en klommen aan boord. Vier steigers verderop hoorden we sirenes. De brandweer en ambulances. De politie. Veel mensen. Zwaailichten. Onbegrijpelijke mededelingen over de krakende politieradio. Niemand die op Hooker en mij lette. En gelukkig was er geen uitslaande brand aan boord van het Huevo-jacht.

Hooker bleef in de schaduw, maar ik waagde me dichter bij de steiger. Een van de drie mannen die eerder op het vliegveld waren aangekomen stond op de promenade naar de activiteiten te kijken. Ik liep naar hem toe en wees naar de boot. 'Wat is er aan de hand?'

Hij haalde zijn schouders op. 'Er kwam iets door het raam naar binnen en toen was er een brandje. Het heeft niet lang geduurd. Alles aan boord is geïmpregneerd.'

Even wist ik niet hoe ik het had. Ik had een buitenlands accent verwacht, misschien Russisch. Deze stem kwam uit New Jersey. 'Tjonge,' zei ik. 'Was het een brandbom?'

'Ik weet het niet. Dat zoeken ze nu uit. Ik was in een hut toen het gebeurde, dus ik heb niets gezien.'

Ik keek naar de mensen onder het praten om te zien of ik Ray Huevo kon ontdekken. 'Het valt me op dat u niet op Miami gekleed bent. Bent u pas in Florida?'

Hij keek naar zijn kamgaren broek. 'Vandaag aangekomen. Ik heb een lange dag achter de rug.'

'Mag ik raden? Jersey?'

'Daar ben ik al jaren weg.'

'Maar daar komt u toch wel vandaan?'

'Tja, Jersey kun je nooit echt afschudden.'
Ik hield hem mijn hand voor. 'Alex.'
'Simon.'
'Waar woon je nu?'
'De wereld.'
'Dat doen we allemaal.'
'Mijn baas reist en ik reis met hem mee.'
'Komt je baas oorspronkelijk ook uit New Jersey?'
'Ja. Oorspronkelijk.'
Hij keek op me neer en de blik die hij in zijn ogen had en een specifiek trekje bij zijn mond had ik eerder gezien. Het was dezelfde blik die ik geregeld van Hooker kreeg. 'En nu?' vroeg ik.
'De wereld.'
'O ja. Dat is waar ook.'
Ik zag hoe hij zijn verlangen om anoniem te blijven afwoog tegen zijn verlangen naar een speelkameraadje voor zijn Grote Jongen. Hij verplaatste zijn gewicht van de ene voet op de andere, boog zich naar me toe en ik besefte dat de Grote Jongen de koers bepaalde.
'De laatste jaren hebben we onze thuisbasis in Zürich,' zei hij.
'Dat verklaart je pak.'
'Bij aankomst waren er wat problemen waardoor ik nog geen tijd heb gehad om me te verkleden. En jij? Woon jij hier?'
'Soms. Maar voornamelijk woon ik in de wereld.'
'Probeer je me voor de gek te houden?'
'Ik probeer met je te flirten,' zei ik. Ik moest toch de weinige wapens gebruiken waarover ik beschikte? Ik hoopte alleen maar dat Hooker gewapend was en me scherp in het oog hield.
Nu lachte hij naar me. 'Aha,' zei hij waarderend.

Ik haast me daaraan toe te voegen dat ik heel goed wist dat hij ook had gelachen en 'Aha' had gezegd als ik schubben had gehad of een achterste als Mr. Ed het sprekende paard.

'Wat doe je in Zürich?' vroeg ik.

'Ik ben troubleshooter.'

In mijn wijk in Baltimore is een troubleshooter iemand die zorgt dat alles gesmeerd loopt. Als de eigenaar van een bar bijvoorbeeld niet op tijd zijn protectiegeld betaalt, komt er een troubleshooter met hem praten die zijn knieschijven verbrijzelt om zijn woorden kracht bij te zetten.

'Troubleshooter,' zei ik. 'Wat voor trouble shoot je dan?'

'Je vraagt wel veel.'

'Ik hou het gesprek gaande. Ik heb ergens gelezen dat mannen het fijn vinden als je belangstelling toont voor hun werk.'

Hij lachte weer. 'Ik werk voor een man die in de invoer en uitvoer zit. Ik assisteer hem waar ik kan.'

'Wat voert hij uit? Carburators?'

'Misschien moeten we dit gesprek ergens anders voortzetten,' zei hij. 'We kunnen naar de bar.'

Jachtplan voor de avond. Giet die domme babe vol. 'Goed,' zei ik.

We liepen naar de buitenbar van Monty. De trap was niet ver. Boven hesen we ons op een kruk en bestelden iets te drinken. Ik keek over Simons schouder en zag dat Hooker op een afstandje toekeek en gebaarde dat hij zich ging opknopen.

'Een ogenblik,' zei ik. 'Ik ben zo terug.'

Ik liep met Hooker mee de steeg in, om de hoek.

'Wat bedoelde je?' vroeg ik.

'Heb je besteld?'

'Ja.'

'O man, dan word je dronken en dan moet ik je bevrijden

uit de greep van die King Kong. Hij is zeker twaalf kilo zwaarder dan ik. Het loopt slecht af.'

'Ik word helemaal niet dronken.'

'Schatje, ik ken niemand die zo slecht tegen drank kan als jij. Wat heb je besteld? Ik wed dat je zoiets aanstellerigs hebt besteld met stukjes fruit en een parapluutje.'

'Ik heb een pilsje genomen.'

'Alcoholvrij?'

Ik kneep mijn ogen bijna dicht. 'Wil je informatie van die kerel hebben of niet?'

Hooker stond met zijn handen op zijn heupen. Hij was niet blij. 'De enige reden dat ik je niet tegenhoud is dat ik weet hoe goed je bent in nee zeggen.'

Ik liep terug naar de bar. 'Vertel eens,' zei ik tegen Simon. 'Vertel eens over dat invoeren en uitvoeren. Ik stel me zo voor dat je racewagens in- en uitvoert.'

'Racewagens?'

'Je bent te gast op het Huevo-jacht,' zei ik. 'Dus ik dacht dat je iets met de racerij te maken zou hebben.'

'Helemaal niet. Het Huevo-concern is op allerlei terreinen actief.'

Hij dronk Jack Daniel's met ijs. Hij sloeg zijn glas achterover en keek naar mij. Ik nam keurige slokjes van mijn bier. Hij keek naar me alsof hij wilde zeggen dat ik moest opschieten, maar hij beheerste zich en bestelde nog een Jack.

'Wat doe je?' vroeg hij.

'Ik verkoop lingerie.'

Ik zou niet weten hoe ik daarop kwam. Het ging vanzelf. En aan zijn gezicht te zien, was het een gelukkige greep. Veel beter dan zeggen dat ik aan auto's sleutelde, bijvoorbeeld.

'Bij Victoria's Secret of zo?' vroeg hij.

'Precies. Ik werk bij Victoria's Secret.'

Hij sloeg de tweede Jack achterover. 'Ik heb altijd iemand willen ontmoeten die bij Victoria's Secret werkte.'

'Nou, dan bof je.'

Hij drukte zijn knie tegen de mijne. 'Zo mag ik het horen. Bof ik echt vandaag?'

'Wie weet wat er nog kan gebeuren.' Maar niet heus.

Ik draaide me op mijn barkruk om en zag dat de brandweer vertrok. De ambulance was al weg. De meeste toeschouwers waren verdwenen en bemanningsleden waren druk bezig op het eerste dek. 'Zo te zien is iedereen weer aan boord,' zei ik. 'Ik hoop maar dat de schade meevalt.'

Een derde Jack verscheen als bij toverslag op de bar.

'Kan me niet schelen of die brik naar de kelder gaat,' zei Simon. 'De operatie is grandioos mislukt. Als het aan mij lag, hielden we het voor gezien.'

'Maar je baas denkt er anders over?'

'Mijn baas is fanatiek.'

'Ik wed dat Ray Huevo niet blij is met de brand. Het verbaast me dat hij niet ook van boord is gegaan.'

'Ray is er niet. Ray is de stad uit. Met die twee sukkels van hem.'

De barkeerper stond tegenover ons glazen te poetsen. 'Als je Rodriguez en Lucca bedoelt, die heb ik net op het parkeerterrein gezien. Ik bracht een vuilniszak naar de container en zag ze zitten.'

Simon richtte zijn aandacht op de barkeeper. 'Weet je het zeker?'

'Ja, ze zaten in hun auto. Zwarte BMW.'

Yes! Uitstekend. Hooker en ik konden ze besluipen en Schrok redden.

'Ik moet ze spreken,' zei Simon.

Nee! Helemaal verkeerd. Spreken kon betekenen dat ze geruisloos zouden verdwijnen als ze niet de juiste antwoorden gaven. Dat zou mij hinderen bij mijn poging Schrok te redden. Wat ik nodig had, was dat de politie het moordwapen bij Rodriguez en Lucca zou vinden.

'Waarschijnlijk dubbelgangers,' zei ik.

'Ik heb de tatoeage in zijn nek gezien,' zei de barkeeper.

'Dat hebben zo veel boeven,' zei ik. 'Kijk maar naar de man naast me. Ik wed dat die ook een tatoeage heeft.'

'Niet in mijn nek,' zei Simon. Hij ging staan en legde wat twintigjes op de bar. 'Schat, ik moet je helaas verlaten.'

'Hè, wat jammer,' zei ik. 'Ik had een plannetje. Ik wou je héél gelukkig maken. Ik wou dingen met je doen waar niet eens een naam voor is.'

Hij schoof me een servetje toe. 'Geef me je telefoonnummer, dan bel ik je na mijn werk.'

'Ja, maar dan is het ogenblik weg. Dan ben ik weer helemaal afgekoeld. Ik blijf niet vanzelf op temperatuur.'

'Het hoeft niet lang te duren.'

'Nou goed, ik doe dit niet voor iedereen, maar ik laat je in mijn bloes kijken als je niet naar die lui buiten gaat. Zeg het maar.'

'Is dat alles? Ik mag in je bloes kijken?'

'Nou zeg, ik heb echt wat moois in mijn bloes.'

'Ik wil wel in je bloes kijken,' zei de barkeeper. 'Krijg je een biertje van me.'

'Waarom vind je die lui buiten zo belangrijk?' vroeg ik aan Simon.

'Ik moet ze spreken.'

'Is dat alles?'

'Ja, min of meer.'

'Kan dat niet een andere keer?'

Hij grijnsde me toe. 'Zo, jij zit omhoog. Het komt er zeker niet vaak van? Wanneer heb je voor het laatst worst gehad?'

Wat een beeld riep dat op. Welke vrouw zou niet romantisch gaan fantaseren over een man die voor een penis het woord worst gebruikt?

'Het is een tijdje geleden,' gaf ik toe. En dat was waar. 'Misschien heb ik daarom zo'n trek in je... worst.'

'Ik zou je graag ter wille zijn,' zei Simon, 'maar dit moet eerst.'

Ik sprong van mijn kruk en liep over het terras naar Hooker.

'We hebben een probleem,' zei ik tegen hem. 'De barkeeper heeft de troubleshooter van de man die de chip wil kopen net verteld dat hij Rodriguez en Lucca op de parkeerplaats kan vinden.'

'Troubleshooter?'

'Dat type aan de bar. Het zijn Amerikanen, maar ze wonen in Zürich. En Ray is echt verdwenen.'

We verstopten ons in het struikgewas naast het parkeerterrein en zagen dat Simon aan de bestuurderskant met de loop van zijn vuurwapen tegen de ruit van de BMW tikte en Lucca en Rodriguez sommeerde uit te stappen. Ze stonden een poosje te praten. Het zag er niet onvriendelijk uit. Simon gebaarde dat ze naar de boot moesten gaan, maar Rodriguez schudde zijn hoofd. Het leek Rodriguez geen goed idee.

Pang! Simon schoot Rodriguez in zijn voet.

'Fok,' zei Rodriguez. En hij viel hard op zijn achterste.

Ik schrok enorm van het schot en voelde me licht in het hoofd. Het viel niet mee om toe te kijken hoe iemand in koelen bloede werd beschoten. Natuurlijk had ik zelf de man met mijn zaklamp een mep tegen zijn knie gegeven, maar dat had indertijd heel anders geleken. Ik boog mijn hoofd en haalde een paar keer diep adem.

Ondanks de afstand en het matige licht zag ik dat Lucca glazig toekeek.

'Doe iets,' fluisterde ik Hooker toe. 'Rodriguez en Lucca mogen niet verdwijnen. We hebben ze nog nodig.'

'Schatje, de troubleshooter heeft een wapen.'

'Jij toch ook?'

'Ja, maar die man maakt er doodleuk gebruik van. De mijne is meer voor de show.'

'Bel dan de politie!'

Hooker belde het alarmnummer.

'Er wordt een roofoverval gepleegd op het parkeerterrein van de jachthaven in South Beach,' fluisterde Hooker in de telefoon. 'Met wie spreek ik? Ik moet zeggen wie ik ben? Ik ben Dickie Bonnano. En er is haast bij, anders vallen er dooien.' Hooker klapte zijn mobieltje dicht en liet het in zijn zak glijden.

'Je hebt niet gezegd dat er is geschoten,' zei ik.

'Dat leek me vanzelfsprekend bij een roofoverval.'

'Er wordt niet bij elke roofoverval geschoten. Schieten is veel ernstiger dan een gewone overval.'

'Helemaal niet. Bij een roofoverval kun je in elkaar worden geslagen. Een schietpartij kan je ook alleen je teen kosten.'

'Komt de politie eraan?' vroeg ik.

'Ik denk het wel.'

'Je denkt het wel? Wat zei de centraliste?'

'Die zei dat ik rustig moest blijven.'

Simon had ook getelefoneerd en drie minuten later verscheen

zijn reisgenoot. Ze fouilleerden Lucca en Rodriguez, die daarna op de achterbank van de BMW moesten gaan zitten.

'Waar blijft de politie?' vroeg ik een beetje paniekerig. 'Ik hoor geen sirene. Ik zie geen zwaailicht. Je had tegen de centraliste moeten zeggen dat er is geschoten. Je had assertiever moeten zijn.'

'Ik was best assertief. Ik was alleen niet in totale paniek!'

'Misschien zou je in paniek moeten zijn, want ik zie geen politie verschijnen.'

'Volgende keer moet jij maar bellen.'

'Doe ik.'

'Afgesproken.'

'Ja, afgesproken.'

We keken elkaar woedend aan, neus tegen neus, handen op de heupen.

Hookers mondhoeken krulden in het begin van een grijns. 'Hadden we nou ruzie?'

'Overleg.'

'Volgens mij hadden we ruzie.'

'Welnee.'

'Het voelde als ruzie.'

'Geen sprake van. En er komt ook geen seks om het goed te maken.'

'Je kunt het altijd proberen,' zei Hooker.

Simon en de andere man stapten in de BMW die rustig het parkeerterrein afreed. Hooker en ik draafden naar onze huurauto en we reden naar het noorden.

'Ik heb van Simon iets interessants gehoord.'

'De man in de bar?'

'Ja. Hij zei dat ze niets deden in de racerij. Hij en Ray voerden in en uit.'

'Heeft hij ook gezegd wat? Drugs, mensen, wapens?'

'Nee, dat heeft hij niet gezegd.'

De BMW wurmde zich door het verkeer en na een paar stoplichten raakten we hem kwijt.

'Volgens mij,' zei Hooker, 'is dit de situatie. Als Schrok in de kofferbak ligt, zullen ze hem vinden en waarschijnlijk blijft de situatie voor hem zoals die was. Althans voorlopig. Dus wij staan er nog even beroerd voor.'

'Verder nog iets?'

'We moeten Ray zien te vinden. En we moeten uitzoeken wie de chip wil kopen. En voordat we dat doen, moeten we terug naar Felicia's huis, want ik ben afgepeigerd.'

14

Toen ik wakker werd, lag Hooker op me en Berg blies sint-bernardadem in mijn gezicht. Verontrustend was dat ik dat best vond. Ik schoof onder Hooker uit, ging naar de badkamer van de Ibarra's voor een snelle douche, kleedde me aan, pakte in de keuken een paar flinke plastic zakken mee en nam Berg mee naar buiten.

Het was net zeven uur geweest en Felicia's wijk ging aan de slag. Pick-ups en tweedehands personenauto's reden de zijstraten in, bij bushaltes stonden rijen mensen te wachten, honden blaften in postzegeltuintjes, katten zaten op de stoep in de eerste zonnestralen. De taal die hier werd gesproken was Spaans, de keukengeuren waren Cubaans en de huidskleuren waren donkerder dan de mijne. Het levensritme voelde normaal en geruststellend, het decor leek exotisch.

Felicia's nicht stond aan het fornuis toen ik terugkwam. Hooker zat aan tafel met een stel kinderen om zich heen en een wat oudere man die ik niet kende. Berg schoof onder de tafel in afwachting van eten dat op de grond zou vallen.

'Dooreten,' zei Lily tegen haar jongste. 'Zo meteen komt de bus en dan ben je weer niet klaar.'

Hooker had koffie, sinaasappelsap en een ontbijtburrito voor zich staan. Hij had zijn ene hand om de burrito gevouwen en de andere hield de telefoon aan zijn oor.

'Tuurlijk,' zei Hooker. 'Reken daarop.'

Ik schonk een beker koffie in en ging ook aan tafel zitten.

'Dat was Skippy,' zei Hooker toen hij klaar was. 'Hij wilde even zeggen dat het dinsdag is.'

Het verbaasde me dat Skippy zo vroeg op was. Skippy stond erom bekend dat hij in pyjama naar besprekingen kwam die voor negen uur begonnen.

'Skippy begint nerveus te worden,' zei Hooker. 'Er staan allerlei toestanden voor morgen op het programma, onder meer de optocht met alle wagens vanaf Times Square.'

Het zou niet best zijn als Hooker zich niet meldde voor de optocht. De bedoeling was dat de tien hoogst geklasseerde coureurs in hun racewagens door Manhattan zouden rijden. Het komt op tv en duizenden fans verzamelen zich langs de route. 'Misschien moeten we naar New York.'

'Dan word ik gearresteerd en in staat van beschuldiging gesteld wegens...' Hooker keek naar de kinderen aan tafel. 'Wangedrag.'

'Dat weet je niet zeker,' zei ik.

'Als ze me alleen maar willen verhoren, krijg ik al de hele pers over me heen. En als ze besluiten me vast te houden, moet jij in je eentje een uitweg zien te vinden.'

Lily zette een enorme ontbijtburrito voor me neer en schonk mijn koffiebeker nog eens vol. Ik at de helft van de burrito op en voerde de andere helft aan Berg.

Drie kwartier later stonden Hooker en ik op het parkeerterrein bij de jachthaven. De zwarte BMW was terug, netjes ingeklemd tussen twee andere auto's. We parkeerden de SUV aan de rand van het terrein, een eind bij de BMW vandaan, en stapten uit om te kijken, met voor de zekerheid een breekijzer bij ons.

'Er lekt geen bloed uit de kofferbak,' merkte Hooker op toen we achter de auto stonden. 'Dat kan een goed teken zijn.'

Hooker tikte op de achterbak en riep 'hallo', maar er kwam geen reactie. Ik voelde aan het portier, dat afgesloten was, dus zette Hooker het breekijzer in de kier onder het deksel van de kofferbak en wipte het open. Leeg. Geen bloed. Hooker gebruikte zijn volle gewicht om het deksel weer dicht te krijgen.

Ik loerde in de auto. 'Geen bloed op de bekleding of aan de binnenkant van het glas. Achterin is de vloermat weg. Daar heeft Rodriguez waarschijnlijk flink op gebloed. Ik zie een paar vegen, maar geen grote plassen. Misschien hebben ze Rodriguez naar een dokter gebracht. Misschien hebben ze hem niet vermoord.'

'Ik weet niet of ik opgelucht of teleurgesteld moet zijn.'

We liepen het terrein over naar de promenade langs de jachthaven. Twee steigers verderop waren bemanningsleden op het Huevo-jacht druk bezig met schoonmaken na de brand. Vijf mannen met korte mouwen stonden op de steiger te praten, niet ver van de boot. Af en toe wees een van de mannen naar het jacht en dan keken ze er allemaal naar. Twee mannen hadden een klembord.

'Schaderegelaars,' zei ik tegen Hooker.

Enkele minuten later kwamen de drie mannen uit Zürich uit de grote salon en gingen zonder op- of omkijken van boord, gevolgd door twee bemanningsleden die hun bagage droegen.

'Die komen onze kant op,' zei Hooker. 'Ik wed dat ze naar het parkeerterrein gaan. We moeten ons uit de voeten maken.'

We stapten van het wegdek en werden meteen opgeslokt

door de paradijsvogelstruiken en dwergdadelpalmen die een groene afscheiding vormden tussen de promenade en het parkeerterrein. We slopen om de palmen heen langs de rand van het parkeerterrein en verstopten ons achter de SUV.

De mannen uit Zürich en de bagagesjouwers lieten niet lang op zich wachten. Ze liepen naar de zwarte BMW, zagen de kofferbak en staarden naar de krassen die we in de klep hadden gemaakt. Ze keken om zich heen. Ze schudden meewarig het hoofd. Ze probeerden de kofferbak open te maken. Die klemde. Ze legden de koffers op de achterbank en stapten in.

'Ze gaan weg,' fluisterde Hooker. 'Ze gaan naar huis. Wat betekent dat?'

'Ze gaan niet naar huis. Ze wonen in Zürich en daar is het nu koud. Als ze naar huis gingen, zouden ze zich daarop hebben gekleed. Maar ze hebben korte mouwen. Ik denk dat ze gewoon niet aan boord willen blijven. Het stinkt er waarschijnlijk nog naar rook.'

We wachtten tot de BMW het terrein af was, stapten in de SUV en gingen er achteraan, over Collins. Deze keer was het gemakkelijker. Geen stoplichten. Weinig verkeer. Ze reden naar een klein, chic hotel waar ze hun auto lieten parkeren, overhandigden hun bagage aan de portier en liepen met hem mee naar binnen.

'Ik wil echt graag weten wie die mannen zijn,' zei Hooker. 'Misschien kan een van ons met de receptionist gaan praten en ontzettend charmant doen om hem die informatie te ontfutselen.'

Ik rolde met mijn ogen. 'Ik kan niet zomaar naar de balie lopen om vragen te stellen.'

'Jij wel, als je een knoop in je T-shirt legt zodat de receptionist je figuur kan zien.'

'Je gebruikt me,' zei ik.

'Nou en?'

Ik deed het portier al open. 'Als ik over tien minuten niet terug ben, kom je me schietend redden.'

Ik trok mijn T-shirt uit mijn spijkerbroek en legde er vlak onder mijn borsten een knoop in. Daarna heupwiegde ik naar de overkant en ging met wiebelende kont de lobby in, zoals Suzanne zou hebben gedaan.

Het was een mooie kleine lobby met zwartwitte marmertegels op de vloer en palmen en een met gouden sierranden afgezette art-decobalie. Achter de balie stond een onberispelijk geklede en verzorgde man. Zijn nagels waren gemanicuurd, zijn haar was flatteus geknipt en hij had een gave huid. Hij droeg een regenboogspeldje in zijn revers. Ik haalde de knoop uit mijn T-shirt en duwde het weer in mijn spijkerbroek. Ik zou meer dan een blote buik nodig hebben om deze man te paaien. Ik beschikte niet over de accessoires waarmee ik zijn belangstelling kon wekken.

'Schoonheid,' zei hij tegen me, 'je bent te volmaakt om je te bedekken. We zijn in South Beach. Je bent zeker in training?'

'Af en toe.'

'Wat kan ik voor je doen? Als je de huur wilt verdienen, heb ik misschien wel iets voor je.'

Nou ja, ik was heupwiegend en draaiend met mijn achterste binnengekomen... maar ik vond het toch niet prettig om meteen voor een hoer te worden aangezien. 'Ik ben niet van de straat,' zei ik.

'Natuurlijk niet! Al zou een manicure geen kwaad kunnen. En een spoeling.'

Ik duwde mijn handen in mijn zakken. 'Drie mannen hebben zich net ingeschreven. Is een van de drie misschien op zoek naar... een dame? De man in het blauwe hemd en de grijze slapen?'

'Hij heeft daar niet om gevraagd. Hoewel meneer Miranda hier eerder heeft gelogeerd en in het verleden van onze diensten gebruik heeft gemaakt om hem van vrouwelijk gezelschap te voorzien.'

'Ik dacht al dat ik hem herkende. Ik heb hem vorig jaar gehad. Toen was hij hier toch voor de Orange Bowl? Ik kan me hem herinneren omdat hij een kromme... je weet wel heeft.'

'Erg is dat, hè?' zei de receptionist. 'Heb je daar wat extra's voor gerekend?'

'En zijn voornaam was...'

'Anthony.'

'Anthony Miranda. Klopt, die was het.' Ik leende de pen op de balie en schreef een verzonnen nummer op een brochure van het hotel. 'Het nummer van mijn mobieltje,' zei ik. 'Zeg maar tegen Anthony Miranda dat hij de groeten van Dolly moet hebben.' Ik liep swingend naar buiten en stapte bij Hooker in de SUV. 'Anthony Miranda,' zei ik tegen hem.

'Anders nog iets?'

'Dat is alles. Alleen de naam. Waarschijnlijk had ik wel meer te weten kunnen komen, maar dan had ik gemanicuurde nagels moeten hebben.'

Hooker reed terug naar het parkeerterrein van de jachthaven en belde Skippy, met de speaker aan.

'Ik heb hulp nodig,' zei Hooker tegen Skippy.

'Je meent het.'

'Informatie over iemand. Anthony Miranda. Wat kun je me over hem vertellen?'

'Niets.'

'Google hem dan of zoiets en bel me terug.'

'Waar is de goeie ouwe tijd gebleven dat wij van Nascar ons alleen druk hoefden te maken over zwangere pitspoezen en vernielde hotelkamers? Earnhart senior zou me nooit hebben gebeld om te vragen iemand voor hem te Googelen. Hij was coureur!'

'Ik spreek je niet tegen,' zei Hooker en hing op.

'Je bent heel sterk als coureur,' zei ik tegen hem. 'Maar voor detective deug je niet.'

Er kwam een limo aanrijden die stopte bij de promenade langs de jachthaven. Het portier ging open en Suzanne Huevo stapte uit. Ze droeg een lichtgeel pakje, haar haar was strak naar achteren getrokken, ze droeg haar hondje in een tas over haar schouder en er hing een lading diamanten aan haar oren.

'Die komt de schade opnemen,' zei Hooker.

Suzanne verdween over de promenade en de limo bleef stationair draaiend wachten. Vijf minuten later kwam Suzanne terug, stapte in de limo en de limo reed weg.

Hooker startte. 'Laten we maar achter haar aan rijden,' zei hij. 'Dat doen we met iedereen. En we hebben niets anders te doen.'

De limo zoefde over Collins en stopte voor de entree van een appartementencomplex net voorbij het Ritz. Suzanne stapte uit en paradeerde op haar hoge hakken naar binnen. De limo reed door.

'Hm,' zei Hooker. 'Dat stelde weinig voor. Hier woont ze tegenwoordig.'

'Heb je nog een idee?'

'Om de hoek is een Starbucks. We kunnen koffie halen en zo'n cranberrypunt met fondant.'

'Ik bedoelde: heb je nog een idee om ons van de lijst van meest gezochte criminelen af te krijgen?'

'Nee,' zei Hooker en reed door naar de Starbucks. 'In die richting heb ik geen ideeën.'

Tien minuten later had ik in de Starbucks twee bekers koffie en twee cranberrypunten veroverd. Ik liep door de glazen schuifdeur en zag nog net dat de SUV wegreed, gevolgd door een zwarte BMW.

Mijn eerste reactie was ongeloof. Eén ogenblik hield de aarde op met om zijn as draaien en er verroerde zich niets meer. De tijd stond stil. En toen voelde ik een akelige druk op mijn borst waardoor ik geen adem meer kon halen. Tranen vertroebelden mijn blik. Ik wist dat het echt was gebeurd. Hooker was weg. De boeven hadden hem te pakken. En die boeven waren van een heel ander kaliber dan Lucca en Rodriguez. Lucca en Rodriguez waren lomp en dom. Ik vermoedde dat Simon en zijn partner geharde beroeps waren.

Ik liet me vallen op de betonnen treden achter me en stak mijn hoofd tussen mijn knieën om grote happen lucht te nemen. Sterk zijn, hield ik mezelf voor. Nu moet je tonen wat je waard bent. Ik snoot mijn neus in een servetje van Starbucks, probeerde mezelf te kalmeren en probeerde na te denken. 'Wat je te doen staat,' hield ik mezelf voor, 'is Hooker vinden voordat de boeven hem iets aandoen. Je hebt hulp nodig. Bel Rosa en Felicia.'

Ik zat nog op de traptreden voor de Starbucks toen Rosa kwam aanrijden. Ik was superalert na twee bekers koffie en een cranberrypunt. Ik was uitgehuild, maar ik vond het nog net zo verschrikkelijk dat Hooker door de boeven was ontvoerd. En ik wilde hem koste wat kost in bruikbare toestand terughalen.

Rosa reed in een hardroze Toyota Camry die was gepimpt met een achterspoiler en fluorescerende rode, oranje en groene geschilderde vlammen. Felicia zat naast haar. En Berg zat op de achterbank met zijn neus tegen de ruit naar me te staren.

Ik schoof naast Berg en mijn aandacht werd getrokken door

het arsenaal dat in de zakken aan de rugleuningen was gestoken. Drie halfautomatische wapens, twee revolvers, een stroomstootwapen en een forse spuitbus met pepperspray. Plus wat me een jachtgeweer met afgezaagde loop leek, op de vloer.

Felicia zag me naar de wapens kijken. 'Je weet maar nooit,' zei ze. 'Een goede voorbereiding is het halve werk.'

Wat voor werk? De Derde Wereldoorlog?

'Wat doen we nu?' wilde Rosa weten. 'We zijn er klaar voor om die schoften aan te pakken. Weet je waar ze met Hooker naartoe zijn?'

'Nee. Maar ik weet waar ze logeren. In dat witte hotelletje aan Collins met de grote veranda met schommelstoelen ervoor. Daar kunnen we wel beginnen.'

'Ik weet wat je bedoelt,' zei Rosa en trok op. 'Het Pearl.'

Ik leunde naar achteren en belde Skippy.

'Ik bel voor Hooker,' zei ik. 'Ben je nog iets over Anthony Miranda te weten gekomen?'

'Er blijken heel wat Anthony Miranda's te zijn. Een drummer, een politieman in New York, een politicus, een man met een exportbedrijf in Zürich...'

'Die moet je hebben. De exporteur.'

'Ik wist dat ik de exporteur moest hebben. Uit wat ik heb gelezen maak ik op dat hij voornamelijk wapens exporteert en verboden militaire apparatuur.'

'Slecht nieuws. Ik hoopte op chocola.'

'Waar is Hooker?' vroeg Skippy.

'Je weet toch dat belangrijke filmsterren allemaal imitators hebben? Misschien moet je iemand zien te vinden die zich voor Hooker kan uitgeven.'

'Ik word te oud voor dit soort ellende,' zei Skippy. En hij hing op.

Rosa parkeerde in een zijstraat een eindje voor het Pearl. We lieten Berg in de auto achter om de wapens te bewaken en Rosa, Felicia en ik bestormden de lobby alsof we een trio hoeren waren.

Dezelfde onberispelijk verzorgde receptionist stond achter de balie en zijn ogen werden groot.

'O hemel,' zei hij. 'Misschien iets te veel van het goede.'

'Anthony verwacht ons,' zei ik.

'Hij heeft niets gezegd...'

Rosa droeg een rode jumper met V-hals die zoveel van haar samengeperste borsten toonde dat een man zou stikken als hij zijn neus in haar decolleté stak. 'We zijn uitgenodigd voor de brunch,' zei Rosa.

'Hij heeft geen brunch besteld,' zei de receptionist.

'Schatje,' zei Rosa, 'wij zíjn de brunch.'

'Maar ze zijn er niet. Ze zijn alle drie ongeveer een halfuur geleden weggegaan. De koffie zou niet aan hun eisen voldoen en ze zochten een Starbucks.'

Dus misschien hadden Rodriguez en Lucca over Hooker verteld en waren de kopers uit Zürich hem bij toeval tegengekomen. Een beroerd toeval.

'Anthony zei dat we maar vast naar boven moesten gaan,' zei ik tegen de receptionist. 'Hij zei dat jij ons wel zou binnenlaten.'

'O nee, dat kan ik niet doen. Absoluut niet.'

'Dan bereiden we ons hier wel voor,' zei Rosa. En ze trok haar jumper uit.

'Nee!' piepte de receptionist. 'Nee! Dat kan echt niet.'

'Ik doe mee,' zei Felicia en ze knoopte haar bloes met lichtblauwe bloemetjes open.

De receptionist sloeg zijn handen voor zijn ogen. 'Ik kan niet kijken. Ik kijk niet.'

'Tenzij je Felicia's directoire op de vloer wilt zien liggen, kun je me beter de sleutel geven,' zei ik.

Hij schoof me een kaart toe. 'Hier. Hier dan, als jullie maar weggaan! Wegwezen. Kamer 215.'

Felicia, Rosa en ik dansten naar de lift en gingen naar de tweede etage. Ik maakte de kamer open en we doorzochten alles.

'Die man heeft geen fantasie,' zei Felicia. 'Moet je zijn boxers zien. Allemaal dezelfde kleur. Geen motiefje, niks.'

Ik zette zijn laptop aan. Niets op de desktop. Niets interessants op de harde schijf. Ik ging naar zijn mailprogramma. Leeg. Zijn agenda. Niets ingevuld.

'Er staat niets op,' zei ik. 'Hij heeft kennelijk alles op een USB-stick bij zich.' Ik keek om me heen of ik ergens een stick kon vinden, maar nee.

'In de kast zit een kluisje,' zei Rosa. 'Daar heeft hij vast alles in, want het zit op slot. Zijn jaszakken zijn leeg.'

Felicia's mobieltje ging. 'Mijn nicht,' zei Felicia en gaf het toestel aan mij. 'Daar is Hooker met drie mannen en hij wil jou spreken.'

'Zo,' zei ik tegen Hooker. 'Hoe is het met je?'

'Kon beter. Ik ben hier met drie heren die belangstelling hebben voor de computerchip. Die blijkt namelijk niet meer achter het plaatje van Jezus te zitten.'

'Ik heb hem door Felicia laten meenemen. Ik dacht dat ik hem nodig kon hebben als losgeld om je vrij te krijgen.'

'O man, wat een opluchting. Dus je hebt hem bij je?'

Ik keek naar Felicia. 'Jij hebt toch het chipje dat achter het plaatje van Jezus zat?'

'Ja en nee,' zei Felicia. 'Ik heb hem eraf gehaald en toen ik de wapens wilde pakken, legde ik de chip even op tafel en toen heeft Berg hem opgegeten.'

'Wát?'

'Hoe kon ik nou weten dat hij dat zou doen? Ik was drie seconden de kamer uit en toen ik terugkwam, had die vreetzak van een hond zijn tong op tafel en de chip was weg.'

Ik kon geen woord uitbrengen.

'Het had erger gekund,' zei Felicia. 'We weten tenminste waar hij is. Je moet alleen wachten tot hij een grote bah doet.'

'Hallo,' zei Hooker. 'Ben je daar nog?'

'De chip is tijdelijk niet beschikbaar,' zei ik. 'Ik wil Miranda spreken.'

Er volgden wat onduidelijke geluiden en toen kwam Miranda aan het toestel.

'Hoor eens,' zei ik, 'er is een probleempje en de chip is tijdelijk niet beschikbaar, maar we weten precies waar hij is en we zullen hem jullie zo spoedig mogelijk ter hand stellen. Waar het om gaat is dit: als jullie Sam Hooker ook maar één haar krenken, krijgen jullie de chip nóóit te zien.'

'Dit is waar het volgens mij om gaat: als ik de chip niet krijg, gaat je vriendje eraan.'

'Technisch beschouwd is hij niet mijn vriendje.'

'Je hebt vierentwintig uur,' zei Miranda. Hij gaf me het nummer van zijn mobieltje en hing op.

'We hebben vierentwintig uur om de chip voor Hooker te ruilen,' zei ik tegen Rosa en Felicia.

'Misschien kunnen we het hondje pruimedanten voeren voor een sneller resultaat,' zei Felicia. 'Bij mij helpt dat altijd.'

'Misschien moeten we wachten tot de boeven terugkomen en ze dan verrot slaan,' zei Rosa.

Het leken me allebei wel goede ideeën. 'We gaan,' zei ik. 'Een van jullie kan het hotel in het oog houden en de ander kan met mij mee gaan om pruimedanten te kopen.'

'Ik heb geen zin om het hotel in het oog te houden,' zei Rosa. 'Alleen maar wachten, dat is saai.'

'Ik heb er ook geen zin in,' zei Felicia. 'Ik heb zin in actie. Ik bel mijn neefje Carl wel. Die kan het hotel observeren. Hij heeft momenteel geen werk. Die is blij als hij iets te doen heeft.'

'Carl,' zei Rosa. 'Die ken ik. Die is toch aangehouden wegens dealen?'

'Ja, maar nu is hij clean. Hij woont in een groepswoning hier een paar straten verderop en waarschijnlijk zit hij toch maar tv te kijken. Vroeger was hij inpakker bij een supermarkt, maar toen ze op plastic tassen overgingen, wist hij daar geen raad mee.'

Tien minuten later stonden we aan de overkant van het hotel met Carl te praten. Hij was een stevige jongeman van een meter tachtig, met een donkere huid, haar tot op zijn schouders, een veel te ruime spijkerbroek en een gouden voortand. We installeerden hem op een bankje en gaven hem de signalementen van de mannen, de auto's en Hooker. Hij had een mobieltje, een fles limonade, een spiegelende zonnebril en een honkbalpetje... alles wat hij nodig had om een dagje in Miami te observeren.

'Carl lijkt me niet al te slim,' zei Rosa toen we weer in de Camry zaten.

'Hij heeft zijn verstand verrookt en versnoven, maar hij redt het wel,' zei Felicia. 'Hij is erg gewetensvol. Hij heeft Jezus gevonden.'

'Zo te zien heeft hij Hem gevonden in een poolcafé,' zei Rosa.

'Er is een winkeltje bij de jachthaven,' zei ik. 'Misschien hebben ze daar pruimedanten en dan kunnen we meteen kijken of de zwarte BMW op het parkeerterrein staat.'

Berg zat naast me op de achterbank en hijgde warme hondenadem in Felicia's nek.

'Iemand moet die hond een pepermuntje geven,' zei Felicia. 'Hij moet echt iets aan zijn adem doen. Volgende keer krijgt hij geen burrito bij het ontbijt.'

'Wanneer we pruimedanten kopen, kopen we ook pepermunt,' beloofde ik.

'Ik heb hem meegenomen omdat we goed op hem moeten letten of de Grote Gebeurtenis al plaatsvindt,' zei Felicia.

Ik wilde niet nadenken over de Grote Gebeurtenis. Ik had geen idee hoe ik de chip moest terugvinden in de Grote Gebeurtenis. Daar had ik een isolatiepak en een gasmasker bij nodig.

Rosa reed Collins af, passeerde Joe's krabrestaurant en reed langs Monty het parkeerterrein op. Ze reed langzaam tussen de geparkeerde auto's door, maar we zagen de BMW nergens.

'Ik wil nog even naar de boot kijken,' zei ik. 'En ik wil Berg uitlaten.'

Felicia draaide zich om en keek Berg in het gezicht. 'Moet je een grote bah doen?' vroeg ze.

'Daar is het nog te vroeg voor,' zei Rosa die de Camry parkeerde en de motor afzette. 'Hij heeft nog geen pruimedanten gehad. En trouwens, het gaat niet zomaar pats boem. Het is geen seks!'

'Wel als je genoeg pruimedanten hebt gegeten,' zei Felicia. 'En je moet niet seksen met pats-boemmannen. Dat is seks binnen het huwelijk. Als ik gescheiden was, zoals jij, zou ik de kookwekker zetten op "eerst ik". Geen pats zonder mijn boem.'

'Het blijft altijd een gok,' zei Rosa. 'Je krijgt je kaarten toebedeeld en soms is het pats en soms is het boem. Daarom heeft God de vrouwen de massagedouche geschonken.'

We stapten allemaal uit en liepen naar de jachthaven.

'Je moet wel uitkijken wat je over God zegt,' zei Felicia. 'Hij hoort je, hoor. Als ik jou was, zou ik maar gauw een paar weesgegroetjes bidden, voor het geval dat.'

Rosa keek opzij naar Felicia. 'Jij hebt zeker nooit een douchemassage gehad?'

'Natuurlijk wel, maar ik haal God er niet bij. Volgens mij kan de massagedouche net zo goed een uitvinding van de duivel zijn. God is de uitvinder van de missionarishouding.'

We stonden op het pad naar de steigers te kijken. Alles zag er uit zoals altijd, alleen het Huevo-jacht was weg. Ik liep met Berg naar de plek waar het jacht aangemeerd had gelegen en benaderde een man die aanstalten maakte om in een Hatteras uit te varen.

'Waar is de Huevo gebleven?' vroeg ik.

'Die is net weg. Naar Fort Lauderdale voor reparatie. Er is brand geweest in de grote salon.'

Daar hoefde ik Hooker dus niet te zoeken.

We gingen de trap op, langs de buitenbar, en liepen om het gebouw heen naar het winkeltje in de zijstraat. Ik bleef buiten met Berg en tien minuten later kwamen Felicia en Rosa naar buiten met twee volle zakken.

'Wauw,' zei ik. 'Is dat allemaal voor Berg?'

'Nee,' zei Rosa. 'De pruimedanten en de grote plastic zakken zijn voor Berg. De rubber handschoenen zijn voor jou. De macaronisalade, chocoladetaart, broodjes bal en blikjes fris zijn voor ons.'

We gingen voor de winkel op de bank zitten en Felicia maakte de doos met pruimedanten open. 'Iemand een pruimedant?' vroeg ze. 'Ze zijn erg gezond. Zit veel ijzer in.'

We hoefden geen van allen een pruimedant. We moesten ruimte vrijhouden voor chocoladetaart.

'En het hondje?' vroeg Felicia aan Berg. 'Wil het hondje een pruimedant?'

Berg zat rechtop, met glanzende ogen en opgezette oren. Hij rook aan de pruimedant die Felicia hem voorhield en at hem toen heel voorzichtig uit haar hand. Hij hield hem een poosje kwijlend in zijn bek, alsof hij niet wist wat hij met een pruimedant moest doen. Hij deed zijn bek open en de pruimedant viel op de grond.

'We hebben een broodje bal voor hem gekocht,' zei Felicia. 'Voor het geval dat.' Ze haalde een van de broodjes uit de verpakking, stopte er een paar pruimedanten in en gaf het broodje aan Berg.

Berg verslond het broodje.

'Nu hoeven we alleen maar te wachten op de bah,' zei Felicia, die broodjes uitdeelde en vorkjes om de macaroni mee te eten.

We lunchten, dronken fris en Felicia belde haar neef om hem te vragen hoe het ging.

'Hij heeft geen verandering te melden,' zei ze. Ze stopte de verpakkingen van de broodjes en de vorkjes in de zak en keek om zich heen. 'Waar is de doos met pruimedanten? Die had ik naast me op de bank.'

We keken allemaal naar Berg. Hij zat op het gras, niet ver bij ons vandaan. Hij kwijlde, zijn ogen keken suf en hij had een stukje karton van de pruimedantendoos aan zijn onderlip hangen.

'O jee,' zei Rosa. 'Hij heeft behoorlijk veel pruimedanten opgegeten.'

Berg ging staan, tilde zijn staart op en er klonk een geluid als van lucht die uit een ballon ontsnapte. We schoten overeind en namen afstand.

'Daar kun je verf mee afbranden,' zei Rosa.

Felicia waaierde de dampen weg met de afvalzak. 'Het ruikt naar burrito. En moet je hem zien. Het lijkt wel of hij lacht.'

Ik had het gevoel dat ik meer zou moeten doen om Hooker te vinden, maar ik wist niet waar ik moest beginnen. Misschien zoeken naar een adres. Ik diepte mijn telefoon op om Skippy te bellen.

'Ik hoopte dat je nog wat informatie voor me kunt opzoeken,' zei ik. 'Ik wil weten of Anthony Miranda onroerend goed bezit in Miami en omstreken. Een huis of een kantoorgebouw. Het geeft niet wat.'

'Ik wil Hooker spreken.'

'Hij is er niet.'

'Waar is hij dan?' vroeg Skippy.

'Hij is zo'n beetje... ontvoerd.'

Er viel een stilte waarin ik vreesde dat Skippy was flauwgevallen of een hartaanval had gekregen.

'Gaat het wel?' vroeg ik.

'Prima, hoor. Mijn zak is zo strak dat mijn kloten erin stikken.'

'Het is niet zo erg als het klinkt,' zei ik tegen Skippy. 'Ik krijg Hooker terug zodra de hond heeft gepoept.'

'Ik vraag maar niet verder,' zei Skippy. 'Heb je een telefoonnummer dat ik kan bellen met informatie over Miranda?'

Ik gaf hem mijn nummer en hing op.

'Misschien moeten we terug naar het hotel om Carl te vragen of hij behoefte heeft aan een sanitaire stop of ergens wil lunchen,' zei Felicia.

We liepen terug naar de parkeerplaats, stapten in de auto en Rosa reed naar Collins. Na drie zijstraten maakte Berg weer het ballongeluid; Rosa zette de auto aan de kant en we stapten allemaal uit om te wachten tot de lucht zou zijn weggetrokken.

We stonden niet ver van het afhaalloket van Joe's krab-restaurant. Een zwarte limo schoof voor ons en kwam tot stilstand. Suzanne stapte uit.

'Hemeltje,' zei ze toen ze mij zag. 'Barney! Hoe gaat het met je? Waar is Hooker?'

'Die is ontvoerd.'

'Tjee,' zei Suzanne, 'wat vervelend. Dat gebeurt veel tegenwoordig. Mag ik even? Ik moet mijn krab ophalen.'

'Wie is dat?' wilde Rosa weten. 'Ze lijkt me een moordwijf. Ik vind haar nu al leuk.'

Suzanne kwam terug met een grote zak. 'Waar ben je nu mee bezig?' vroeg ze aan mij, terwijl ze de zak aan de chauffeur gaf.

'Ik probeer Hooker te vinden. Dit zijn mijn vriendinnen Rosa en Felicia.'

'Ben je al bij de politie geweest?' vroeg Suzanne.

'Nee. Hooker en ik worden zeg maar gezocht in verband met een aantal moorden. Oscar, de waarnemer van de Banaan, Hookers portier... en waarschijnlijk inmiddels ook Ray.'

'Onzin. Ray is niet dood,' zei Suzanne.

'Weet je dat zeker?'

'Ja hoor, Ray is bij mij. Wil je hem zien?'

15

Felicia, Rosa en ik stapten weer in de Camry, zetten de raampjes open en reden achter de zwarte limo aan naar Suzannes appartement. We lieten de auto parkeren en namen de lift naar de elfde verdieping. Intussen moest ik me bedwingen om niet als een gek te gaan springen en dansen en gênant hard schreeuwen omdat ik Ray had gevonden. Omdat ik geen flauw idee had wat er gebeurde en niets wilde verzieken, hield ik mijn kaken stijf op elkaar, balde mijn handen tot vuisten en probeerde rustig te lijken.

'Het is maar een tijdelijke oplossing tot alles is geregeld,' zei Suzanne en stak haar sleutel in het slot. 'Maar het is niet gek en het uitzicht is prachtig.'

Het appartement bevond zich aan de achterkant van het flatgebouw, en had een glazen wand met uitzicht op de oceaan. De inrichting was modern, voornamelijk wit met accenten in pastelkleuren. De keuken was ultramodern en leek volstrekt ongebruikt.

'Waar is Itsy Poo?' vroeg ik.

'Op dinsdag gaat ze naar de speelgroep. Daarna gaat ze in bad in de whirlpool en dan krijgt ze een pedicure.'

Berg drukte zich tegen mijn been alsof hij wist wat 'pedicure' betekende en er niet dol op was.

Suzanne zette de zak van het krabrestaurant op het aanrecht neer. 'Kom maar mee, dames, dan laat ik jullie zien wat verontwaardigde moeders doen voor de lol.'

We liepen allemaal de slaapkamer in, die zo groot was als een half voetbalveld. Haar bed was een hemelbed met witte voile. Het tapijt was wit. Het hout was licht. De meubels waren wit. De gordijnen waren dicht en ik dacht dat dat was om de zon buiten te sluiten en te voorkomen dat ze sneeuwblind zou worden.

'Er zijn twee badkamers,' zei Suzanne. 'De mijne is achter die deur rechts. En de zijne is hier.'

Suzanne pakte een sleutel van het dressoir, deed de deur van zijn badkamer van het slot en deed een stap naar achteren. Ray werd gevangen gehouden bij het toilet, nog gekleed in wat hij had gedragen bij de ontmoeting op het strand. Hij was vastgemaakt met een ingewikkeld systeem van zware kettingen die om het toilet en de aan- en afvoerbuizen waren gehaald. Hij had zijn handen vrij om te doen wat hij moest doen, maar de kettingen lieten hem te weinig ruimte om te doen wat hij wilde doen... Suzanne wurgen. Hij had een kussen en een dekbed, een stapel tijdschriften en een dienblad met restjes van afhaaleten.

'Nu zijn jullie allemaal medeplichtig aan vrijheidsberoving,' zei Ray. 'Als jullie me hier niet weghalen, gaan jullie voor de rest van je leven de gevangenis in.'

'Wat heeft hij gedaan?' vroeg Felicia. 'Heeft hij je bedrogen?'

'Nee. Dit is mijn zwager,' legde Suzanne uit. 'Hij heeft mijn man vermoord voordat ik de kans had gekregen dat eigenhandig te doen. En nu wil hij de erfenis van mijn kinderen inpikken.'

'Je hebt geen bewijs,' zei Ray.

'Het is altijd onverstandig om te proberen een moeder te slim af te zijn,' zei Suzanne.

'Dus hier is Ray terechtgekomen nadat hij met Hooker en mij had gepraat,' zei ik.

'Het ging probleemloos,' zei Suzanne. 'Ik zei dat ik ergens onder vier ogen met hem wou praten over de overdracht van de boot. Hij kwam mee hierheen. Ik stelde hem buiten gevecht met een stroomstoot, bond hem vast en kon mijn gang gaan. Ik wed dat hij nog te stom is geweest om tegen iemand te zeggen dat hij hierheen ging.'

'Vraag haar naar de chip,' zei Ray tegen Suzanne.

'Kop dicht.'

'Je moet het haar vragen!'

'Wat is er met de chip?' vroeg ik aan Suzanne.

'Ray en Oscar hebben een dingetje in ontwikkeling dat veel geld waard is. Ze dachten dat ik er niets van wist, maar ik hou mijn oren open.

Ik wist dat het kon worden verkocht en ik wist dat Oscar het bij de races gebruikte. Het heeft hem het kampioenschap opgeleverd, maar bovendien was dat een uitstekende manier om de technologie te demonstreren voor mogelijke kopers. Ik was bereid als brave vrouw van een zakenman mijn mond dicht te houden. Ik was zelfs bereid als brave ex-vrouw van een zakenman mijn mond dicht te houden. Maar ik ben níét bereid als weduwe toe te zien hoe de doortrapte broer het bedrijf oplicht.' Suzannes strakke wenkbrauwen kwamen even iets dichter bij elkaar. 'Dus moest ik Ray ophalen voor verhoor, hè Ray?'

Ray staarde haar vernietigend aan. Suzanne negeerde hem.

'En nu is het prototype verdwenen, en Ray wil me niet vertellen waar het is gebleven,' zei Suzanne.

'Ik heb je verteld waar de chip is,' zei Ray. 'Jezus, waarom vraag je het haar niet gewoon?'

Suzanne bleef naar Ray kijken. 'Ray heeft een beledigend ongeloofwaardig verhaal verzonnen over de verdwijning van het product. Hij beweert dat jij en Hooker het ding hebben. En het wordt nog mooier. Hij beweert dat jullie eraan zijn gekomen door de truck te stelen waarmee de wagens werden vervoerd. Dezelfde truck waarmee Oscar naar Mexico zou worden teruggebracht.'

'Bedoel je dat gevalletje in de knop van de versnellingspook?' vroeg ik.

Suzanne draaide zich naar me om, met opengevallen mond en zo grote ogen als de botoxbehandelingen toelieten. 'Ik dacht dat hij loog. Het was een krankzinnig verhaal. Ik bedoel: wie zou dat nou geloven? Vertel me nou niet dat het waar is!'

'Het is waar,' zei ik.

Suzanne gooide het hoofd in de nek en schaterde het uit. Ze keek naar Berg. 'Ik geloof dat ik nu ook begrijp hoe Oscar aan zijn bijtwonden kwam. Daar mag je hem wel een extra koekje voor geven.'

'Hij zag de dooie meneer voor een grote kluif aan,' zei Felicia. 'Vanbinnen is hij nog een puppy.'

'Waar is de printplaat?' vroeg Suzanne. 'Heb jij die?'

'Niet echt. Maar ik weet waar hij is.'

'En is hij veilig opgeborgen? Kun je hem mij bezorgen?'

'Ja.'

Suzanne zuchtte van opluchting. 'Je hebt geen idee hoeveel

tijd en geld het heeft gekost om dat ding te ontwikkelen. Het is de toekomst van mijn zoons.'

'Dus het ging niet om de boot?'

'Niet uitsluitend. Daar ging het ook om. Tegen de tijd dat Ray executeur-af zou zijn, zou er niets van het bedrijf over zijn. Dan had Ray het inmiddels totaal leeggetrokken.'

Ray zei niets. Kennelijk hadden ze dit gesprek eerder gehad; het was voor Ray niet goed afgelopen.

'Er zijn een paar dingen die ik niet begrijp,' zei ik tegen Suzanne. 'Ik begrijp wel wat je aan ADSR in een racewagen kunt hebben, maar ik heb het gevoel dat het om meer gaat dan concurrentievervalsing in de racerij. Waarom is dat plaatje zo belangrijk?'

'De technologie kan breed worden toegepast,' zei Suzanne. 'Alles op dat plaatje is exclusief eigendom van Huevo. Het concept, de programmatuur, de toegepaste infraroodtechnologie en de voeding komen allemaal van de afdeling ontwikkeling en zijn allemaal volstrekt nieuw. Als het plaatje in verkeerde handen valt, kan het worden geanalyseerd en de technologie kan worden gestolen. De voeding is alleen al honderden miljoenen waard. De toegepaste infraroodtechnologie zal een revolutie in de vliegtuigbouw betekenen.'

'Dus je wilt het gevalletje terug om te voorkomen dat het wordt nagemaakt?' vroeg ik.

'Het is ingewikkelder,' zei Suzanne. 'Die idioot van een Oscar amuseerde zich door een microprocessor te ontwikkelen die gemakkelijk in een motor kon worden ingebouwd waarmee de rijsnelheid kon worden beïnvloed. Het was niet reglementair en maakte gebruik van de nieuwe voeding en de nieuwe infraroodtoepassing, maar het was een simpel programma dat zichzelf elke week vernietigde als het het juiste signaal kreeg. Tegelijkertijd had Oscar zakelijke banden aangeknoopt met een makelaar in technologie.'

'Anthony Miranda?'

'Ja. Miranda heeft een overzeese cliënt die bereid is de hoogste prijs te betalen. Jammer genoeg kan een deel van die technologie door Miranda's cliënt voor bijzonder kwalijke doeleinden worden gebruikt. Als ik dat eerder had geweten, zou ik hebben ingegrepen, maar ik heb het pas in Florida gehoord.

Er schijnt voor Miranda een prototype te zijn gebouwd. Dat was geprogrammeerd om de infraroodtoepassing te demonstreren die in de luchtvaart kan worden gebruikt. De geniale Oscar nam twee plaatjes mee naar Florida en slaagde erin het verkeerde plaatje in de negenenzestig te monteren.'

'Dat kwam door Rodriguez,' zei Ray. 'Die heeft het verkeerde pakketje opgehaald. Ik had beide pakjes voorzien van opschrift in de hotelkluis laten opbergen. Miranda's tussenpersoon zou de dag na de race aankomen om het prototype voor de demonstratie op te halen. Ik hoorde pas van de verwisseling toen ik de dag na de race het pakje voor Miranda kwam halen.'

'Wacht even,' zei ik. 'Dit wil ik duidelijk hebben. Dus Rodriguez heeft het verkeerde plaatje in de negenenzestig gemonteerd?'

'De chip die het functioneren van de motor beïnvloedt wordt direct op de motor aangebracht, maar omdat het signaal een aanzienlijke afstand moet afleggen naar de auto, ontdekten we dat het systeem betrouwbaarder werd als we een tweede chip monteerden die het startsignaal opving en doorgaf aan de eerste. Omdat we deze chip verbonden met het nieuwe voedingsysteem, hielden we hem bij ons tot het laatste moment. En als laatste voorzorg werd hij geprogrammeerd om zichzelf te vernietigen. Bovendien gebruikten we de tweede chip alleen in wagens uit de Huevo-stal. De ochtend van de race had Rodriguez haast en pakte het verkeerde pakje uit de kluis. En Rodriguez plaatste de chip op de pook zonder er goed naar te kijken.'

'Kan met dat prototype de wagen worden beïnvloed?'

'Nee,' zei Ray. 'En het was ook niet geprogrammeerd om zichzelf te vernietigen.'

'Wou je zeggen dat Dickie de race verdiend heeft gewonnen?'

Voor het eerst zag ik een glimlach op Ray's gezicht. 'Ja,' zei hij, 'is dat geen giller? Wie had gedacht dat hij die wagen zo goed kon besturen?'

'Waarom hebben jullie niet vlug een nieuw plaatje voor Miranda gemaakt?'

'Dat kan niet vlug. Er kan wel weer een plaatje en een voeding worden gemaakt, maar daar gaat tijd in zitten. Het kon zeer zeker niet binnen de termijn van veertien dagen die we hadden. De afspraak voor de demonstratie was al gemaakt.'

'Die konden jullie toch verzetten?'

'Stel je voor dat Miranda een soort Darth Vader is,' zei Ray. 'En dat je tegen Darth Vader moet zeggen dat hij zijn afspraak moet verzetten. Miranda is meedogenloos. Miranda tolereert geen vergissingen. En als de chip niet zoals beloofd aan Miranda wordt aangeboden, denkt hij met zijn kwaadwillende paranoïde karakter dat hij belazerd wordt. Miranda trok direct de conclusie dat ik de chip aan een andere koper had verkocht. En toen werd het heel vervelend.'

'Vindt iedereen het goed als ik aan de krab ga?' wilde Felicia weten.

'O mijn god,' zei Suzanne. 'Helemaal de krab vergeten. Laten we allemaal in de keuken gaan eten, dan bel ik dat ze drank moeten brengen.'

'Hé,' riep Ray. 'Wacht eens even! En ik dan?'

'Hoe bedoel je?' vroeg Suzanne.

'Ik zit vast!'

'Niet zeuren, Ray,' zei Suzanne. 'Dat gaat tegenstaan.'

'Ik heb jullie alles verteld wat jullie wilden weten,' zei Ray. 'Jullie houden me hier alleen vast omdat jullie geschift zijn. Ik kan toch ook niet helpen dat jij een uitgedroogde ouwe feeks bent geworden en dat Oscar je aan de dijk heeft gezet?'

Suzanne stortte zich op Ray en wij stortten ons op haar om haar van hem af te trekken.

'Geen goed idee om met hem te vechten,' zei ik. 'Ik heb hem nodig, levend en spraakzaam, om Rodriguez en Lucca aan te wijzen als verdachten van moord.' Ik keek naar Ray. 'Dat ga je toch doen?'

'Zeker,' zei Ray. Nors, maar hoopvol.

'Jammer genoeg zijn Rodriguez en Lucca verdwenen en misschien wel dood, dus dat moet je in je plan verwerken,' zei ik tegen hem.

Ik keek naar Suzanne. 'Ben je bereid hem nog een poosje vast te houden? Waarschijnlijk loopt hij hier minder gevaar dan op straat, waar hij Darth Vader tegen het lijf kan lopen.'

'Ik vind het best. We vermaken ons prima samen. En ik weet dat het stijlloos is om erover door te zagen, maar ik wil dat plaatje hebben. Dat is eigendom van Huevo Enterprises.'

Rosa, Felicia en ik keken naar Berg.

'Hij heeft het opgegeten,' zei ik.

'Ik had het maar even neergelegd,' zei Felicia. 'En hij likte even over de tafel en toen was het gevalletje weg. En nu wachten we tot hij een grote bah doet.'

Suzanne verstarde. 'Meen je dat?'

'Ja,' zeiden we allemaal tegelijk.

Ze stond met hangende schouders en een uitdrukkingsloos gezicht voor ons. 'Dus als ik het goed begrijp, moeten we wachten tot die hond mijn plaatje, dat miljarden waard is, uit-poept?'

'Ja,' zeiden we allemaal.

'Fantastisch,' zei Suzanne. 'Ik houd Ray hier al twee dagen vast omdat het ware verhaal dat hij me heeft verteld te bizar was om te geloven, en nu blijkt dat de sint-bernard de chip heeft opgegeten. Moet ik verder nog iets weten?'

'Miranda gijzelt Hooker om de chip in handen te krijgen. En we missen nog iemand. Een vriend van me die erbij betrokken is. Jefferson Davis Warner.'

'Hebben ze Schrok te pakken?' vroeg Felicia. 'Dat wist ik niet. Dat is verschrikkelijk. Schrok is echt een schatje. Hij is vast bang.'

'Ray weet waar hij is,' vertelde ik het gezelschap. 'Zo is het toch, Ray?'

'We hielden hem vast op de boot. En toen hebben we hem verplaatst naar de auto,' zei Ray. 'Rodriguez hield hem bij zich. Hij lag in de kofferbak.'

'Hij is niet op de boot en niet in de auto,' zei ik.

'Dan weet ik niet waar hij is,' zei Ray. 'Dan moet je het aan Rodriguez vragen.'

Mijn telefoon ging en ik keek naar het schermpje. Skippy.

'Sorry,' zei Skippy. 'Ik heb een heleboel verschillende bron-nen geraadpleegd, maar er is niets uitgekomen. Heeft de hond al gepoept?'

'Nee.'

'Ik heb een acteur ingeschakeld en als je niet te dichtbij

komt, zou het Hooker kunnen zijn. Hij hoeft alleen maar in de wagen te stappen en stapvoets achter de man voor hem aan te rijden. Zolang hij niets hoeft te zeggen, kan het goed gaan. Zodra hij zijn mond opendoet, zijn we verkocht.'

De verbinding werd verbroken en ik stopte mijn mobieltje weer in mijn zak. Ik zat klem. Ik wilde de chip aan Suzanne en haar zoons geven, echt waar. Maar het allerliefst wilde ik Hooker heelhuids terug.

'Ik weet dat het ding veel voor je betekent,' zei ik tegen Suzanne, 'maar ik kan er Hooker niet aan opofferen.'

Ray had zittend op de wc meegeluisterd. 'Als je me laat meedelen, kan ik helpen,' zei hij. 'Ik kan met Miranda gaan praten. Ik kan een deal maken waar iedereen voordeel bij heeft... zelfs Hooker.'

'Barst maar,' zei Suzanne en deed de wc-deur dicht en op slot.

'Als ik hem laat gaan,' zei Suzanne, 'vermoordt hij me. Precies zoals hij Oscar heeft vermoord. En ik wéét dat hij Oscar heeft vermoord. Ik heb overal spionnen die aan deuren luisteren en memo's lezen voordat ze in de papierversnipperaar gaan. Ray wilde een coup plegen en Rodriguez moest het vuile werk doen. Rodriguez pakte de verkeerde chip omdat hij net Oscar en zijn vriendin lek had geschoten; hij had haast. Rodriguez had Oscar ingepakt in zijn achterbak liggen toen hij in het hotel de chip ging halen. In zijn haast lette Rodriguez niet op.'

'Wat ga je met de man op de wc doen?' wilde Rosa weten.

'Dat weet ik nog niet,' zei Suzanne. 'Ik heb hem meegenomen omdat ik had gehoord dat Miranda in eigen persoon het prototype zou komen ophalen. Ik dacht dat ik de chip misschien eerder in handen zou kunnen krijgen dan Miranda en die als middel zou kunnen gebruiken om Ray onder druk te zetten. Toen ik Ray hier een poosje had zitten, ben ik tot de conclusie gekomen dat Ray zich niet laat sturen. Ray is een psychopaat. Hij kent geen berouw.'

'Misschien moet hij schoenen van beton krijgen en in het diepe worden gegooid,' zei Rosa.

'Allereerst moeten we een manier vinden om Hooker te bevrijden zonder het plaatje te hoeven afstaan,' zei ik. 'Daarna kunnen we ons zorgen maken over Ray.'

'Hoeveel mannen zijn er bij Hooker?' vroeg Suzanne.

'In elk geval Miranda en twee anderen,' zei ik. 'Rodriguez en Lucca zijn verdwenen. Ze kunnen bij Miranda zijn, maar hoogstwaarschijnlijk zijn ze aan het pokeren met Oscar.'

'We kunnen ze aan,' zei Rosa. 'Vier tegen drie.'

'Ik doe mee,' zei Suzanne.

Het was een belachelijk idee dat me levensgevaarlijk leek. We waren geen commando's of zo. We waren een voormalige danseres uit Vegas, een sigarenmaakster, een grootmoeder die fruit verkocht en een monteur zonder verstand van wapens.

'Iemand een ander idee?' vroeg ik.

Het bleef stil. Er waren geen andere ideeën.

'Tjee, het plan klinkt goed,' zei ik, 'maar we kunnen het niet uitvoeren omdat we niet weten waar ze zijn.' Goddank.

'Daar ben ik al uit,' zei Suzanne. 'Daar gebruiken we Ray voor. Drie van ons gaan weg en de vierde blijft achter om Ray te bewaken. Degene die hier blijft doet de deur open om te kijken hoe het met Ray gaat, en zij krijgt medelijden met hem en ze maakt hem los zodat hij mee kan eten van de krab. En zij laat Ray ontsnappen. Daarna hoeven we Ray maar te volgen.'

'Ik weet het niet,' zei ik. 'Het lijkt me gevaarlijk voor degene die hier blijft.' Het klonk bezopen!

'Fluitje van een cent,' zei Felicia. 'Ik kan het wel doen. Moet je mij zien: ik ben oma. Hij gelooft me wel als ik zeg dat ik hem laat gaan. Maar jullie moeten beloven dat jullie me komen halen voordat jullie de boeven overvallen. Dat wil ik voor geen goud missen.'

Wat was dit voor een vrouw? Beunde ze bij als wrekende gerechtigheid?

Rosa zat achter het stuur van de Camry, Suzanne zat naast haar en ik deelde de achterbank met Berg. We stonden aan de overkant van het appartementencomplex te wachten tot Felicia ons zou bellen om ons te laten weten dat Ray was ontsnapt. Felicia was al bijna twintig minuten alleen met Ray en ik was ontzettend bang dat het mis was gegaan.

Het telefoontje kwam op hetzelfde ogenblik dat Ray uit de entree tevoorschijn schoot en een taxi aanhield.

'Felicia zegt dat het uitstekend is verlopen,' zei Rosa, die achter Ray's taxi aanreed. 'Ze zegt dat het zo lang heeft geduurd omdat hij haar in de wc had opgesloten. En ze denkt dat hij van de krab heeft gejat. En dat hij haar mobieltje heeft ingepikt en dat ze heel kwaad op hem wordt als hij daarmee naar Mexico belt.'

De taxi nam Collins in zuidelijke richting en we wisten allemaal waarom. Ray wilde naar de boot. Hij wist niets van de brand. Hij wist niet dat de boot was weggevaren. Hij wist niet of Rodriguez en Lucca los rondliepen. Waarschijnlijk probeerde hij ze in de taxi met Felicia's mobieltje te bellen, ongerust omdat ze niet opnamen. Wist ik veel, misschien namen ze wel op. Misschien waren ze bij Hooker of misschien waren ze in Orlando ondergedoken, bij Mickey Mouse.

De taxi reed het parkeerterrein op en zette Ray af. Rosa liet de motor draaien en ik rende door de tuin van Monty om Ray te kunnen bespioneren vanaf de promenade langs de steigers.

Ik verstopte me opzij van het gebouw toen Ray op het pad verscheen en naar de lege ligplaats staarde. Hij maakte een handgebaar dat zoiets betekende als: allejezus, waar is de boot gebleven? Hij ging weer bellen. Kwaad. Toetste cijfers in. Praatte met iemand. Hij had zijn hand op zijn heup en stond met gebogen hoofd te proberen zijn gespreksgenoot niet verrot te schelden. Hij richtte zijn hoofd op en keek om zich heen. Te nijdig om iets te zien. Hij ijsbeerde pratend over het pad. Hij maakte een einde aan het gesprek en toetste een ander nummer in. Deze keer verliep het gesprek bedaarder, maar ik voelde de golven van woede van hem af slaan. Hij praat niet met een ondergeschikte, dacht ik. Misschien met Miranda. Dat hoopte ik maar, want nu we een plan uitvoerden, wilde ik er vaart achter zetten.

Het was vroeg in de middag. Geen wolkje aan de hemel. Lichte bries van over de oceaan, die golfjes in het water trok en de palmen liet ritselen. Koel genoeg voor een spijkerbroek, maar warm genoeg voor korte mouwen. Met andere woorden: ideaal weer. En Florida was het paradijs geweest als ik maar niet werd gezocht in verband met een paar moorden en als Hooker maar niet werd gegijzeld en als Berg niet een chip ter waarde van miljarden dollars in zijn darmkanaal had.

Ray keek op zijn horloge en knikte. Hij keek in de richting van het parkeerterrein. Hij knikte weer en borg zijn mobieltje op. Iemand zou hem komen halen, dacht ik. Het zou interessant zijn om te zien of het Rodriguez of Lucca was.

Een halfuur later zat ik weer met Rosa, Suzanne en Berg in de Camry. Ray wachtte bij de toegang tot het parkeerterrein. De zwarte BMW schoof langs en stopte langs de stoeprand.

Ray stapte in en de wagen reed door. Simon zat achter het stuur. Rosa hield de wagen in het zicht en passeerde toen de BMW stopte voor het Pearl. Ze maakte een verboden U-bocht en parkeerde een eindje verderop aan de overkant van het hotel. De parkeerlichten van de BMW gingen aan en Simon stapte uit en liep het hotel in. Vijf minuten later belde Felicia om te zeggen dat haar neef de BMW had opgemerkt. Tien minuten later kwam Simon terug met de bagage, kroop achter het stuur en reed weg.

'Ze zijn vertrokken,' zei Rosa. 'Ze vonden een chic hotel kennelijk niet de juiste omgeving om een gijzelaar verrot te slaan.'

Ik wist dat Rosa zich zonder nadenken zo uitdrukte, maar de gedachte aan Hooker die verrot werd geslagen maakte me misselijk.

De BMW reed over Collins naar het noorden, sloeg af naar Seventeenth Street en nam de Venetian Causeway. We zaten er twee auto's achter en keken scherp toe. De BMW reed een woonwijk in op het eiland Di Lido, zocht de noordelijkste uithoek op en reed door een hek een oprit in.

'Mooi huis,' zei Rosa die door het smeedijzeren hek naar het huis keek. 'Daar hebben ze vast dobermanns.'

'Het wordt lastig,' zei Suzanne. 'We moeten over een twee meter hoog hek klimmen. En we hebben geen idee hoeveel mensen er binnen zijn.'

We stonden in de straat geparkeerd om de mogelijkheden te bespreken toen mijn telefoon ging.

'Met Anthony Miranda,' zei de beller. 'Ik weet waar het plaatje is en ik zie geen reden waarom ik er nog langer op zou wachten. Je hebt een uur om me het plaatje of de hond te geven.'

Ray had het doorgeluld. 'En als ik niet binnen het uur lever?'

'Dan ga ik de vingers van je vriend een voor een afhakken.'

'Dat is walgelijk.'

'Zaken zijn zaken,' zei Miranda. 'Het is niet persoonlijk bedoeld. Er is een klein parkeerterrein naast een supermarkt op de hoek van Fifteenth Street en Alton Road. Daar zal iemand namens mij mijn eigendom in ontvangst nemen. Een uur.'

'Ik wil mijn eigendom ook in ontvangst nemen. Eerst moet Hooker worden vrijgelaten, voordat ik iets ga overhandigen.'

'Hooker wordt vrijgelaten wanneer ik het plaatje in ontvangst heb genomen.'

'En Schrok?'

'Schrok ook.'

Ik hing op en keek de dames aan. 'Ik heb een uur om Miranda het kaartje te geven. Als ik dat niet doe, gaat hij Hookers vingers afhakken.'

'Zonder vingers kan hij lastig rijden,' zei Rosa.

'Ik heb een idee,' zei Suzanne. 'Als Berg het plaatje uitpoept, kunnen we het uitschakelen. De voeding verwijderen en de circuits vernielen. Dan kunnen we het ding aan Miranda geven en aan zijn eisen tegemoetkomen zonder dat hij de technologie in handen krijgt. We kunnen er toch niets aan doen dat het plaatje beschadigd is geraakt? Ik bedoel: dat ding heeft veel meegemaakt.'

We keken allemaal naar Berg. Hij hijgde en kwijlde. Hij tilde zijn achterste een eindje op en liet een wind. We stapten allemaal haastig uit en wuifden onszelf frisse lucht toe.

'Rook dat naar pruimedanten, vinden jullie?' wilde Rosa weten. 'Ik dacht dat ik iets van een pruimedant rook.'

We stapten weer in en Rosa reed Di Lido af en nam de damweg naar Belle Island Park. Ze parkeerde bij een grasveld en ik begon rondjes te lopen met Berg.

'Moet je poepen?' vroeg ik aan hem. 'Moet kleine Bergje soms een grote bah doen?'

Hij pieste zeven minuten achter elkaar en kwijlde enorm, maar poepen deed hij niet.

'Het is nog te vroeg,' liet ik weten. 'Hij is er nog niet aan toe.'

Suzanne keek op haar horloge. 'Hij heeft nog drie kwartier.'

Rosa reed naar Suzannes appartementencomplex en Suzanne haastte zich om Felicia te bevrijden. Toen ze terugkwamen, hadden ze nog meer pruimedanten bij zich.

'Van mijn buurvrouw geleend,' zei Suzanne. 'Die eet ze. Wat een idee, hè?'

'Ik weet niet of dat wel zo'n goed idee is,' zei ik. 'Hij heeft al een heleboel pruimedanten op.'

'Ja, maar hij is wel groot,' zei Felicia. 'Hij kan heel wat pruimedanten aan. Misschien geen hele doos. Misschien een halve.'

Ik voerde Berg een paar pruimedanten en hij begon te janken en aan het portier te krabben.

'Hij is er klaar voor!' zei Felicia. 'Laat hem eruit. Pak de zakken.'

'Hij moet gras hebben,' zei ik. 'Hij doet het alleen op gras.'

'Ocean Drive!' schreeuwde Suzanne.

Rosa reed al weg. 'Komt in orde. Hou je vast. Het is maar een paar straten.'

Ze scheurde over Collins, ging linksaf Ocean op en schoof naar de stoeprand. We stapten allemaal uit en holden met Berg naar het grasveld tussen de weg en het strand. Berg bereikte het gras, bleef meteen staan en hurkte. Ik had een plastic zak om mijn hand. Ik concentreerde me op opvangen. Felicia had Berg aan de riem. Suzanne en Rosa hadden reservezakken.

'Ik wist toch dat het met de pruimedanten zou lukken,' zei Felicia.

Berg boog zijn kop, kneep zijn ogen dicht en anderhalve doos pruimedanten en God mocht weten wat nog meer verspreidde zich in een glibberige wegspuitende smurrie in een straal van drie meter.

Geschrokken gingen we achteruit.

'Misschien te veel pruimedanten,' zei Rosa.

Berg tilde zijn kop op en lachte. Hij was klaar. Hij voelde zich prima. Hij trok met elegante stapjes zijn riem strak.

'Goed,' zei ik. 'Geen paniek. Hij is leeg, dat staat wel vast. Dus het plaatje moet hier ergens liggen. Allemaal zoeken.'

'Het is te klein,' zei Suzanne. 'Het zou al lastig zijn terug te vinden in een... eh... drol. In dit gras vinden we het nooit terug.'

'Misschien hakken ze maar een paar vingers af,' zei Rosa. 'Zolang hij zijn duim maar heeft, kan hij zich redden.'

'We hebben vijfentwintig minuten,' zei Felicia.

'We moeten ze belazeren,' zei ik. 'We moeten allemaal poep gaan zoeken. Veel mensen laten hun hond hier uit en niet iedereen ruimt de boel op. We moeten een zak vullen met alle poep die we kunnen vinden. Dan geven we de zak aan Miranda en zeggen tegen hem dat we geen tijd hadden om het plaatje te zoeken. Hoe meer poep hoe beter, zodat Miranda er lang over doet om erin te zoeken. We moeten tijd winnen om met Hooker weg te kunnen komen.'

'Ik moet iets tegen maagzuur hebben wanneer ik hier klaar ben,' zei Rosa.

'Sorry,' zei ik tegen Suzanne. 'Je zult je plaatje opnieuw moeten laten maken. Maar je technologische vernieuwing kan niet worden gestolen.'

'Wat is dit?' wilde Simon weten.

'Poep van de hond,' zei ik en overhandigde hem de zak. 'We hadden geen tijd meer om het plaatje op te zoeken, maar het moet erin zitten. Berg is helemaal leeggepoept.'

'Je meent het. Dit is een volle zak poep. Tjee, je had er wel een tweede zak om kunnen doen.'

'Ik had haast. Ik wou niet dat Hooker vingers kwijt zou raken.' Ik keek om me heen. 'Waar is Hooker?'

'In de auto bij Fred. Ik zal Miranda hierover moeten bellen. Ik had geen zak stront verwacht.'

'Ik zat erg krap in mijn tijd,' zei ik.

Simon en ik stonden op het parkeerterrein naast de Royal Palm Deli. Rosa wachtte op de parkeerplek het dichtst bij de uitgang. Suzanne en Felicia hielden Simon onder schot en keken naar hem met gemene, bijna dichtgeknepen ogen, klaar om hem om te leggen zodra ik het sein gaf. Een SUV met getint glas stond met lopende motor aan de overkant van het parkeerterreintje. Moeilijk te zeggen wie in de SUV zat.

Simon keek naar me door zijn zonnebril. 'Onder ons gezegd: als ik gisteravond niet was weggelopen, had ik je dan in de koffer gekregen?'

'Je denkt toch niet dat ik daar antwoord op geef?'

Hij keek naar de zak met poep. 'Dat is dan zeker je antwoord.'

Simon laadde de zak in en klapte zijn mobieltje open. Hij voerde een kort gesprek met iemand, waarschijnlijk Miranda, het telefoontje werd dichtgeklapt en Simon liep terug naar mij.

'Miranda zegt dat we de zak en Hooker naar het huis moeten overbrengen, en zodra het plaatje is gevonden, laten we Hooker vrij.'

'De afspraak was dat we hier zouden ruilen. Ik wil mijn poep terug.'

'Dame, ik zou je de poep met alle liefde teruggeven, maar dat kan niet. De chef wil de poep hebben.'

Ik sjokte terug naar de Camry en stapte in naast Berg. 'Ze laten Hooker vrij wanneer ze het kaartje hebben gevonden.'

De zwarte SUV reed weg en Rosa gaf gas. 'Let op, dames,' zei ze. 'Als het niet goedschiks gaat, dan moet het kwaadschiks.'

'Wat bedoelt ze daarmee?' vroeg ik aan Rosa.

'Het betekent dat we in actie moeten komen om Hooker te bevrijden.'

'Op papier klinkt dat goed,' zei ik tegen Rosa. 'Maar we zijn niet echt een arrestatieteam. Volgens mij moeten we de politie erbij halen.'

Suzanne zat net als ik op de achterbank; we hadden Berg tussen ons in. 'Jij hebt gemakkelijk praten,' zei Suzanne. 'Jij hebt Ray Huevo niet ontvoerd. Ik ben ervoor om erop af te gaan en zelf het probleem op te lossen. Ik fitness en ik kan schieten en ik ben in de stemming om schade aan te richten,' zei ze, terwijl ze een wapen uitzocht in het arsenaal dat voor haar hing. 'Ik kies voor deze Glock negen.'

We reden naar het huis en Rosa stopte voor het hek. Het hek was op slot en verbonden met een twee meter hoge betonnen omheining die het terrein omsloot. Uit wat we konden zien maakten we op dat we over de muur moesten klimmen en dan over een open grasveld naar het huis rennen. Een klein metalen medaillon op het hek liet ons weten dat het terrein werd bewaakt door All Season Security.

'We kunnen het beter in het donker doen,' zei Rosa.

Ik keek naar de lucht. De zon stond laag. Misschien nog een uur tot zonsondergang. Misschien iets langer. Een uur voelde als heel lang om Hooker over te laten aan een afhakker van vingers.

'Ze zullen heel wat tijd nodig hebben om een volle zak poep te doorzoeken,' zei Felicia. 'Ze zullen poepje voor poepje moeten zeven en weken in waspoeder.'

We maakten allemaal braakgeluiden.

'Ik denk dat we moeten wachten tot het volgende telefoontje,' zei Suzanne. 'Als ze het plaatje niet vinden, bellen ze terug. Ze weten niet dat we ze erin hebben geluisd.'

16

We stonden vier huizen voorbij het landgoed waar Hooker werd gegijzeld; de Camry stond verscholen op de oprit van een leegstaand huis zonder hek. We hadden de straat scherp in de gaten gehouden, maar geen activiteit gezien. Geen passerende auto's. Niemand die een ommetje maakte. We zagen een schitterende oranje met roze zonsondergang. We zagen de lucht van schemerig donker worden.

'Het is zover,' zei Rosa. 'Aanvallen.'

We pakten een wapen, stapten uit de Camry en liepen de straat in. Rosa, Felicia, Suzanne en ik. Berg werd achtergelaten en dat beviel hem niets. Berg zat in de auto oorverdovend hard te blaffen.

'Je moet iets aan het hondje doen,' zei Felicia. 'Anders bellen de mensen nog de politie.'

Ik liep terug naar de auto, deed het portier open en Berg sprong op de grond. Ik pakte de riem en hij danste met me mee. Hij was gelukkig. Hij mocht met iedereen mee uit.

'Wanneer ik doodga, wil ik terugkomen als dit hondje,' zei Felicia.

We bleven staan voor het hek. Het was nog altijd dicht en

op slot. Achter het hek zagen we de BMW op de binnenplaats staan. Het huis was donker. Nergens brandde licht.

'Misschien hebben ze verduistering,' zei Felicia.

Misschien wachten ze ons op, dacht ik.

In de huizen aan weerskanten brandde evenmin licht. Het was geen hoogseizoen in Florida. Veel rijke mensen waren elders. We liepen verder en kozen een plek uit die in diepe schaduw lag.

'We moeten met een zetje over de muur,' zei Felicia.

Rosa en ik gaven elkaar beide handen om Suzanne een zetje te geven.

'Alles lijkt hier rustig,' fluisterde Suzanne. Ze liet zich geruisloos uit het zicht vallen.

Felicia was de volgende.

'Ik kan er niet bij,' zei ze met een voet op onze handen. 'Ik moet op jullie schouders klimmen. Stil blijven staan.'

Felicia slaagde erin op Rosa's schouders te klauteren, ik legde mijn hand onder haar achterste, gaf haar een duw en ze ging over de muur en landde met een doffe bons.

Rosa en ik keken naar Berg. Hij zat alert naar ons en de muur te kijken.

'Hij wil er dolgraag overheen,' zei Rosa.

'We hebben een ladderwagen nodig, zoals ze bij de brandweer hebben.'

'Als we Felicia erover kunnen krijgen, dan hem ook,' zei Rosa.

We zetten hem op zijn achterpoten met zijn beide voorpoten tegen de muur, en we legden onze handen onder zijn zware achterste.

'Hup,' zei Rosa.

We gromden allebei van inspanning en tilden Berg een meter boven de grond.

'Jezus,' zei Rosa. 'Alsof je een zandzak van zeventig kilo moet optillen.'

'Brave hond,' fluisterde Felicia aan de andere kant van de muur. 'Kom dan, Bergje.'

'Kom maar bij tante Sue,' koerde Suzanne. 'Kom dan. Je kunt het best. Kom maar bij tante Sue!'

'Ik tel tot drie,' zei Rosa. 'Een, twee, drie!'

We haalden diep adem en tilden Berg nog vijftig centimeter verder op. Het lukte hem zijn achterpoot op Rosa's borst te zetten en zich zo ver op te hijsen dat hij twee poten op de rand had. Ik bracht mijn hoofd onder zijn achterste en toen ik me oprichtte, ging hij over de muur. Er klonk een ontzet geluid en een bons en toen werd het stil.

'Alles goed met Berg?' fluisterde ik.

'Ja, prima,' zei Suzanne. 'Hij is op Felicia gevallen. Ze heeft even nodig om op adem te komen.'

Rosa was de volgende en zij ging met meer blinde ambitie dan gratie de muur op. Ze ging schrijlings op de muur zitten, ging op haar buik liggen, we pakten elkaars handen vast en zo trok ze me eroverheen.

We drukten ons allemaal plat tegen de muur. Er lag een gazon tussen ons en het huis. Misschien tien meter breed. Als we over het gras renden, konden ze ons zien.

'Er is geen andere manier,' fluisterde Suzanne. 'We moeten er zo snel mogelijk overheen. Bij het huis hebben we weer dekking en dan kunnen we sluipend op zoek naar een manier om binnen te komen.'

We waren halverwege het gazon toen de buitenverlichting aanfloepte.

'We zijn langs bewegingsdetectoren gekomen,' zei Suzanne. 'Geen paniek.'

'Straks laten ze de dobermanns los,' zei Felicia, die een terras bereikte. 'Daar wacht ik niet op. Ik ga voor de zekerheid naar binnen.'

Ze sloeg met de kolf van haar geweer tegen de terrasdeur, het glas versplinterde, ze stak haar hand naar binnen en deed de deur open. Het alarmsysteem ging af.

We holden naar binnen, ook Berg. Met getrokken wapens zochten we een weg in het donkere huis, kamer voor kamer. De telefoon ging. Niemand nam op. Het zou het bewakingsbedrijf wel zijn. Hierna zou het de politie bellen.

We slopen de keuken in, Berg blafte opgewonden en holde door. Het alarm schalde, maar toch hoorden we iets zwaars tegen de vloer smakken. Rosa vond de lichtschakelaar, de keuken werd fel verlicht en we staarden allemaal met open mond naar Hooker. Hij was vastgebonden aan de keukenstoel die Berg omver had gelopen. Berg stond op Hooker om hem af te lebberen en Hooker keek stomverbaasd.

Ik rende naar Hooker toe om zijn vingers te tellen. Tien stuks! 'Gaat het?' vroeg ik.

'Ja, alleen een beetje benauwd omdat Berg de stoel omver heeft gegooid.'

'En Schrok?'

'Die is hier ergens in huis. Ik weet niet hoe het met hem is. Misschien is hij boven.'

'Ik ga hem zoeken,' zei Rosa.

'Waar zijn de anderen?' vroeg ik aan Hooker.

'Die zijn weg.'

'Dat kan niet. Er is maar één ingang en die hebben we in de gaten gehouden.'

'Ze zijn met een boot weg,' zei Hooker. 'Miranda en zijn twee mannen. En Ray. En de zak poep. Ik denk dat Miranda

278

dacht dat hij niet veel meer te weten kon komen van jou of mij, en dat hij daarom Ray heeft meegenomen. Als de chip in de zak zit, is iedereen blij. Als hij er niet in zit, denk ik dat Miranda Ray zal gijzelen tot hij de technologie heeft nagebouwd. En als hij de technologie niet kan nabouwen, ziet het er slecht uit voor Ray, denk ik.'

Felicia zaagde Hookers boeien door met een steakmes.

'Hoe staat het?' vroeg Suzanne. 'Is het touw bijna door? We moeten hier weg zijn voordat de politie komt. Ik wil niet naar de politiefotograaf met mijn haar in de war.'

Felicia haalde nog een keer het mes over het touw en toen kon Hooker zich loswurmen. Hij krabbelde overeind en keek om zich heen. 'Waar is Berg?'

'Hij was er net nog,' zei ik.

Hooker floot en Berg kwam de keuken in. Hij sleepte met Rodriguez, die duidelijk ontzettend dood was.

Felicia dreigde Berg met haar vinger. 'Je mag niet met dode mensen spelen.'

Hooker vond een pak crackers in een kast. 'Alsjeblieft, jongen,' zei hij tegen Berg. 'Als ik de dooie mag hebben, krijg jij een cracker.'

Ik volgde het kwijlspoor door de gang naar een wc. De deur stond open en ik zag een tweede lijk op de vloer liggen. Ik deed het licht aan om het te bekijken. Het was Lucca. Hij lag op zijn rug en zijn blauwe oog leek niet zo'n probleem meer.

Ik wist dat Rodriguez en Lucca geen fijne kerels waren geweest. Ze hadden nogal wat moorden op hun geweten. Toch vond ik het erg dat ze dood waren. Nou goed, van Lucca vond ik het niet zo heel erg.

Ik deed de deur dicht en liep terug naar de keuken, waar Hooker en Felicia probeerden Rodriguez aan tafel te laten zitten.

'Hoe vind je het zo?' vroeg Felicia aan mij. 'Ziet dit er natuurlijk uit?'

'Ja, als je niet meerekent dat hij al twee dagen dood is en dat je zijn beide benen hebt moeten breken om hem op die stoel te zetten, en dat zijn hoofd verkeerdom zit. Hij lijkt wel iemand uit *The Exorcist*.' Ik zag vuurwapens op tafel liggen. 'Zijn dat de wapens van Rodriguez en Lucca?'

'Simon heeft ze daar neergelegd toen ze met Rodriguez en Lucca terugkwamen,' zei Hooker. 'Daarna heeft niemand er meer aan gedacht. Ik hoop dat een van die wapens is gebruikt om Oscar dood te schieten.'

Rodriguez zakte scheef en Felicia liet hem op zijn elleboog steunen. 'We hebben hem hier neergezet voor het geval agent Oliebol hier als eerste aankomt en niet begrijpt wat er aan de hand is.'

Er werd geschoten en we verstijfden.

'Boven,' zei Hooker.

Er klonk een harde bons en toen riep Rosa: 'Alles in orde. Ik heb Schrok gevonden en hij heeft niets.'

Ik liep naar de trap. 'Waarom is er geschoten?' riep ik naar boven.

'Ik moest het slot van de badkamer kapotschieten,' zei Rosa. 'Dat heb ik altijd al eens willen doen.' Rosa hield Schrok vast aan het rugpand van zijn shirt, alsof hij een jong katje was. 'Hij is een beetje wankel, maar hij heeft geen gaten in zijn lijf die er niet in horen. Althans niet voor zover ik kan zien.'

'Ik ging met de vuilniszak naar buiten,' zei Schrok, met glazige ogen en niet helemaal bij. 'De botten van de kalkoen zaten erin. Het was een uitstekende kalkoen. Mals en sappig, dat vond iedereen. Ik heb echt een gezellige Thanksgiving gehad. Iedereen was weg en ik was aan het opruimen en voor ik het wist lag ik in de kofferbak van een auto. En toen gaven ze me een spuit en alles begon te draaien en wist ik niet waar ik was en toen lag ik weer in de kofferbak. En in de kofferbak heb ik Jezus gezien. En de maagd Maria. En Ozzie Osbourne.'

'Het was druk in die kofferbak,' zei Rosa.

Rosa en ik hielpen Schrok de trap af en liepen met hem naar de keuken. Midden in de ruimte zag hij Rodriguez aan tafel zitten en hij ging los.

'Jij!' schreeuwde Schrok naar Rodriguez. 'Door jou ben ik de kalkoenragout misgelopen. Terwijl die juist het lekkerst is. Dat weet iedereen. Je kan godverdomme toch niet iemand ontvoeren op Thanksgiving. Ik moet godverdomme een heel jaar wachten op die ragout. Ik haat je! Ik haat je!' Hij griste Rosa haar pistool af en schoot Rodriguez in zijn knie.

Er gebeurde niets. Rodriguez sprong niet op, bloedde niet, vertrok geen spier.

'Je weet toch wel dat hij dood is?' vroeg Hooker aan Schrok.

'Ja, dat weet ik wel.'

'Gaat het weer een beetje?'

'Ja,' zei Schrok. 'Maar nu wil ik een broodje met kalkoenragout.'

Ik zag een schoenendoos op tafel staan. Gucci. 'Iemand koopt dure schoenen,' zei ik.

Rosa pakte de doos om erin te kijken. 'O jee.'

Felicia, Hooker, Suzanne en ik keken over Rosa's schouder mee. Twee cilinders waren verbonden met een kleine elektronische component met een timer. Nog twee minuten op de klok.

'Bom!' riepen we allemaal.

Hooker greep de doos, holde naar buiten en smeet hem naar het water. De doos gleed door over de steiger, viel in het water en explodeerde. We kregen allemaal een dreun van de schokgolf en de helft van de ramen werd uit de sponningen gedrukt.

We maakten ons zo snel mogelijk uit de voeten. Te veel moeite om weer over de muur te klauteren. We renden naar de oever, stapten voorzichtig in water dat tot ons middel kwam en waadden om de uitstekende muur, waarna we ons doorweekt en wel op de kant trokken.

Wit licht van koplampen en blauw zwaailicht kwamen aangeraasd en stonden stil voor het dichte hek terwijl wij door achtertuinen slopen. We bereikten de Camry, werkten er zes natte mensen en een grote natte hond in en Rosa reed weg, de straat uit, over de damweg, naar South Beach.

Ik had nog zoveel angst in mijn lijf dat ik trilde en klappertandde.

'D-d-denk je dat het lukt?' vroeg ik aan Hooker. 'D-d-denk je dat ze Rodriguez en Lucca met de m-m-moorden in verband brengen?'

Hooker had zijn armen stijf om me heen geslagen. 'Er blijven vast veel onbeantwoorde vragen over,' zei hij, 'maar ik hoop dat we het moordwapen in de keuken hebben achtergelaten. Ik zie niet in wat de politie kan afdoen aan een moordwapen vol vingerafdrukken.'

'Nu weten we waarom ze jullie in huis hadden achtergelaten,' zei Rosa. 'Ze wilden jullie opblazen.'

'Die bom lag in de keuken naast het gasfornuis,' zei Hooker. 'Waarschijnlijk was alles in de lucht gevlogen of door brand in de as gelegd.'

Ik werd wakker in het bed in Felicia's huis. Berg lag diep in slaap op de vloer. Hooker lag klaarwakker op me, met zijn hand op mijn borst.

'Je hand ligt weer op mijn borst,' zei ik.

'Nou en?'

'Misschien wil je hem wat lager leggen.'

Hij verschoof zijn hand. 'Hier?'

'Lager.'

Zijn hand schoof bijna naar mijn heup. 'Hier?'

'Ja. Nu iets meer naar rechts.'

'Schatje!'

Nou ja, verrassend was het niet. Ik zou opnieuw bezwijken voor zijn charme. En waarschijnlijk zou ik dat berouwen. Ook niet voor het eerst. Maar op de korte termijn zou het heerlijk zijn. En wie weet lukte het ons deze keer wel. En als het niet lukte, zou ik zo verstandig zijn de sleutel van het golfkarretje bij me te houden.

Een uur later lagen we nog in bed en Hookers mobieltje ging over.

'Ik hoor op de radio dat de politie het wapen heeft gevonden waarmee Huevo is vermoord, in het bezit van twee dode verdachten,' zei Skippy. 'Me dunkt dat je weer kunt gaan en staan waar je wilt. Dacht je hier nog te verschijnen?'

'Moet dat?'

'De optocht met de wagens was vanmorgen en je dubbelganger heeft op Forty-second Street een stunt uitgehaald door de wagen van de Banaan aan gort te rijden. Marty Smith stond al met een microfoon bij hem voordat ik erbij kon komen en het klonk alsof Marty Lori Anderson interviewde. Als je niet wilt dat er geruchten gaan over je seksuele voorkeur, doe je er goed aan in New York te verschijnen.'

'Is er nog meer gezegd over de dode verdachten?' vroeg Hooker.

'Aan een van de twee had het moerasmonster geknaagd. Toevallig, hè?'

Epiloog

Het was vijftien graden en zonnig, het was half januari en het was de eerste dag van drie dagen proefdraaien in Daytona. Hooker had een strandhuis gehuurd voor zichzelf en zijn team, waarvan ik ook deel uitmaakte. Om half acht die ochtend waren we naar het circuit gereden waar zijn team de beide 222 Metro's had uitgeladen en over het asfalt naar de pits had gerold, waar ze nu naast elkaar geparkeerd stonden.

Beide wagens waren effen grijs, alleen versierd met hun nummer. Voor het proefrijden hoefden de logo's van de sponsors er niet op. Er zou maar een handjevol fans op de tribune zitten en er waren geen tv-ploegen bij. Dit was een werksessie om de wagens klaar te krijgen voor de race.

Hookers monteurs waren met de afstelling bezig. Hooker en ik zaten voor zijn truck koffie te drinken en van de ochtendzon te genieten. Berg was thuis en deed zijn ochtenddutje.

De 69 stond drie trucks verderop en Dickie zat met Delores in zijn truck. Het was beter als we niet wisten wat ze deden.

Licht flitste in mijn ooghoek. Het soort verblindende flits dat je krijgt als je zonlicht op een scheefgehouden spiegel laat vallen. Ik hield mijn hand boven mijn ogen om naar het licht te kijken en zag dat Suzanne Huevo heupwiegend naar de pits wandelde, terwijl de zon weerkaatste op haar diamanten. Ze droeg een shirt van Huevo Industries, een strakke designspijkerbroek en laarzen met tien centimeter hoge hakken. Haar tas met hondje hing over haar schouder en Itsy Poo's kopje stak naar buiten. Haar zwarte kraaloogjes observeerden alles.

'Zo hé,' fluisterde Hooker.

Ik keek hem dreigend aan.

'Ik kijk alleen maar,' zei hij. 'Ik mag toch wel kijken.'

Ik zwaaide naar Suzanne en ze liep langs de twee trucks van Huevo naar ons toe.

'We hebben het gerucht gehoord dat je de leiding overneemt, maar ik wist niet of het waar was,' zei ik tegen haar.

'Ik was de tweede kandidaat om als executeur op te treden. En omdat Ray nog niet boven water is gekomen, ben ik de baas zolang de jongens nog minderjarig zijn.'

'Niets van Ray gehoord?'

'Miranda heeft contact opgenomen om over een losgeld te praten. Ik heb gezegd dat hij míj geld zou moeten betalen om Ray terug te nemen. Hij zei ook dat ze in een grote zak poep alleen poep hadden gevonden. Daar heb ik maar verbaasd over gedaan. Daarna bood hij aan mijn product voor me op de markt te zetten, en dat aanbod heb ik afgeslagen.'

'Wat gebeurt er als Ray alsnog opduikt?'

'Ik neem aan dat hij mijn positie als executeur kan aanvechten, maar ik heb intussen de gelegenheid gehad in de boeken te duiken en belastend materiaal tegen hem te verzamelen. Hij heeft het bedrijf jarenlang bestolen. Er kan hem minimaal verduistering ten laste worden gelegd. En ik heb natuurlijk onmiddellijk maatregelen genomen om de belangen van het bedrijf te beschermen. Ik ben met een fatsoenlijke koper in onderhandeling over de nieuwe voeding en de infraroodtoepassing. Het proces is ver genoeg op gang om te voorkomen dat Miranda me kan dwingen zaken met hem te doen.'

'En nu kom je zelf kijken naar de racepoot van Huevo,' zei Hooker.

'Ik bemoei me met alles waar mijn jongens eigenaar van zijn,' zei Suzanne. 'Het leek me een goed idee hier vandaag aanwezig te zijn.'

Hookers monteur had zijn hoofd onder de kap van de eerste 222. Hij gaf gas en het geluid was oorverdovend.

'Ik moet weg,' zei Suzanne toen de motor was afgezet. 'Ik moet Dickie spreken voordat hij vandaag instapt.'

'Ja,' zei Hooker op fluistertoon tegen mij. 'Hem een steuntje in de rug geven zodat hij niet te diep teleurgesteld is wanneer hij verliest omdat hij geen ADSR heeft.'

'Nu je daarover begint,' zei ik. 'Het bleek dat het dingetje op Homestead niet functioneerde.'

'Dat meen je niet.'

'De Banaan heeft gewoon heel goed gereden.'

'Wat een desillusie,' zei Hooker. 'Ik moet heel erg opgevrolijkt worden wanneer we terug zijn.'

'En ik moet zeker helpen met opvrolijken?'

Hooker lachte me toe. 'Ik kan ook mezelf opvrolijken, maar het is veel leuker wanneer we samen opvrolijken.'

Ik lachte hem toe. Iets om ons op te verheugen. Opvrolijken met Hooker was tegenwoordig een van mijn favoriete bezigheden.

Suzanne was naar de pits gelopen om met haar teamchef te overleggen. Ze stond erbij met haar ene hand op het hondje en de andere op haar heupen, in een lichte spreidstand. Ontegenzeggelijk de eigenares. De vrouw die de leiding had. Ze maakte een eind aan haar gesprek, draaide zich om en liep met grote stappen naar de truck om met Dickie te gaan praten.

'Nog iets om over na te denken,' zei ik tegen Hooker. 'Slecht nieuws. Een vrouw die zo met haar kont kan draaien op hakken van tien centimeter en die een berin in haar hormonen heeft, is tot alles bereid om te zorgen dat haar jongen aan hun trekken komen. Het zou me niet verbazen als ze haar vinding gebruikt om races te blijven beïnvloeden. Het ding is bijna onzichtbaar.'

'Heb je ook goed nieuws?' vroeg Hooker.

'Felicia heeft me gebeld op de dag nadat we in Miami in het vliegtuig waren gestapt. Ze liep op blote voeten door haar eetkamer en bezeerde haar voet aan iets scherps in de vloerbedekking. Het bleek de chip te zijn. Berg heeft hem dus toch niet opgegeten. Ik heb de chip naar mijn vriend Steven laten sturen en hij heeft hem helemaal doorgelicht en voor me nagebouwd. Ik heb hem net gisteren van FedEx gekregen. En ik heb niet alleen een kopie van de technologische toepassing, ik heb ook een manier bedacht om hem te verbeteren. Want in ons geval zou de coureur de technologie aansturen. Ik kan de afstandsbediening in een herensporthorloge inbouwen, waardoor het steunzendertje overbodig wordt.'

Hooker legde zijn arm om mijn schouders en drukte me tegen zich aan. 'Schatje!'